Plaisirs interdits

SARAH McCARTY

Plaisirs interdits

éditions HARLEQUIN

Collection : Spicy

Titre original :
TUCKER'S CLAIM

Traduction française de EVELYNE JOUVE

83-85, boulevard Vincent-Auriol, 75646 PARIS CEDEX 13.
Service Lectrices — Tél. : 01 45 82 47 47
www.harlequin.fr
ISBN 978-2-2802-3366-8 – ISSN 1958-0223

A toutes les femmes de mon groupe Yahoo. Je ne pouvais rêver de meilleurs soutiens pour rire et partager les hauts et les bas de la vie. Vous êtes tout simplement les meilleures !

Chapitre 1

La musique montait dans la nuit, légère et joyeuse. Adossée à la lourde porte de bois de la grange, Sally Mae se laissait gagner par ses accents entraînants, marquant machinalement la cadence de son pied. Il y avait si longtemps qu'elle n'avait pas dansé ! Sa culpabilité s'émoussait avec le temps, comme Jonah le lui avait prédit. Mais Jonah avait toujours su voir plus loin que la surface des choses. Et il avait toujours eu la lumière de Dieu pour guide, au cœur des ténèbres les plus épaisses. Son chemin avait été d'une clarté limpide alors que sa route à elle était constamment hérissée d'obstacles.

Et pourtant, elle avait été une bonne épouse. Certes, leur mariage n'avait pas été de ceux qui font rêver les petites filles. Mais il lui avait apporté une forme de stabilité très précieuse pour une femme impulsive et privée de repères. Elle avait toujours su que si elle ne pouvait trouver sa voie à travers la méditation, elle la trouverait avec Jonah. Il avait été son rocher, son maître à penser, et le jour où on le lui avait tué, sa flamme intérieure s'était éteinte, la plongeant dans une nuit sans fin.

Pendant de longs mois, elle avait vécu dans un brouillard gris, dépourvu d'émotions. Puis on l'avait arrachée peu à peu à sa prostration. Des gens étaient venus frapper à sa porte pour se faire soigner, faute d'un « vrai » docteur, et elle avait trouvé une forme de réconfort dans cette mission. Aider les gens, apaiser leur souffrance, se rendre utile. Une petite lumière s'était mise à palpiter dans sa nuit. Elle avait grandi au fil des jours, éclairant un peu le vide laissé par la mort de son mari. Une solitude dont elle avait réussi à s'accommoder jusqu'au retour de Tucker McCade, il y avait de cela six mois.

Sally leva les yeux vers le ciel semé d'étoiles qui s'étirait au-dessus de sa tête comme un immense champ de fleurs scintillantes. Parfois, elle avait l'impression que la femme qu'elle était autrefois avait disparu avec la mort de Jonah. A sa place, elle découvrait une inconnue amoureuse de ces grands ciels de velours, de ces nuits tièdes. Une inconnue incapable de résister à son attirance pour l'inquiétant Texas Ranger.

Elle n'aurait su dire ce qui la fascinait chez cet homme. Tucker McCade était trop grand, trop sauvage, trop imprévisible, trop inclassable pour analyser les raisons de son trouble. Il respirait cette violence qu'elle abhorrait, vivait uniquement dans l'instant présent, et son visage rude ne laissait paraître aucune émotion. Un homme mystérieux, tourmenté par une souffrance secrète. Il n'avait rien pour lui plaire — et pourtant il l'attirait comme une flamme.

Méfiez-vous, ma belle. Tenter un homme comme moi peut être dangereux.

L'avertissement résonna dans sa mémoire, aussi excitant qu'une promesse. Sur l'instant, elle n'avait pas compris le sens de sa remarque. Elle soignait une vilaine entaille sur son bras, elle ne cherchait pas à lui plaire, encore moins à le séduire. Mais avec le recul… Il est vrai qu'elle s'était penchée un peu trop près, et qu'elle avait laissé sa main sur son bras sans doute plus longtemps que nécessaire. Quelque chose en lui la subjuguait. Ses yeux seuls — deux fentes couleur d'argent perçant son visage sombre — avaient un pouvoir envoûtant. Mais sa séduction ne tenait pas seulement à son immense silhouette musclée et à sa beauté sauvage. Elle venait aussi de ces éclairs de douceur, totalement inattendus, qu'il cachait sous ses allures guerrières. Tucker McCade était un homme respectable, tout comme l'avait été son mari, mais pour des raisons différentes. Ils avaient la même assurance, mais, alors que Jonah marchait sur la longue route droite ouverte par Dieu, Tucker empruntait des chemins de traverse qu'il avait tracés tout seul, sans rien demander à personne, et il puisait sa force dans sa liberté.

Secouant la tête, Sally Mae respira l'air de la nuit où flottait encore l'odeur de la viande grillée qu'on avait servie avant le bal. Tucker jouait des poings pour un oui ou pour un non. Il s'était battu pour défendre Cissy Monroe le jour où elle avait décidé de ne plus se prostituer pour payer son loyer. Il s'était battu pour défendre un chiot qu'on voulait écorcher vif parce qu'il avait volé un morceau de pain. Mais parfois aussi il se battait pour rien, pour le simple plaisir de cogner. C'était dans ces moments-là, quand il était fidèle à sa réputation de tueur, que Tucker McCade la terrifiait.

Pourtant, cette facette ne la répugnait pas. Tout au contraire, elle faisait naître en elle un trouble incompréhensible qui l'effrayait. Fermant les yeux, elle imagina Tucker devant elle, immense, ses prunelles argentées fixées sur elle avec cette attention qui lui faisait perdre tous ses moyens. Ses longs cheveux d'ébène flottaient sur ses épaules, soulignant ses pommettes saillantes et ses origines indiennes, mais aussi la sensualité de sa bouche. Ses grandes mains promettaient un océan de plaisir. Des mains aussi expertes pour tuer que pour caresser.

Un frisson la parcourut à cette pensée. Comme tous les membres de la communauté quaker, elle refusait la violence et ne comprenait ni ne cautionnait le recours à la force, sous quelque forme que ce soit. Tucker, lui, assumait parfaitement ce mode de vie. Il le revendiquait, même. Quand il apparaissait quelque part, son regard semblait clamer : « Je suis ce que je suis. Acceptez-le ou tant pis pour vous. » Ce défi permanent, mêlé à son mépris des conventions, formaient un cocktail puissant auquel il lui était de plus en plus difficile de résister. Surtout dans les moments d'abandon, comme en cet instant, où elle pouvait laisser son imagination galoper.

La musique s'arrêta. Dans la grange transformée en salle de bal, les danseurs choisissaient leur prochaine partenaire en reprenant leur souffle. Sally Mae, elle, n'avait nul besoin de réfléchir : elle connaissait d'ores et déjà le visage de son cavalier. Il était là, derrière ses paupières closes. Il attendait qu'elle vienne à lui, avec ce sourire tendre et ironique qui faisait battre son cœur plus vite. Elle n'avait qu'un geste à faire pour prendre sa main tendue. Un geste qu'elle n'avait jamais eu le courage de faire dans la vie réelle parce que, malgré les apparences, elle était lâche. Pas parce qu'il était métis et que la société condamnait toute relation entre une Blanche et un homme à moitié indien, mais parce que leurs vies suivaient des directions opposées. Dans ses rêves, en revanche, elle avait le droit de glisser sa main dans la sienne et de se blottir dans ses bras. Elle respira tout doucement tandis que le désir se répandait dans ses veines, attisé par des mois de tentation.

On le disait cruel et brutal, mais son instinct de femme lui soufflait qu'avec lui elle ne connaîtrait que la passion. Elle avait vu briller cette promesse dans ses yeux, elle la sentait vibrer entre eux chaque fois qu'ils étaient en présence l'un de l'autre. Tucker veillerait à son plaisir, tout comme il veillait sur elle depuis le premier jour.

Souriant, elle se laissa porter par son imagination. Dans l'ombre complice de la nuit, elle pouvait lui accorder tout ce qui lui était interdit dans la lumière froide de la réalité. Le droit de la caresser, de l'embrasser, de la faire sienne. Tucker s'était faufilé dans sa vie jour après jour, avec une incroyable ténacité, et aujourd'hui elle ne voulait plus résister. Elle en avait assez de se battre contre elle-même et de se refuser la seule chose qui pourrait redonner des couleurs à sa vie. S'il venait à elle, ce soir, elle ne le repousserait pas.

La musique s'éleva de nouveau, joyeuse et entraînante, emportant ses pensées dans un tourbillon d'images sensuelles. Ses cils frémirent tandis qu'elle imaginait les mains de Tucker sur son corps, rugueuses, intraitables, l'amenant à la reddition avec une brutalité qu'elle n'avait jamais connue avec Jonah.

Cette réaction de son corps ranima son sentiment de culpabilité. Jonah avait été son premier et unique amant, et elle n'avait jamais regardé un autre homme que lui. Pendant les semaines qui avaient suivi son décès, elle n'avait plus conscience de rien. Même pas de la présence de Tucker, qui dormait déjà dans sa grange, à l'époque, quand il n'était pas par monts et par vaux pour le compte des Hell's Eight. Elle était anéantie de douleur, révoltée par cette mort absurde. Et puis, un jour, elle avait senti qu'on lui glissait une tasse de café dans les mains. Elle avait levé les yeux et elle avait vu Tucker devant elle, le visage grave, compréhensif. A partir de ce jour, il avait toujours été là pour elle. Il apparaissait dans sa vie au gré de ses séjours en ville, veillant sur sa santé, sur sa sécurité. Lui rappelant par sa simple présence qu'il était là, et qu'il l'attendrait aussi longtemps qu'il le faudrait.

Le clair de lune caressait Sally Mae avec la tendresse d'un amant, parant ses cheveux blonds de reflets argentés, soulignant la pâleur de son visage… et son désarroi. Le jour, elle parvenait à dissimuler sa fragilité derrière ses airs de femme indépendante et forte mais, dans la quiétude de la nuit, son secret lui échappait. Son angoisse, sa solitude, sa soif d'autre chose. Tucker aimait la nuit et les pépites que révèle l'obscurité. Sally Mae était un de ces joyaux que l'ombre fait étinceler. Sous ses habits sévères se cachait une perfection à laquelle il ne parvenait plus à résister.

Que de trésors, sous cette vilaine robe grise… Elle ressemblait à une fée qu'un rayon de lune aurait déposée sur terre. Ses cheveux blond pâle, emprisonnés sous son bonnet de coton, tranchaient avec le mur sombre de la grange. Le soleil et les ténèbres. Il vit ses cils frémir et une émotion passa sur son visage. Regret ? Peur ? Nostalgie ?

Il aurait voulu sortir de l'ombre, la prendre dans ses bras et l'emmener dans un lieu où elle n'aurait plus rien à craindre, où elle serait à l'abri pour toujours, protégée. Chaque fois qu'il revenait en ville, impatient de la retrouver, elle levait sur lui ce regard gris sombre qui le transperçait jusqu'au cœur, et il oubliait pourquoi il n'avait pas le droit de la toucher.

Il l'entendit soupirer tandis que la musique montait joyeusement dans la nuit. Elle ne se doutait pas de sa présence, sinon elle se serait raidie, sur la défensive. Il n'était pas stupide, il savait qu'elle le désirait. Mais il savait aussi qu'elle ne serait jamais à lui. Elle s'autoriserait peut-être une brève aventure avec lui, par curiosité. Mais cela n'irait pas plus loin et elle veillerait à ce que personne n'en sache jamais rien. Sa présence dans la grange alimentait déjà les médisances.

Il plia les doigts en se remémorant la dernière fois que l'un de ces imbéciles lui avait conseillé d'aller dormir ailleurs. Il avait pris un infini plaisir à lui faire avaler ses dents. Il fléchit de nouveau les doigts, savourant la réponse immédiate de ses muscles. C'était bien la seule chose dont il pouvait remercier son père. Il lui avait donné les moyens physiques de se faire respecter dans un monde qui ne voulait pas de lui.

Le bas de la robe de Sally Mae frémit, attirant son attention. Elle marquait le tempo du bout de sa bottine noire. Il ne l'avait jamais vue danser et en avait conclu que c'était un plaisir frivole, interdit par sa religion. Mais peut-être était-ce simplement parce qu'elle était en deuil de son mari. Et, pourtant, ce petit martèlement inconscient de son pied indiquait qu'elle était prête à rejoindre le monde des vivants.

Tucker sentit son sang pulser plus vite dans ses veines, comme quand il rattrapait un gibier au terme d'une longue traque. Tous ses sens s'aiguisèrent et se focalisèrent sur Sally Mae. Il avait passé des nuits entières à l'imaginer, pâle et nue contre lui.

Certains hommes aimaient les femmes épanouies, d'autres avaient un faible pour les fortes poitrines. Tucker, lui, avait arrêté son choix à l'instant où son regard avait croisé celui de Sally Mae : il aimait les blondes minces et élancées comme une liane.

Ce jour-là, il était de fort mauvaise humeur et il passait sa rogne sur un abruti aviné, d'aussi mauvaise humeur que lui. Les coups pleuvaient de part et d'autre quand Sally avait poussé la porte du saloon. Elle leur avait fait un laïus sur l'absurdité de régler un différend par la violence. A un moment, elle leur avait demandé de se serrer la main, et il n'avait eu que le temps d'envoyer cet imbécile au tapis avant qu'il ne le massacre d'un coup de poing. Comme il la raccompagnait chez elle, il avait eu droit à un deuxième sermon. Il l'avait écoutée sagement en s'appliquant à marcher droit. Il était à moitié ivre et si par malheur il dégringolait sur elle, menue comme elle était, il l'aurait aplatie comme une crêpe. Elle avait continué à lui faire la morale pendant qu'elle rassemblait ses instruments pour soigner la blessure qu'il avait au bras.

Il s'était laissé faire, respirant le parfum de citron et de miel qui imprégnait ses cheveux. En contemplant sa petite cuisine douillette, un sentiment poignant de regret lui avait noué le ventre. Pour la première fois depuis que l'armée mexicaine avait rasé leur ville, massacrant tous ses habitants, il avait ressenti l'envie de se fixer quelque part, de fonder un foyer, une famille. Et lorsque Sally Mae avait posé sa main sur son bras nu pour le soigner, l'espace d'un court instant, il avait vu son avenir ici, avec elle.

Pendant des mois, cette envie avait continué à le ronger de l'intérieur. Il avait beau se répéter que Sally Mae était une femme respectable, inaccessible, il avait la conviction qu'elle lui était destinée. Il avait attendu son heure. Il pouvait se montrer très patient quand il le fallait. Une qualité qui faisait de lui un excellent Texas Ranger, un dresseur de chevaux hors pair… et un sacré bon amant.

Le tempo de la musique devint plus rapide. Sally Mae continua à marquer la cadence du bout du pied. Il était prêt à parier qu'elle dansait avec cette grâce innée, teintée de sensualité, qui accompagnait chacun de ses gestes. Il vit un sourire effleurer sa bouche, peut-être un peu trop large pour être parfaite, mais Tucker aimait la générosité de son sourire : il reflétait la générosité de son âme.

Son visage révélait beaucoup d'elle-même à son insu, y compris son caractère obstiné. On lui avait conseillé en ville de repartir vers l'Est après la mort de son mari, mais elle avait refusé. Quand on avait insisté, elle avait rétorqué qu'elle ne se laisserait pas chasser de chez elle. Et quand on lui avait laissé entendre qu'elle devrait se remarier, elle n'avait pas mâché ses mots : son mari avait été un homme exceptionnel. Elle voulait respecter sa mémoire et personne ne lui dicterait ce qu'elle avait à faire.

Ils avaient respecté sa décision — une belle sottise aux yeux de Tucker. Le Texas n'était pas un endroit pour une pacifiste qui s'imaginait qu'on pouvait répondre à la violence en tendant l'autre joue. S'il avait eu son mot à dire, il l'aurait flanquée d'autorité dans le premier train pour l'Est. Sally Mae était beaucoup trop vulnérable pour vivre sur ce territoire sans la protection d'un homme. Et elle refusait de voir le danger.

Il la regarda, rêveuse et solitaire. Elle se tenait à l'écart de la communauté, même si elle soignait tout le monde avec la même générosité, les bons comme les méchants, sans distinction et sans la plus élémentaire des prudences. La semaine dernière encore, elle avait installé chez elle cette grosse brute de Lyle Hartsmith sous prétexte que sa blessure risquait de s'infecter.

Lyle était un ivrogne et un hors-la-loi dépourvu

de tout sens moral. S'il avait succombé à ce coup de couteau, le monde ne s'en serait pas porté plus mal, bien au contraire ! Mais Sally Mae refusait ce genre de raisonnement. A ses yeux, même la pire crapule était une créature de Dieu et méritait d'être soignée. Tucker en était donc réduit à jouer discrètement les gardes du corps et à se consumer de désir à distance. Qui avait dit que la sagesse venait avec l'âge ? Il avait trente et un ans, et il devenait plus idiot de jour en jour.

Le tempo de la musique se fit plus lent et plus mélancolique. Le sourire de Sally Mae se voila de tristesse. Pensait-elle à son mari ? Il aurait voulu le détester mais il n'y parvenait pas. Jonah avait été un homme de bien, qui ne méritait pas de finir ainsi. Il connaissait le choc que provoque ce genre de drame imprévisible, ce sentiment d'avoir perdu toute raison de vivre. Ce vide immense, que rien ne peut combler.

Sally Mae baissa la tête — pour étouffer un sanglot ? La nuit était trop belle pour des larmes. Tucker sortit de l'ombre, poussé par son instinct protecteur, mais aussi par son instinct de chasseur.

— M'accorderez-vous cette danse ?

Elle tressaillit mais garda les yeux fermés. Un sourire très doux apparut sur ses lèvres.

— Vous et moi, enlacés dans le noir ? Ce serait scandaleux.

Il l'observa attentivement.

— Pas plus que d'installer un hors-la-loi notoire sous votre toit. Pourtant, je ne vous ai pas vue sourciller quand vous avez ouvert votre porte à Lyle.

Elle souleva lentement les paupières.

— Je n’avais pas le choix.

Son sang circula plus vite dans ses veines, stimulé par le désir.

— Mais maintenant vous l’avez.

Elle le dévisagea avec une intensité qui lui rappela Caine. Lui aussi avait une sorte de don pour sonder les gens jusqu’à l’âme. C’était ce qui avait fait de lui le chef naturel du Hell’s Eight, d’ailleurs.

— Je suis à un carrefour de ma vie, monsieur McCade.

Elle ferma de nouveau les yeux et prit une lente respiration, comme quelqu’un qui réfléchit.

— Et ?…

Il la dévora des yeux. Avec ses paupières closes et le clair de lune qui auréolait sa chevelure pâle, elle ressemblait au dessin d’un ange qu’il avait vu dans un livre quand il était petit. Puis elle ouvrit les yeux, et il changea d’avis. Non, un ange ne possédait pas ce charme ensorcelant.

— Et je dois décider si la tentation se situe dans le camp du bien ou dans celui du mal.

Il avança d’un pas, les yeux rivés sur sa bouche.

— Dans celui du mal, sans hésiter.

Ses cils frémirent et elle se mordilla la lèvre.

— Pourquoi ?

— Parce que le plaisir est souvent de ce côté-là.

Elle s’empourpra légèrement, puis confessa :

— C’est ce que je soupçonne, ce qui rend ma décision encore plus difficile.

Sa rougeur eut raison de sa réserve. Il darda sur elle un regard brûlant.

— Dois-je vous aider à trancher ?

Une expression qu'il ne lui avait jamais vue passa sur son visage tandis qu'elle l'observait de la tête aux pieds, depuis son chapeau qui avait connu des jours meilleurs jusqu'à ses bottes poussiéreuses.

— Vous seriez disposé à le faire ?

Cette capitulation souriante le mit en colère. Elle ne s'intéressait pas à lui. Tout ce qu'elle voulait, c'était s'encanailler avec un Indien, l'espace d'une nuit. Il se statufia.

— Votre lit est si donc si froid et vide que vous vous abaissiez à y inviter un sauvage ?

Aussitôt, il vit des émotions se succéder à toute vitesse sur son visage : horreur, affront, colère et compassion.

— Vous n'avez guère d'estime pour vous-même, monsieur McCade.

Elle se trompait. Il était en parfaite adéquation avec lui-même. C'était le regard des autres, le problème.

— A votre avis ?

Elle enregistra sa colère d'un petit battement de cils et l'observa calmement.

— J'ai mon opinion.

— C'est-à-dire ?

— Je pense que vous êtes un homme respectable mais aussi une très grande tentation pour une femme.

Une tentation, peut-être, mais un homme respectable, sûrement pas.

— Auriez-vous bu ? demanda-t-il calmement.

— Je ne crois pas au pouvoir de l'alcool.

Elle ne buvait pas, elle ne dansait pas et elle refusait la violence.

— A quoi croyez-vous, alors ?

Elle le dévisagea avec ses grands yeux gris jusqu'à ce qu'il se fasse l'effet d'un papillon sous un microscope. Puis, avec cette grâce altière qui commandait le respect, elle lui sourit et lui tendit une main qui ne tremblait pas.

— Je crois au libre arbitre, répondit-elle enfin.

Il prit sa main dans la sienne, et l'attira à lui. Une touche d'alcool parfumait son haleine. Quelqu'un avait corsé le punch à son insu. Elle n'était probablement pas en possession de toutes ses facultés. Un homme respectable l'aurait raccompagnée chez elle mais, contrairement à ce qu'elle pensait, il n'était pas un homme respectable. Il était Tucker McCade, un Texas Ranger connu pour ses talents de tireur plus que pour ses scrupules.

— Alors, je suis heureux que votre choix se soit porté sur moi.

Elle inclina la tête sur le côté.

— Vous mentez.

Elle avait raison. Depuis que Sam était parti vivre au ranch Montoya avec Bella, il avait plus que jamais conscience de ce qu'il n'aurait jamais : une femme capable de l'aimer pour lui-même. Comme Bella aimait Sam ou comme Desi aimait Caine. Ce soir, pourtant, il avait envie d'y croire. Oui, juste pour un soir, il voulait imaginer que tout était possible entre Sally Mae et lui.

Il la prit dans ses bras et sa tête vint se nicher exactement au creux de son épaule comme si elle avait été créée juste pour lui.

— Est-ce un problème ? demanda-t-il tout contre la soie de ses cheveux.

— Pas ce soir.

— Bien.

— Vous me serrez trop.

Malgré la protestation, elle ne chercha pas à se dégager.

— Votre mari vous laissait l'initiative quand vous dansiez ?

Elle secoua doucement la tête.

— Non. Il était comme vous. Il aimait diriger.

Ils avaient au moins un point en commun.

— Dans ce cas, vous n'éprouverez pas de difficulté à me suivre.

Elle leva la tête. Ses yeux avaient un éclat sombre et mystérieux, troublé par une émotion sur laquelle il ne parvint pas à mettre un non.

— Je suppose que non.

Sa voix un peu rauque enflamma le désir que son corps blotti contre le sien avait allumé.

— Bien.

Il l'entraîna dans une série de pas. Elle dansait comme elle marchait, avec une grâce aérienne.

— Donc vous savez danser.

— Vous en doutiez ?

Il sourit en l'entendant chuchoter, comme si elle aussi ne voulait pas briser la quiétude de ces instants.

— Je ne sais pas. Vous êtes très pieuse.

— Je suis quaker, cela ne signifie pas que j'ai renoncé aux plaisirs de ce monde.

Sa hanche effleura la sienne quand il la fit tournoyer.

Son sexe tressauta comme si elle l'avait serré entre ses doigts. Bon sang ! Il réagissait comme un adolescent.

— Heureux de l'apprendre.

Elle rit tout bas.

— Oui, je l'imagine.

Il aurait voulu fermer les yeux lui aussi et s'abandonner à l'instant présent. Il aurait pu profiter de sa légère ivresse pour pousser son avantage. Mais il se rappela sa douceur quand elle l'avait soigné, cette compréhension qu'il lisait dans son regard, comme si elle devinait ses fêlures secrètes et ses angoisses. Non, il ne brusquerait pas l'issue. Elle méritait mieux, et sa réputation était en jeu. Si jamais on la surprenait avec lui, elle le paierait très cher.

Il sentit ses doigts glisser le long de son épaule, suivre la ligne de son biceps, tester sa résistance. Lui-même se livra à un peu d'exploration et fit descendre sa main jusqu'à sa taille. Elle était toute fine. Difficile de croire qu'une silhouette aussi menue puisse cacher une volonté d'acier.

— Vous êtes un homme très viril, lâcha-t-elle dans un soupir.

— Et vous êtes une femme très belle.

Elle secoua la tête et le parfum citronné de son shampoing taquina ses sens.

— Ce n'est pas vrai, mais c'est très gentil à vous de me le dire.

Il renonça à discuter. Il y avait d'autres façons de convaincre une femme de sa beauté, et il avait l'intention de les utiliser toutes. Il la fit tournoyer une fois encore, puis la reprit contre lui. Une boule de feu se logea dans son entrejambe quand Sally s'abandonna dans ses bras avec un soupir.

— Vous êtes très agile pour un homme de votre corpulence.

— Dans mon métier, c'est indispensable.

Il sentit sa crispation. Elle détestait son travail et n'en avait jamais fait mystère.

— Pouvons-nous laisser le sujet de côté ?

— Vous pensez que si on n'en parle pas, le problème va disparaître tout seul ?

— Non, mais nous pourrions respecter une trêve, juste pour un soir. Nous ne savons pas de quoi demain sera fait, autant profiter du présent.

C'était exactement sa philosophie. Si on exceptait le chapitre de la violence, où ils avaient des avis diamétralement opposées, ils étaient souvent sur la même ligne de pensée. Il l'entraîna dans une série de pas complexes pour la tester. Elle suivit sans difficulté. Elle avait les idées suffisamment claires pour prendre une décision en toute lucidité. Il la fit virevolter une dernière fois puis la serra étroitement contre lui.

— Et le présent, c'est ce soir ?

Ses lèvres s'entrouvrirent. Il aperçut l'éclat de ses dents dans l'ombre et le désir le transperça comme une lame.

— Oui.

Il la força d'une simple pression sur les reins à se cambrer et inclina son visage vers le sien.

— Alors prenons ce que la nuit a à nous offrir.

Chapitre 2

Embrasser Sally était aussi naturel que respirer. Ses lèvres s'ouvrirent docilement sous les siennes, douces, pleines de curiosité. Il l'attira plus étroitement contre lui, goûtant la chaleur de sa bouche, sa saveur, grondant tout bas alors que le désir en lui grandissait et se répandait dans ses veines comme du feu liquide.

Elle enfonça ses ongles dans ses épaules et lui rendit son baiser. Pas de pruderie inopportune, juste une femme honnête avec elle-même et avec ses choix. Sa sincérité lui plaisait. Il sentait la pression de ses seins durs contre son torse, le frôlement de ses hanches, le tremblement de son corps contre le sien. Le sang battit à ses tempes quand elle s'abandonna avec ce soupir dont il rêvait depuis six longs mois. Ses lèvres répondaient aux siennes, timides et hardies à la fois. Elle recula pour reprendre son souffle et il desserra son étreinte, juste un peu.

— Vous embrassez comme un ange, chuchota-t-elle.

Il enroula autour de son doigt une mèche dorée qui s'était échappée de son bonnet, il sourit paisiblement, comme s'il n'était pas ravagé par le désir. En réalité, il n'avait qu'une envie, lui arracher sa robe et la prendre ici même.

— Et encore, vous n'avez pas vu le démon en action.

— Un ange, un démon, un homme et une femme. Cela va faire beaucoup de monde dans notre lit, cette nuit.

Il ne put s'empêcher de rire.

— Beaucoup trop. Je ne suis pas partageur.

— Tant mieux. Pour cette nuit, c'est seulement vous que je veux.

Pour cette nuit. Dès qu'il avait été en âge d'avoir des relations avec une femme, il avait compris ce qu'on attendait de lui : une nuit de plaisir sans lendemain. A cause de sa taille impressionnante et de ses origines indiennes qui ajoutaient un côté sulfureux à l'aventure, il n'avait jamais été en peine de trouver une partenaire. Mais, depuis son arrivée à Lindos, il y avait de cela un an et demi, aucune femme n'avait été invitée dans son lit parce que la seule qu'il désirait portait le deuil de son mari. Ce soir, pourtant, la chance semblait enfin avoir tourné.

Elle approcha sa main de son visage et toucha le coin de ses lèvres.

— Vous souriez.

Ce petit geste tendre le désarçonna.

— Ce n'est pas la première fois.

Elle secoua la tête.

— Avant, c'était un sourire de façade.

— Vous êtes dans mes bras et la nuit est à moi. J'ai toutes les raisons d'être heureux.

— Vous aurez une mauvaise opinion de moi si je vous avoue que je souris pour les mêmes raisons ?

Il resserra son étreinte. Elle se blottit contre lui et il sentit qu'elle retenait son souffle en sentant l'évidence de son désir.

— Si je réponds oui, vous déploierez tout votre charme pour me séduire ?

— Je crois plutôt que je me mettrai en quête d'un homme moins tatillon.

— Alors la réponse est non. Je vous ai, je vous garde.

La douceur de son sourire lui apprit qu'elle comprenait la taquinerie.

— Ah ! tant mieux, parce que mon cœur vous a choisi.

L'orchestre cessa de jouer. D'ici peu, les danseurs allaient sortir prendre l'air. Ils ne pouvaient pas rester ici.

— A quoi pensez-vous ? demanda-t-elle.

— Je réfléchis à un endroit où nous pourrions avoir un peu d'intimité.

— Vous voulez dire que vous n'avez pas déjà tout planifié ?

Sa question rouvrit une vieille blessure qu'il croyait cicatrisée. Le fait qu'il soit à moitié indien ne faisait pas de lui une bête à l'affût.

— J'ai eu d'autres sujets d'occupation, lâcha-t-il froidement.

Elle se mordit la lèvre et posa la main sur son torse en signe de contrition, tout près de la balle de colt qu'il portait autour du cou pour ne jamais oublier ce qui arrivait aux faibles.

— Je préfère vous prévenir tout de suite, je ne suis pas très douée.

— Pas très douée pour ?…

Elle l'observa entre ses cils.

— Séduire.

— Un Indien, vous voulez dire ?

Elle lui donna une petite tape mécontente sur l'épaule. Le geste, dénué de violence, ne réussit qu'à l'exciter. Il resserra son étreinte, ignorant son regard furibond. Elle cessa tout mouvement quand il la souleva légèrement pour que son sexe se loge dans le V de ses cuisses. Il l'entendit reprendre son souffle.

— N'importe quel homme, rectifia-t-elle lentement.

— Et pourtant vous voilà, tentant honteusement de charmer mon moi bestial.

Elle fronça les sourcils.

— Votre moi bestial m'agace.

— Mais il vous désire intensément, précisa-t-il en l'attirant plus près.

— Je ne suis plus très sûre que ce soit réciproque.

Menteuse. Il sentait son désir à sa façon de se blottir contre lui, à la manière dont elle fixait sa bouche, comme si elle l'imaginait occupée à autre chose qu'à parler.

— Même si je promets d'être très facile à séduire ?

Elle enfonça ses doigts dans ses épaules tandis qu'il la broyait contre lui.

— Facile comment ?

Il fit glisser ses doigts le long de sa joue.

— Jusqu'au point de non-retour.

Elle se mordit la lèvre et conserva une immobilité

de statue pendant qu'il suivait du doigt le dessin du décolleté de sa chemise, sous son corsage.

— J'avais pensé… vous rejoindre dans la grange ?

L'aveu prononcé d'une petite voix étranglée l'attendrit, lui rappelant qu'elle était novice à ce petit jeu. Elle n'avait vraisemblablement jamais fréquenté personne en dehors du bon docteur. C'était un grand saut dans l'inconnu pour elle. La moindre des choses, c'était de l'aider un peu. Il l'embrassa de nouveau et sentit un arc de désir le parcourir de la tête aux pieds. Le plaisir déroula ses tentacules de velours. Quand il s'arrêta, il avait du mal à contrôler sa respiration. Son impatience vibra dans sa voix rauque.

— La grange est trop visible.

Elle cilla, comme si elle avait du mal à reprendre pied, et s'humecta les lèvres.

— Je pourrais m'y faufiler sans me faire voir.

— La rumeur aura fait le tour de la ville avant même que vous ayez traversé le jardin.

Le fait qu'il dorme dans la grange ne posait pas de problème à l'époque où son mari était en vie. Mais, aujourd'hui, elle était veuve, et il sentait une hostilité grandissante en ville. On lui prêtait des arrière-pensées… Et on n'avait pas tort.

Elle haussa les épaules d'un mouvement dédaigneux.

— Je ne vais pas me laisser dicter ma conduite par des gens qui n'ont rien d'autre à faire que colporter des ragots.

Il la pressa un peu plus contre lui. Elle n'avait jamais été mise au ban de la société, sinon elle aurait su que ce genre de ragot pouvait détruire quelqu'un.

— Je crois que j'ai une solution plus sûre, dit-il.

Il la laissa glisser lentement contre lui, retenant son souffle quand son ventre frotta son sexe.

— La nuit est claire. Nous pourrions nous retrouver près de la mare.

— Vous voulez… dehors ?

— Oui.

Il sentit ses doigts frémir d'excitation sur sa nuque. Apparemment, l'idée ne la rebutait pas, tout au contraire. Mais, là encore, il avait l'habitude : les femmes s'attendaient toujours plus ou moins à ce qu'il se comporte comme un sauvage.

— Dans ce cas, je vous rejoins là-bas dans une heure.

L'impatience durcit son regard. Une heure ? Autant dire une éternité !

— Je ne suis pas sûr d'avoir envie de vous laisser partir.

— Mais il faut qu'on me voie rentrer chez moi.

Elle sourit puis marqua un temps, comme si elle hésitait.

— Je dois vous poser une question.

— Laquelle ?

— Un homme comme vous a certainement une compagne ?

Merde. Il aurait préféré qu'elle lui donne une gifle. Mais pour qui le prenait-elle ?

— Si c'était le cas, vous croyez que je serais là, en train de vous embrasser ?

Elle secoua la tête et le clair de lune dansa sur ses cheveux tressés en couronne. Il mourait d'envie de retirer les épingles qui les retenaient captifs pour les laisser ruisseler sur ses épaules comme une cascade de lumière.

— Je n'ai pas voulu vous insulter. Mais je ne voudrais pas non plus prendre la place de quelqu'un.

Il comprenait ce qu'elle voulait dire, mais ça le rendait fou qu'elle ait si peu d'estime pour lui. Même s'il n'était pour elle qu'un amant d'un soir.

— Rassurez-vous. Personne ne m'attend.

Elle se blottit contre lui.

— Sauf moi.

— Sauf vous.

Il inclina son visage vers le sien et sentit son frisson quand ses cheveux effleurèrent sa joue. Elle était très sensible à son contact.

— Je vous attendrai à l'entrée du bois, juste derrière la grange.

— Mais si on vous voit…

Il pressa doucement un doigt sur ses lèvres.

— Personne ne me voit à moins que je l'aie décidé. Il est hors de question que je vous laisse aller dans les bois toute seule à la nuit tombée.

Elle sourit.

— Vous êtes mon ange gardien.

— J'ai une dette envers vous.

Elle se figea dans ses bras.

— Vous ne faites pas ça parce que vous vous y sentez obligé ?

Il n'y avait qu'une femme pour avoir une idée aussi saugrenue. Il se retint de rire.

— Rayon de lune, au risque de vous décevoir, je ne suis pas aussi héroïque.

Une petite flamme malicieuse dansa dans ses yeux.

— Ah, tant mieux…

C'était de la folie pure. N'importe qui pouvait les surprendre. Mais quand Sally Mae le regardait ainsi — avec ce mélange de défi et de séduction —, il perdait toute raison. Il écrasa sa bouche sous la sienne. Quand il la libéra, elle vacilla, les joues empourprées. Bon sang, ils allaient mettre le feu à la forêt, cette nuit !

Il suivit le dessin de ses lèvres avec sa langue. Elles avaient le velouté d'un fruit. Bientôt, il connaîtrait la saveur de son corps. Glissant un doigt sous son menton, il leva son visage vers lui.

— Ne soyez pas en retard.

Assise devant son miroir, Sally scruta son reflet. Pourquoi elle ? se demanda-t-elle pour la énième fois en l'espace de quelques minutes. Elle avait un visage quelconque, une silhouette austère, toujours vêtue de gris. Pas de dessous affriolants comme en portaient les filles dans les saloons. Pas de parfum capiteux. Elle était juste Sally Mae Schermerhorn. Une veuve sans enfants, sans parents, venue sur ce territoire aride dans l'espoir de trouver ce qu'elle n'avait jamais connu, pas même auprès de ceux qui l'avaient recueillie quand elle avait dix ans : un foyer.

Elle toucha le bonnet de coton qu'elle portait sur ses cheveux tressés en couronne. Pourquoi elle ? Avec son physique de colosse, ses pommettes saillantes, ses cheveux noirs et ses yeux gris argent, Tucker McCade était un homme terriblement séduisant. Chaque fois qu'il apparaissait quelque part, les femmes le suivaient du regard. Il n'avait que l'embarras du choix…

Elle dénoua lentement les brides de son bonnet, et le posa sur la coiffeuse, devant elle. Son regard s'arrêta sur la longue tresse maintenue solidement en place par une forêt d'épingles. Subitement, elle détestait tout ce que représentait cette coiffure rigide. Le conformisme. La résignation. Cette nuit, elle avait envie de rêver, d'être vivante. Elle voulait être telle que Tucker la désirait : aussi magique et ensorcelante qu'un rayon de lune. Elle étudia son visage dans la glace, le cœur battant. Oui, cette nuit, elle ne serait pas une veuve sage et pudique mais une femme libre, heureuse.

Depuis ce jour horrible où le shérif lui avait ramené le corps sans vie de Jonah, elle n'avait cessé de hurler silencieusement sa douleur et sa révolte. Mais, ce soir, elle allait redevenir vivante. Elle voulait donner du plaisir à Tucker et — peut-être — en prendre aussi. Il n'y aurait ni promesses ni engagement. Seulement deux adultes consentants qui s'unissent l'espace d'une nuit. Et, à l'aube, leurs chemins se sépareraient de nouveau. Etait-ce mal de chercher un peu de bonheur dans les bras d'un homme ?

Elle se mordilla la lèvre tout en se remémorant une scène dont elle avait été témoin un matin alors qu'elle priait devant la tombe de Jonah. Ce jour-là, Tucker était apparu à l'entrée du cimetière, aussi silencieux qu'un animal sauvage, sa veste en cuir sans manches ouverte sur son torse massif, si impressionnant que le décor devenait transparent quand il était là. La balle de revolver qu'il portait autour du cou, pendue à un lien en cuir, parachevait son image de tueur froid. Puis leurs regards s'étaient croisés et, malgré la distance, elle avait lu dans ses yeux une souffrance brute, dure et aiguisée comme un silex. Tellement inattendue qu'elle en était restée interdite.

C'était peut-être ce qui les rapprochait aujourd'hui : ce désespoir qu'ils enfermaient au plus profond de leur cœur, de peur qu'il ne les submerge et ne les consume. Mais, ce soir, ils oublieraient leur angoisse dans les bras l'un de l'autre.

Elle allait prendre un amant. Un homme qui ne partageait aucune de ses croyances et ne vivait que par la violence. Un homme capable d'une générosité qui faisait mentir sa réputation de tueur sans merci. Un presque inconnu.

Elle sentit sa bouche se dessécher et résista à l'envie absurde de remettre sa coiffe et d'aller se cacher dans un trou. Mais, non, elle avait toujours fait face. A aucun moment de sa vie, on ne lui avait permis d'être faible. Déboutonnant sa robe avec des gestes rapides et tremblants, elle délaça son corset, le laissa tomber sur le sol puis reboutonna sa robe en évitant de se regarder dans le miroir.

Ce corset lui rappelait à longueur de journée qu'elle devait se tenir droite, quoi qu'il arrive. Un peu comme une seconde colonne vertébrale qui prenait la relève à la moindre défaillance. Mais, ce soir, elle irait vers Tucker sans carapace. Elle serait elle-même.

Elle jeta un regard à l'horloge murale et s'aperçut

qu'il s'était écoulé une heure depuis qu'elle avait quitté Tucker.

Ne soyez pas en retard.

Sinon quoi ? Il partirait ? Il viendrait la chercher lui-même ? Son cœur battit plus vite à cette pensée. Si elle était en retard, c'était la faute de Lyle, son pensionnaire. Il avait réclamé à manger et n'avait cessé de lui faire des remarques déplacées pendant qu'elle le servait. Grâce au ciel, il n'avait plus besoin de ses soins et pourrait rentrer chez lui dès demain. Ses regards sournois et ses grosses mains moites la mettaient mal à l'aise. Elle se devait de soigner tout le monde, sans discrimination, mais Lyle faisait partie de ces individus dont on se demandait s'il était bien judicieux de les sauver. Ils portaient le mal en eux.

Elle s'en voulut aussitôt de cette pensée peu charitable. Tout être humain était susceptible de changer, même Lyle. Et si Jonah était encore de ce monde, elle ne douterait pas ainsi. Il avait toujours eu foi en l'être humain.

Son reflet lui montra ses joues empourprées, ses yeux trop brillants. Elle esquissa un geste pour retirer les épingles qui retenaient sa tresse puis se ravisa. Non, elle ne pouvait pas aller à son rendez-vous avec les cheveux dénoués. Ce serait indécent. Elle aurait l'impression d'être nue.

Elle se mordit la lèvre pour les aviver, lissa sa jupe, descendit l'escalier et se faufila dans la douceur de la nuit.

***

A la seconde où elle pénétra sous le couvert des arbres, Tucker lui saisit le bras et l'attira à lui.

— Vous êtes en retard.

Sans même lui laisser le temps de répondre, il écrasa sa bouche sous la sienne, étouffant son cri de surprise. Elle noua ses bras autour de son cou et lui répondit avec une ardeur égale, frissonnant en l'entendant gronder. Enserrant sa taille de ses deux mains, il la plaqua contre un arbre tout en continuant à la dévorer de baisers.

On ne l'avait jamais désirée ainsi. Tucker l'embrassait comme s'il devait mourir demain. Il insinua un genou entre ses jambes, lâcha sa taille et entreprit de déboutonner sa robe.

— Vous êtes beaucoup trop habillée, grommela-t-il.

— Je ne pouvais pas faire moins, j'aurais été nue, balbutia-t-elle tandis qu'il faisait glisser une main impatiente le long de sa jupe et remontait un bon mètre de tissu avec un soupir de frustration.

— Vous avez quelque chose contre la nudité ?

Elle sentait la faim, la fièvre qui le tenaillaient. A cause d'elle ? Un sentiment d'émerveillement se mêla à son désir.

— Quelqu'un aurait pu me voir.

— On s'en moque.

— Non. Pas vous.

Elle n'aurait su expliquer pourquoi, mais elle en avait la conviction.

— C'est vrai. Je veux être le seul à vous voir.

Il faufila sa main jusqu'à sa cuisse. Sa chaleur brûla sa peau nue.

— Vous ne pouvez rien voir du tout.

— Pour l'instant.

Tant de promesses dans ces trois petits mots. L'écorce de l'arbre lui griffa le dos. Il la souleva avec une facilité déconcertante. Elle sentit ses cuisses dures pressées contre les siennes et frissonna d'excitation. Il était tout en muscles et en lignes sculptées. La tentation faite homme.

Il inclina son visage vers le sien. Même si elle l'avait voulu, il lui aurait été impossible de lui échapper — et elle n'en avait aucune envie. Elle aimait la façon dont il l'embrassait. Elle aimait la saveur de ses lèvres. Elle voulait le goûter plus intimement, sentir tous ces muscles trembler sous ses caresses. Agrippant ses épaules, elle le repoussa.

— Lâchez-moi.

Il secoua la tête. Le bord de son chapeau masquait l'expression de son regard.

— Non.

— Si, dit-elle en le repoussant plus fermement.

Pendant une seconde, elle crut qu'il allait passer outre, puis il obéit. Sa bouche serrée formait une ligne dure. Dans l'ombre de son chapeau, ses yeux étaient deux fentes luisantes. Ce n'était plus l'homme qu'elle connaissait, mais le dangereux guerrier que les hors-la-loi craignaient et que les femmes désiraient. Il avait l'air prêt à tuer pour l'avoir de nouveau dans ses bras.

— Désolé.

Elle s'humecta les lèvres.

— De quoi ?

— Je ne suis qu'une brute.

Il lui fallut quelques instants pour comprendre ce qu'il voulait dire. Il s'imaginait qu'elle avait peur ? La ligne crispée de sa mâchoire l'attirait comme un aimant. Elle la suivit du bout des doigts. Il avait une peau incroyablement douce et lisse. Les Indiens n'avaient donc pas de poils de barbe ?

— J'aime que vous me désiriez ainsi.

Il happa le bout de ses doigts entre ses lèvres.

— Alors, c'est une chance parce que je suis un bâton de dynamite prêt à exploser.

Elle se laissa glisser le long du tronc, l'écorce s'agrippant à ses cheveux, souriant quant il plaça instinctivement la main derrière sa tête pour la protéger.

— Je peux peut-être faire quelque chose pour vous soulager.

Elle approcha la main de son entrejambe d'un geste hésitant. Jonah n'aimait pas qu'elle prenne l'initiative. Apparemment, Tucker n'était pas de cet avis car il recula pour lui donner plus d'espace.

— Sally Mae…

Elle sentit son érection palpiter sous sa paume. Il enfouit ses doigts dans ses tresses. Pour la repousser ou l'attirer plus près ?

— Oui ?

— Vous vivez dangereusement.

Elle s'agenouilla et pressa en souriant ses lèvres sur son sexe tendu à travers le tissu de son jean.

— Vous me répétez la même chose depuis des mois.

— Vous finirez peut-être par m'entendre.

— Pas ce soir.

Elle déboutonna sa braguette, cherchant sa chaleur

à l'intérieur du vêtement. Elle leva les yeux vers lui sans chercher à dissimuler ses émotions.

— J'aime penser que j'ai du pouvoir sur vous.

Son rire sensuel résonna doucement dans l'ombre.

— Je ne vois vraiment pas comment je pourrais cacher que tu me fais de l'effet.

Le tutoiement l'excita. Elle aima plus encore la façon dont son sexe se nicha dans sa paume. Enorme, merveilleusement chaud et vibrant. Elle le prit entre ses doigts et le caressa lentement de haut en bas, puis de bas en haut. Il ne bougea pas quand elle pressa doucement ses bourses au creux de sa main. L'énormité de ce qu'elle s'apprêtait à faire fit battre son cœur à toute volée.

Elle allait coucher avec un homme qui n'était pas son mari. Elle allait le prendre en elle et, ensuite, il n'y aurait plus de retour en arrière possible. Elle avait l'impression d'être au bord d'une falaise. Un seul pas pouvait la conduire au désastre — ou la guider vers le salut.

Oh ! Dieu, j'ai besoin d'un signe.

Le sexe de Tucker frémit dans sa main, réclamant son attention. Il glissa un doigt sous son menton pour l'obliger à le regarder.

— Tu n'as rien à craindre de moi, Rayon de lune.

Ce fut ce petit surnom tendre qui la décida. Il incarnait ce qu'elle voulait être pour lui ce soir. Une femme ensorcelante et câline.

— Merci.

Elle lut sur son visage que sa politesse en cet instant intime l'amusait. Elle effaça son sourire d'une simple caresse sur l'extrémité de son sexe. Il plissa les yeux et ses narines frémirent. Sa bouche forma de nouveau cette ligne dure qui le métamorphosait en tueur. Une boule de désir lui noua le ventre et elle respira plus vite. Oui, c'était ainsi qu'elle le voulait. Dangereux, prêt à bondir comme un fauve.

Elle inclina lentement le bout de son sexe vers elle, faisant durer le plaisir, le taquinant avec le frôlement de sa respiration, lui imposant la douce torture de l'attente. Il la rappela à l'ordre d'une pression sur sa nuque. Elle le fit languir encore quelques secondes, mais il était impossible de résister longtemps à Tucker. Il était une force aussi profonde que la nuit, aussi irrésistible que le vent. A l'instant où ses lèvres glissèrent sur l'extrémité gonflée de son sexe, une goutte de sperme glissa sur sa langue. Salée. Musquée. Exquise.

Il gronda et resserra l'étreinte de ses doigts sur sa nuque.

— Bon sang.

Elle réprima un sourire. Ce n'était que le début. Cette nuit, elle était résolue à lui faire perdre tout contrôle.

Elle le prit aussi loin que possible dans sa bouche, mais dut rapidement s'interrompre : il était trop imposant. Un sentiment de frustration l'envahit. Elle aurait tellement voulu lui plaire, lui donner tout ce qu'il n'avait jamais obtenu d'une autre femme.

Elle leva les yeux en sentant sa grande main se poser sur sa joue.

— Laisse les choses se faire naturellement.

Non. Elle voulait le séduire, se rendre inoubliable. Elle accéléra le rythme tout en caressant ses bourses.

Il ne protesta pas mais l'étau de sa main se resserra sur sa nuque. Il lui bascula la tête en arrière, l'obligeant à le lâcher.

— Si tu continues comme ça, je ne vais pas pouvoir résister très longtemps.

Elle s'assit sur ses talons et contempla son sexe tendu et gonflé. Une goutte ambrée de plaisir miroitait dans la lumière pâle de la lune. Nacrée, tentante.

— Il te faudra combien de temps pour récupérer des forces ?

Il secoua la tête en riant, ses cheveux noirs ondoyant sur ses épaules comme ceux d'une idole païenne. Elle mourait d'envie de sentir leur caresse sur son corps. La pointe de ses seins durcit à cette idée.

— Ne t'inquiète pas, j'ai des réserves inépuisables. Tu seras probablement la première à crier grâce.

— Vraiment ? Je demande à voir.

La passion assombrit son regard et une émotion indéfinissable apparut sur son visage. Ses lèvres serrées remuèrent à peine tandis qu'il grondait :

— Déboutonne ta robe.

Jamais un ordre ne lui avait paru aussi excitant. Elle obéit avec des gestes que l'impatience rendait maladroits, consciente de son regard brûlant de désir. Elle délaça sa chemise, tirant sur le tissu pour dégager ses seins, puis resta immobile, les pommettes enflammées, incapable de lever les yeux vers lui, minée par l'incertitude. Elle voulait lui plaire, mais elle ne savait pas comment.

Il reprit son souffle, les yeux rivés sur sa poitrine

dénudée. Elle l'entendit murmurer son prénom et il la plaqua contre l'arbre, la respiration sifflante.

La passion qui étincelait dans ses yeux lui tira un cri. Jonah avait été un amant satisfaisant, mais il n'y avait jamais eu cette sauvagerie entre eux, cette pulsion primitive.

Elle reprit son sexe dans sa bouche, l'excitant avec sa langue et ses dents, se glorifiant de sentir son grand corps trembler. Quand il se retira, elle poussa un cri de protestation :

— Non !

Elle tendit la main mais ne rencontra que les muscles durs de sa cuisse.

— Ne bouge pas.

Il se caressa deux fois puis son sperme chaud éclaboussa ses seins, couvrant ses mamelons d'un glacis érotique.

Ce n'était pas ce qu'elle voulait. Elle voulait sentir sa chaleur dans sa bouche. Elle reprit son sexe dans sa main, recueillant sur sa langue les dernières gouttes de sa semence. Tucker s'appuya au tronc d'une main, pendant que de l'autre il lui caressait la nuque avec tendresse. Il la tenait contre lui comme s'il ne pouvait pas se résoudre à la lâcher. Il fit glisser sa main jusqu'à sa poitrine, referma sa paume sur l'un de ses seins. Sa chaleur la fit frissonner. Un sourire adoucit son visage tendu.

— Ça te plaît ?

Elle hocha la tête et il recula sans la quitter des yeux.

— Fais-moi bander de nouveau.

Chapitre 3

C'était la première fois qu'une femme le faisait vaciller, pas seulement physiquement mais mentalement. Il enfouit ses doigts dans les cheveux de Sally Mae, luttant pour garder son contrôle pendant qu'elle le suçait de nouveau avec une ardeur passionnée. Il ne disposait que d'une nuit pour découvrir toute la splendeur de Sally Mae et il ne pensait qu'à lui, comme un sale jouisseur égoïste.

La saisissant aux épaules, il l'obligea à se lever. Elle nicha son visage contre son torse et il sentit la morsure de ses dents à travers sa chemise. Le désir le cingla, ébranlant son sang-froid. Elle le rendait fou.

Son cri étouffé quand il la souleva décupla son excitation. Il contempla ses seins pâles dans le clair de lune. Ils étaient petits, impertinents, encore luisants de son sperme. Incapable de résister, il prit son sein droit dans sa paume et caressa son mamelon rose tendre. Il durcit sous la rugosité de son pouce.

Elle gémit, et Tucker sentit le désir enflammer ses sens.

— C'est un beau spectacle, n'est-ce pas ?

Elle leva vers lui un regard doux et lumineux.

— Oui.

Il inclina son visage vers le sien. Il lui fallait un autre baiser. Elle entrouvrit les lèvres dans une invite silencieuse. C'était une femme incroyablement sensuelle sous ses dehors réservés.

— A mon tour de m'occuper de toi, murmura-t-il contre sa bouche.

Ses yeux s'assombrirent et il sentit son corps frissonner contre le sien.

— Je vois que l'idée te plaît.

— Tu en doutais ?

Il rit, reboutonna son pantalon tout en continuant à l'embrasser. Quand elle vacilla, il la souleva dans ses bras. Elle s'agrippa à ses épaules et il se félicita des années de dur labeur qui avaient sculpté son corps.

— J'ai envie de toi, chuchota-t-elle comme il l'emportait sous les arbres.

— Bien. Accorde-moi cinq minutes et je suis à toi.

— Cinq minutes mais pas une de plus.

Cette subtile tentative pour prendre le contrôle le fit sourire. Quel genre d'amant avait été son mari ? Le frôlement de ses ongles tandis qu'elle déboutonnait le haut de sa chemise, puis glissait ses mains sous le tissu, le brûla comme des braises.

Il la conduisit dans une petite clairière. La couche qu'il avait préparée avec des plaids accrochait la pâle lumière de la lune. Sally lâcha un petit cri de stupeur.

— Quand as-tu trouvé le temps de faire ça ?

Il la déposa lentement sur le sol, appréciant le glissement de ses cuisses contre les siennes, imaginant le même mouvement sans leurs vêtements entre eux.

— Un homme motivé peut accomplir des miracles.

— Je saurai m'en souvenir.

Il saisit ses mains dans les siennes et les porta à ses lèvres, l'une après l'autre, pressant un baiser au creux de sa paume droite, puis de la gauche.

— J'étais sérieux quand j'ai dit que c'était à mon tour de m'occuper de toi.

— Cela veut-il dire que je n'ai pas le droit de te déshabiller ?

— C'est toi que je veux voir nue.

Elle essaya de dégager ses mains.

— Je suis beaucoup moins intéressante que toi.

— Je n'ai pas l'intention de me disputer avec toi pour notre première et unique nuit ensemble, mais…

Elle inclina la tête sur le côté.

— Mais tu le feras si je t'y force ?

— Oui.

— Alors je vais rester muette comme une carpe toute la nuit.

Ses yeux malicieux criaient le contraire et il ne put s'empêcher de rire. Malgré les apparences, elle avait de l'humour, et il aimait ça. Il retira une à une les épingles qui retenaient ses cheveux.

— J'espère bien que non. Il y a certaines choses que j'aimerais entendre.

— Par exemple ?

— Par exemple : « Plus fort ! »

Il enleva l'épingle qui maintenait sa tresse en couronne.

— « Plus lentement. »

Il retira cinq épingles à la suite.

— « Encore. »

Sa longue tresse se déroula dans son dos. Elle lui arrivait au bas des reins. Sally Mae poussa un petit soupir impatient.

— Et pourquoi pas « plus vite » ?

— Oh, non ! J'ai l'intention de prendre tout mon temps, cette nuit.

Il dénoua ses cheveux et glissa ses doigts dans les longues mèches soyeuses pour qu'elles captent la lumière de la lune.

— Ils sont magnifiques.

Elle l'observa entre ses cils.

— Si tu me laissais te déshabiller, tu pourrais sentir leur caresse sur ton torse. Et même plus bas, ajouta-t-elle en suivant du bout des doigts la ligne de boutons qui fermait sa chemise.

Il la fit pivoter.

— Tu es pleine d'imagination.

— C'est un reproche ? demanda-t-elle par-dessus son épaule.

Il finit de déboutonner sa robe. Les boutons étaient minuscules, la tâche ardue. La frustration attisait son désir.

— Au contraire.

Il ouvrit le vêtement, exposant la ligne vulnérable de son dos. Elle était fine et racée, beaucoup trop pour un homme comme lui. Il caressa du bout du doigt le relief délicat de sa colonne vertébrale, s'émerveillant de la douceur soyeuse de sa peau avant de goûter cette perfection avec ses lèvres. Elle frissonna contre lui, hésita, puis s'abandonna à ses caresses.

— Tu me plais comme tu es.

Elle était prête à toutes les concessions pour être la femme de ses rêves. Elle se laissait aller à son instinct parce qu'avec Tucker il n'y avait ni bien, ni mal, ni conventions. Tout ce qu'elle voulait, c'était sentir ses bras solides autour de sa taille, ses lèvres douces au creux de sa gorge. Elle voulait être aimée, protégée. Il y avait si longtemps que cela ne lui était pas arrivé.

— Tu es un homme dangereux, Tucker McCade, chuchota-t-elle.

Elle sursauta au contact de sa langue et une étincelle de plaisir embrasa chacune de ses cellules nerveuses.

— Et toi, tu es une femme très désirable.

— Seulement pour toi.

— Tu voudrais me faire croire que ton mari ne te désirait pas ?

Si, bien sûr. Jonah avait été un mari attentif et il avait toujours accompli son devoir d'époux. Il l'avait estimée, respectée. Mais il n'avait jamais éveillé en elle ce feu qui la consumait de l'intérieur, ce désir primaire de se livrer tout entière. Et, surtout, il n'avait pas le… le potentiel de Tucker.

— C'était un bon mari.

— Alors je vais essayer d'être un aussi bon amant que lui.

Il pressa ses lèvres juste au-dessus de la courbe de son épaule, réveillant toutes ses terminaisons nerveuses, couvrant sa peau de chair de poule.

Elle se retourna dans ses bras, glissant ses mains

dans son dos, pétrissant ses muscles durs. Il était chaud, vibrant, intensément vivant. Il suivit le contour de ses lèvres avec sa langue. Son corps se mit à fourmiller, la pointe de ses seins se dressa. Quel pouvoir avait-il pour l'embraser ainsi ?

— J'ai une question, murmura-t-il.

— Oui ?

— Pourquoi ce soir ?

Elle hésita puis opta pour une partie de la vérité.

— Il se passe quelque chose entre nous, Tucker. Je veux savoir ce que c'est avant d'avoir des regrets.

Il leva son visage vers le sien.

— Je n'ai pas l'intention de partir.

Pas tout de suite, peut-être, mais il ne pourrait pas résister longtemps à l'appel du danger. Il partirait relever un nouveau défi, puis encore un autre, jusqu'au jour où il se ferait tuer. Tôt ou tard, il disparaîtrait de sa vie et elle devrait l'accepter. Mais pas ce soir. Ce soir, il était tout à elle.

— Tant mieux, murmura-t-elle en caressant ses lèvres avec les siennes.

Il plissa ses beaux yeux.

— Viens là.

Il l'allongea sur les plaids, s'inclina sur elle. Elle s'attendait à un tourbillon de passion, ce fut tout le contraire. Tucker ne prenait pas une femme, il l'explorait, la goûtait, la butinait, la découvrait avec ses yeux, ses mains, ses lèvres. C'était enivrant d'être à ce point désirée. Elle frissonna tandis qu'il la faisait basculer avec lui sans cesser de l'embrasser. D'un simple mouvement de hanches, il la nicha entre ses cuisses écartées. Elle essaya de monter plus haut et pesta en sentant les longs plis de sa jupe s'entortiller autour de ses jambes.

Elle l'entendit rire tout bas.

— Je t'ai dit que tu étais beaucoup trop habillée.

— Je porte juste le minimum.

Il dégrafa la ceinture de sa robe et se heurta à la barrière de son panty.

— Question d'opinion.

Il esquissa ce sourire en coin qui faisait battre son cœur plus vite. La nuit jetait des ombres sur son visage, mais ce qu'elle voyait fit courir des frissons d'excitation le long de ses reins. L'éclat de ses dents, le feu brûlant de ses yeux…

Oh ! je pourrais tomber amoureuse de cet homme.

Cette pensée incongrue la laissa interdite. Effrayée.

— Tucker…

Son chuchotement, vibrant de désir, remplit le silence.

— Je suis là, Sally Mae.

Un autre frisson coula le long de son dos. Avant ce soir, il ne l'avait jamais appelée par son prénom. Cette audace rendait le moment encore plus intime et troublant. Le fin tissu de sa chemise se déchira quand il tira dessus d'un geste impatient. Peu lui importait. Elle avait attendu ce moment, cet homme, depuis si longtemps. Ce qu'ils faisaient était trop magnifique pour être condamnable. Cette certitude se glissa en elle comme une lumière, chassant ses dernières hésitations. Levant son visage, elle posa ses lèvres sur les siennes.

Elle l'entendit gronder de désir.

— Affamée ?

La note sauvage dans sa voix la fit trembler.

— Très.

Il écrasa sa bouche sur la sienne. Sa passion attisa son propre désir, le portant encore plus haut.

— Oh, oui…

Elle n'eut même pas conscience d'avoir parlé jusqu'à ce qu'il lui réponde en écho, de sa voix de baryton.

— Oui.

Elle avait besoin de lui, de sa force, de sa chaleur, de son étreinte passionnée. Elle sentit son grand corps frissonner contre le sien quand elle se redressa à califourchon sur lui et se frotta doucement sur son entrejambe.

— Bon sang, Sally…

Elle se coucha sur lui, respirant l'air humide de la nuit, caressant son large torse, pinçant ses mamelons durcis comme des têtes d'épingle.

Il glissa les mains sous elle et entreprit de déboutonner son panty.

— Soulève-toi.

Elle obéit sans hésiter. Il en profita pour déboutonner son jean et elle sentit son sexe se presser contre son ventre, énorme. Elle eut un mouvement de recul instinctif.

— Oh…

Il la ramena vers lui. Elle retint sa respiration, puis se détendit peu à peu. Elle sentait le désir pulser dans son entrejambe. Il poussa un grondement sourd qui l'électrisa, referma ses deux mains autour de sa taille, la souleva.

— Tucker !

Cette fois, quand il la ramena à lui, il était dressé pour elle. Son sexe chercha sa chaleur, lui tirant un petit cri.

— Du calme, Sally.

Elle se mordit la lèvre et essaya de se détendre.

— Je sais que ça fait longtemps. On va y aller en douceur.

Ce n'était pas une question de temps. Jonah n'était pas aussi imposant, il n'avait jamais représenté un tel défi.

— Tucker, chuchota-t-elle comme il s'insinuait dans ses replis humides.

— Je savais que tu serais comme ça.

— Comme quoi ?

Il plissa les paupières.

— Comme un poing serré dans un gant de feu liquide.

Elle cilla et se mordit la lèvre. La sensation de brûlure s'accentua. Elle gémit et enfonça ses ongles dans son torse.

— Tucker.

Il insinua son pouce dans ses replis humides, trouva le bourgeon durci de son clitoris. Elle sursauta violemment. Un éclair de feu lui traversa le ventre. Il accentua la pression. Il y était presque. Elle se tortilla en haletant.

— Oui.

Il soutint son regard. Ses yeux argentés reflétaient son propre désir. Elle enfouit ses doigts dans ses cheveux d'ébène, les agrippa.

— Maintenant !

— Tu t'imagines que tu peux commander sous prétexte que tu es au-dessus de moi ?

— Oui.

Son rire courut le long de son dos comme une caresse de velours. Oh ! elle aimait tant l'entendre rire ! D'un mouvement fluide, il la fit rouler sous lui, ses grandes mains la protégeant de la dureté du sol pendant que ses cheveux couleur de nuit formaient un rideau entre le reste du monde et eux. Son sexe se nicha entre ses cuisses avec la même aisance que le sourire qui joua sur ses lèvres.

— Et maintenant ?

Elle prit une profonde respiration tandis que ses larges épaules remplissaient sa vision. La balle qu'il portait autour du cou se nicha entre ses seins, chaude et dure. Elle s'était toujours demandé d'où il la tenait et pourquoi elle avait une telle importance pour lui.

Il l'embrassa passionnément. Nouant ses bras autour de son cou, elle l'attira plus près. Sa chaleur se communiqua à elle, les scellant l'un à l'autre. Il fit glisser lentement sa main le long de son bras, jusqu'à son poignet. Un frisson la secoua quand il lui ramena les deux bras au-dessus de la tête. Elle laissa échapper un cri de volupté et se cambra.

Il lui effleura la joue de ses lèvres.

— J'aime t'entendre crier, Rayon de lune. Ça m'excite.

Sûrement pas autant que le frôlement de ses lèvres sur les siennes. Il y avait tant de douceur dans ses caresses. Et une retenue, aussi, qu'elle rêvait de faire craquer. Elle s'obligea à ouvrir les yeux. Son visage était si proche qu'elle voyait la fine cicatrice sur sa lèvre supérieure, la tension de sa mâchoire, le désir dans ses yeux. Elle se mit à trembler. Elle allait assouvir ce désir ce soir.

— Aime-moi, Tucker.

Avait-elle réellement prononcé ces mots tout haut ?

— Je vais t'aimer, Sally Mae. Mieux que tu ne l'auras jamais été.

Il parlait uniquement de sexe mais peu importait. Elle souleva les hanches, suppliante.

Une fois encore, son rire résonna, suivi par la pression brûlante de son corps contre le sien. Il butina ses lèvres, les entrouvrit, prit possession de sa bouche. Cette fois, il la pénétra d'un long coup de reins, sans se laisser arrêter par la barrière de ses muscles. La tension grandit en elle, en même temps que la brûlure du désir.

Il est à moi.

Cette pensée tournoya dans sa tête. Oh ! Dieu, c'était beaucoup plus qu'une simple étreinte charnelle ! Elle avait le sentiment de l'avoir attendu toute sa vie. Un cri la souleva tandis qu'il entrait plus profondément en elle.

— Tucker !

— Sally.

Au-dessus d'elle, son visage sombre était tendu par la passion et la bataille qu'il livrait contre lui-même pour garder son contrôle. La nuit était chaude mais il était plus chaud encore. Elle se contracta autour de lui.

Des ondes de plaisir la parcoururent et rayonnèrent dans ses membres. Il sursauta et gémit.

— Arrête ou ce sera terminé avant même d'avoir commencé.

Elle soutint son regard avec défi et recommença.

— Essaie de résister.

Son rire vibra contre son oreille. Son sexe se gonfla encore en elle, l'écartelant dans une tension délicieuse. Elle haleta et se contracta.

Happant le lobe de son oreille entre ses dents, il le mordilla doucement.

— Tu me défies, Rayon de lune ?

Il accentua la pression de ses dents, ajoutant un aiguillon érotique au plaisir brûlant qui la submergeait.

— Oh, oui…

Elle sentit l'air humide sur sa peau nue quand il se souleva sur ses coudes pour la regarder.

— Pourquoi ?

Ses cheveux noirs effleurèrent le bout de ses seins. Une caresse soyeuse qui contrastait avec la dureté de l'homme qu'elle avait choisi.

— Parce que c'est mon choix.

Il recula légèrement. Elle poussa un cri en sentant son sexe se retirer. Il s'immobilisa, maintenant la tension jusqu'à ce qu'elle devienne presque insupportable.

Elle lui enfonça ses ongles dans les épaules.

— S'il te plaît…

Oh ! Dieu, elle voulait qu'il apaise le feu qui brûlait entre eux. Il fallait qu'il les emmène vers ce plaisir sauvage qu'elle sentait tout proche, à sa portée.

Enroulant ses jambes autour de ses hanches, elle

alla au-devant de lui, gémissant quand son sexe l'écartela. Ils crièrent ensemble quand il la pénétra complètement.

— Oh !

Il s'inclina sur elle, les soudant l'un à l'autre, si étroitement qu'elle sentit son cœur battre contre le sien. Les baisers qu'il sema sur son cou tracèrent un chemin d'étincelles sur sa peau.

— Encore ?

— Oui.

Elle en voulait plus, toujours plus.

La tension fit vibrer les bras de Tucker quand il lui mordilla le cou. Elle se tortilla pour se rapprocher davantage. Le plaid plissa sous ses reins, mais peu lui importait. Tout ce qui comptait, c'était la caresse voluptueuse de sa bouche sur ses seins, la caresse humide de sa langue sur son mamelon gonflé. Le plaisir aigu qui la traversa quand il le prit entre ses dents.

— Mienne.

Elle fit une ultime tentative pour garder sa raison tandis qu'il allait et venait en elle, l'embrasant comme une torche, faisant voler en éclats toutes ses inhibitions.

— Pour une seule nuit, balbutia-t-elle.

Pour toute réponse, il l'écartela d'un coup de reins, lui volant sa respiration, recommençant encore et encore, anéantissant sa volonté à chaque nouvelle poussée. Quand il glissa sa main entre eux pour presser son clitoris gonflé, il prit aussi possession de son âme. Elle cria et l'étreignit de toutes ses forces pendant qu'il se raidissait et gémissait son prénom.

Elle sentit son sexe palpiter en même temps que la chaleur de son sperme se répandait en elle.

Elle déposa une pluie de baisers sur son torse, goûtant la saveur salée de sa sueur. Il l'entoura de son bras et protégea son visage dans sa paume tandis qu'il roulait avec elle pour la ramener sur lui. Les ombres donnaient un relief sauvage à son visage. Magnifique. Inquiétant. C'était Tucker. L'homme qu'elle avait choisi.

Elle l'embrassa, pressant son sexe contre le sien tandis que les spasmes du plaisir continuaient à la faire frissonner. Sa voix rauque monta dans la nuit.

— Pour aussi longtemps que tu voudras, Rayon de lune.

Chapitre 4

Tucker regarda Sally Mae traverser la clairière d'un pas un peu moins fluide que d'habitude. Il s'était montré insatiable, à la limite de la brutalité, réclamant toujours plus alors qu'elle se donnait à lui sans réserve, gémissant à chacun de ses coups de reins.

Bon sang, il s'était comporté comme un vrai sauvage ! Affamé, brûlant les étapes comme s'il devait mourir demain… Et elle avait cédé à toutes ses exigences, avec ce cri de volupté qui le rendait fou. Même quand il l'avait retournée sur le ventre, forçant l'ultime barrière de sa pudeur. Son abandon l'avait bouleversé tandis qu'elle palpitait autour de lui, sans aucune inhibition, acceptant sa domination, se soumettant à ses moindres désirs. Encore et encore. Il lui avait fait l'amour pendant des heures mais son désir était intact, brûlant, obsédant.

Elle atteignit le porche de sa maison et, bien qu'il le lui ait interdit, elle se retourna pour lui adresser un signe de la main. Petite folle. Un sentiment de fierté mêlé de possessivité l'envahit, d'autant plus absurde qu'elle ne serait jamais à lui. Il ignorait pourquoi elle s'était donnée à lui cette nuit, mais il n'y avait aucune chance que cela se reproduise. Bon sang, un homme qui avait du sang indien dans les veines devait payer trois fois le tarif normal pour qu'une prostituée accepte de coucher avec lui ! Sally Mae allait retomber sur terre, se rendre compte avec horreur de ce qu'elle avait fait et le prier de ne plus jamais l'approcher.

La porte se referma derrière elle. Aucune lumière ne s'alluma à l'intérieur. Une chance, sinon il serait probablement resté des heures à contempler sa fenêtre comme un imbécile.

— Tu joues avec le feu, fit dans l'ombre une voix familière.

Il se figea. Son obsession pour Sally Mae allait devenir un problème si elle le rendait sourd et aveugle ! Il connaissait pourtant la sanction pour un Peau-Rouge qui osait tourner autour d'une femme blanche : on le pendait haut et court. Par bonheur, Tracker et Shadow étaient probablement les deux seules personnes au monde capables de le surprendre par-derrière, mais, quand même, l'avertissement était cinglant.

— Je sais, acquiesça-t-il en se retournant.

Les ombres changèrent de place et Tracker apparut. Comme à son habitude, il était vêtu de noir de la tête aux pieds et se fondait dans la nuit. Tucker devina plus qu'il ne vit la découpe de son immense silhouette, ses épaules massives et le reflet argenté du bandeau qui ornait son chapeau. Son visage était invisible mais il le connaissait aussi bien que le sien. Ils étaient des frères d'armes, des compagnons de la mort. Quand l'armée mexicaine était ressortie de leur petite ville, il ne restait que des maisons en feu et des rues jonchées de cadavres.

Il toucha machinalement la balle qu'il portait autour du cou. Elle lui parut plus lourde, subitement, comme chaque fois qu'il repensait à ces heures de cauchemar. Huit survivants s'étaient relevés au milieu des ruines fumantes. Huit adolescents dévastés, hagards. Ils avaient fait bloc pour survivre. Ensemble, ils avaient appris à devenir plus durs que l'acier, plus forts que le malheur, plus coriaces que la mort ! On leur avait donné un surnom : les Hell's Eight. Les huit revenus de l'enfer. Pires que des loups, ils avaient assouvi leur vengeance, traquant et exécutant les assassins de leurs parents jusqu'au dernier. Ils auraient pu finir au bout d'une corde, mais on leur avait offert la chance de mettre leurs talents au service de la loi, et ils l'avaient saisie. Leur titre de ranger leur avait donné une forme de respectabilité. Aujourd'hui, certains pensaient que les Hell's Eight s'étaient domestiqués. Tucker sourit lentement. Grossière erreur.

— Le jour où la jolie veuve sifflera la fin de la récréation et décidera de retourner à sa petite vie respectable, tu feras quoi ?

Tucker haussa les épaules. Il ferait ce qu'il avait toujours fait : il regarderait le bonheur lui échapper.

— Je chercherai une autre partenaire, répondit-il pour clore le sujet. Qu'est-ce qui t'amène par ici ?

— On passait par là. On a eu envie de voir si Sam et toi alliez bien.

— On ?

— Shadow est dans le coin.

Il l'aurait parié. S'il y avait Tracker, c'était que Shadow n'était pas loin.

— Sam est au ranch Montoya.

— C'est ce qu'on m'a dit.

Le ton sinistre de sa voix n'était pas engageant. Tout le monde avait tendance à considérer Sam comme le plus imprévisible de la bande, mais c'était une erreur. Tracker et Shadow, son frère jumeau, étaient les deux vrais électrons libres des Hell's Eight.

— Qu'est-ce qu'on t'a dit d'autre ?

— Qu'il s'est marié avec une petite bombe.

Tucker sourit.

— C'est une façon de décrire Bella. J'ajoute qu'elle est drôle, vive et en adoration devant Sam. Et réciproquement. Mais ils ne sont pas encore mariés. La noce est prévue dans deux mois.

Tracker grogna.

— Il est amoureux ?

— Comme un dingue.

Tracker marmonna tout bas et fit passer sous son autre bras le paquet qu'il tenait serré, enroulé dans une couverture.

— Son sourire ressemble à quoi ?

Tucker comprit le sens de sa question. Pendant toutes ces années de cauchemar, ils avaient vu la gaieté de Sam disparaître, remplacée par un sourire mécanique, de façade. Et ils s'étaient tous dit que celle qui réussirait à lui rendre sa joie de vivre serait la femme de sa vie.

— A celui d'un homme qui nage en plein bonheur.

— Bon. Je ferai un saut là-bas pour voir si elle a assez de cran pour épouser Sam.

Tucker revit Bella sur la falaise, quand Sam était tombé dans le vide. Elle l'avait agrippé, s'arc-boutant de tout son poids minuscule pour tenir jusqu'à l'arrivée des secours, au risque de basculer avec lui dans le vide.

— Oh ! du cran, elle en a, crois-moi.

Tracker le dévisagea.

— Tu as l'air sûr de toi.

— Je le suis.

— Alors, ce sera une sacrée noce dans deux mois.

— C'est le cas de le dire. Bella est très riche.

— J'imagine que Sam a dû avoir du mal à avaler cette couleuvre.

— Par chance, avec ce ranch immense, il hérite aussi d'un paquet de problèmes.

Tracker se mit à rire.

— Il y a trouvé une forme de consolation, je suis sûr.

La seule chose que Sam aimait peut-être encore plus que Bella, c'était la perspective d'un défi à relever.

— Disons que ça a mis un peu de baume sur sa blessure d'amour-propre.

— Il a vraiment failli tuer sa belle-mère quand sa fiancée a été kidnappée ?

— Non seulement elle, mais le ranch Montoya au complet. Ils avaient sous-estimé son attachement à Bella.

Tucker vit le sourire de Tracker luire dans l'ombre.

— On a souvent tendance à sous-estimer Sam.

— En l'occurrence, c'est Sam qui a sous-estimé

les hommes de Montoya. Ce sont des braves. Ils te plairont. Ils pourraient être des nôtres.

— Oui, c'est ce que j'ai entendu dire.

Tracker avança. Les premières lueurs du jour éclairèrent la cicatrice livide qui lui entaillait la joue. L'espace d'un instant, Tucker se revit quinze ans en arrière, dans la petite ville où ils avaient grandi. Le galop assourdissant des chevaux, les cris de guerre des soldats mexicains, les hurlements des victimes. Il revécut la terreur de ces minutes, la brûlure de la balle au moment où elle lui avait traversé la poitrine, la clameur qui s'éloignait, puis le visage de Tracker au-dessus de lui, ruisselant de sang, tandis qu'il retirait son couteau du cadavre de l'homme qui venait de lui tirer dessus.

Il toucha la balle qui pendait à son cou. Son talisman. Un souvenir pour ne jamais oublier l'horreur de ce jour-là. Aujourd'hui encore, il avait à la mémoire l'odeur de mort qui flottait dans les rues. Elle était gravée à jamais dans son esprit. Intacte.

Il respira une grande goulée d'air pour reprendre pied dans le présent et montra l'étrange paquet que Tracker serrait sous son bras.

— Qu'est-ce que c'est ?

Sa cicatrice plissa quand il sourit. Tracker n'était pas « beau » au sens strict du terme, mais il dégageait une force et une puissance impressionnantes.

— Un cadeau de Desi. Pour toi.

— Pour moi ? Mais ce n'est pas mon anniversaire.

Le paquet gigota.

Tracker lâcha un juron et l'empoigna à deux mains

pour l'éloigner de lui. Un couinement monta de la couverture.

— Bon sang ! Ce maudit animal vient de faire ses besoins sur moi !

Tucker aperçut un museau brun-roux, de longues oreilles molles et familières. Un chiot. Et pas n'importe lequel.

— Hé ! On dirait que Boone est devenu papa !

Une bouffée de nostalgie l'envahit. Il revit le gros basset paresseux qu'ils avaient tous pris pour un crétin et qui était devenu un vrai héros en sauvant la vie de Desi.

— Qui aurait pu imaginer que ce sac à puces trouverait assez d'énergie pour courtiser une dame ?

Tracker posa le chiot sur le sol. En digne rejeton de son père, il se coucha avec un soupir exténué.

— Desi l'a mis de côté pour toi. Elle dit que c'est le plus beau de la portée.

Tucker attrapa l'animal par la peau du cou et le souleva. Il ne devait pas avoir plus de trois mois. Ses longues oreilles lui arrivaient à mi-pattes et il avait des yeux bruns attendrissants. Il remua la queue et lui donna un coup de langue.

— Il est mignon.

Le chiot le remercia d'un deuxième coup de langue.

— Tu dis qu'elle me l'a mis de côté ? Pourquoi ?

Tracker tira sur sa chemise humide d'un air dégoûté.

— C'est la rançon de la gloire. Un animal qui suit la trace de sa maîtresse sur des kilomètres après avoir reçu un coup de couteau, ça ne court pas les rues. Tout le monde veut un descendant du héros.

Tucker éclata de rire. Il est vrai que Boone était entré dans la légende du Hell's Eight, ce jour-là.

— Il y avait combien de chiots dans la portée ?

— Six. Les prix se sont envolés. Une vrai foire d'empoigne.

— Tu plaisantes ?

Le chiot s'affala lourdement contre son épaule et entreprit de mordiller le cuir de sa veste.

— Absolument pas. Et Desi s'obstine à décliner toutes les offres. Caine s'arrache les cheveux.

— Elle ne veut pas les vendre ?

Tracker se massa le menton en souriant.

— Elle les appelle les enfants de Boone.

— Oh, bon sang !

Tucker éclata de rire. Il aurait voulu voir la tête de Caine. Desi avait grandi dans une riche famille de l'Est du pays. Son éducation de lady se heurtait régulièrement au pragmatisme de son mari.

— Caine a utilisé un juron plus imagé. Cet argent serait pourtant le bienvenu pour renforcer la protection du Hell's Eight.

Desi et sa sœur jumelle, Ari, étaient les héritières d'une grosse fortune dont quelqu'un s'évertuait à les déposséder. Selon toute vraisemblance, le coupable était un avocat à qui leur père avait eu tort de faire confiance, mais comment être sûr ? L'ennemi auquel ils avaient affaire était très différent du gibier qu'ils avaient l'habitude de chasser. Il agissait dans l'ombre, changeait sans cesse de forme, engageait des tueurs sans visage. Ils avaient l'impression de se battre contre une armée de fantômes.

— Caine a trop d'amour-propre. Je ne vois pas ce que ça a de si terrible que sa femme soit une héritière, grommela Tracker.

— Il a peur que Desi change le jour où elle entrera en possession de cet argent. Et il a sans doute raison. Qui sait si elle ne voudra pas retourner dans l'Est une fois qu'elle sera riche ?

Si elle décidait de partir, Caine la suivrait. Il mourait à petit feu là-bas, mais il la suivrait parce qu'il ne pouvait pas vivre sans elle. Tucker n'imaginait pas le Hell's Eight sans Caine.

— Cet argent n'apportera que des ennuis, crois-moi.

Tracker regarda au loin, comme s'il apercevait une réalité qu'il était le seul à voir.

— Tout change. Même les Hell's Eight.

Tucker sentit un frisson lui parcourir la nuque. Il avait eu cette expression le matin du massacre, alors que le soleil se levait à l'horizon. « C'est une sombre journée qui commence », avait-il murmuré. Huit heures plus tard, l'armée mexicaine déferlait sur la ville et massacrait tous ses habitants. Ce jour-là, Tucker avait vu à quoi ressemblait l'enfer.

— Le Hell's Eight ne peut pas disparaître, affirma-t-il avec force, comme pour s'en convaincre lui-même.

Tracker lui adressa un sourire qui n'éclaira pas ses yeux.

— Non, bien sûr.

Il s'éclaircit la gorge et montra le chiot, changeant ostensiblement de sujet.

— En tout cas, les enfants de Boone ont mis de l'animation au ranch. Desi s'ennuie à mourir depuis qu'elle est enceinte. Caine ne lui laisse rien faire. Heureusement, sa grossesse arrive à son terme.

— Ça se présente comment ?

— Je ne sais pas. Elle a un ventre énorme.

— Ce n'est pas bien ?

Tracker écarta les bras.

— Comment veux-tu que je le sache !

Sally Mae, elle, saurait. Cette pensée traversa l'esprit de Tucker comme une flèche. Mais elle était ici, à Landos, et Desi au Hell's Eight, un endroit où elle ne mettrait jamais les pieds.

— Caine en mourrait si par malheur il devait arriver quelque chose à Desi.

Ils n'avaient pas connu beaucoup de douceur dans leur vie, mais quand Desi était entrée dans leur petit cercle, ils s'étaient tous pris à espérer.

Tracker se redressa, le visage fermé.

— Il ne lui arrivera rien.

Ils feraient tout pour la protéger, bien sûr, mais quel contrôle avaient-ils sur une grossesse ? Le sentiment que leur univers était en train de vaciller lui dessécha la gorge.

— Puisse l'avenir te donner raison.

Il ne voulait pas évoquer Dieu. Quand l'armée mexicaine avait détruit les siens et qu'il s'était retrouvé seul, à crever de faim comme un chien au milieu des ruines, il avait décidé que Dieu n'était pas de son côté.

Le chiot gigota dans ses bras. Il trottina jusqu'au premier arbre dès qu'il le posa par terre, fit ses petites affaires, mâchouilla un brin d'herbe puis revint s'asseoir sur sa botte avec un soupir satisfait.

— C'est le portrait craché de Boone.

— Tout le monde voulait l'acheter, mais Desi a décrété qu'il était pour toi.

Sans doute en signe d'amitié. Elle ne comprenait pas le lien invisible qui unissait les membres du Hell's Eight. La gratitude n'avait pas de place entre eux. Ils formaient une famille. Il se pencha pour caresser la tête du chiot et glissa un doigt sous ses oreilles. Elles étaient étonnamment lourdes.

— Ce n'était pas nécessaire. Elle fait partie du Hell's Eight.

Tracker releva son chapeau noir d'un cran. Tout en lui était sombre — son allure, son caractère. Mais il n'y avait pas de meilleur allié au combat.

— Elle n'en est pas encore complètement sûre, je pense.

Elle avait peur d'être dépossédée de sa vie, comme c'était arrivé par le passé. Il s'était pris d'affection pour Desi. Elle avait du cran, de la classe, de l'humour. Les épreuves qu'elle avait traversées auraient pu la briser, mais elle s'en était sortie la tête haute, avec un courage incroyable. Elle méritait le respect.

— Alors je la remercierai.

— Caine t'en saura gré.

Tucker perçut le reproche voilé. Il n'était jamais resté éloigné aussi longtemps du Hell's Eight. Tracker avait raison : s'il n'y prenait pas garde, son obsession pour Sally Mae allait mal finir.

— Si on découvre ce que tu fais avec la veuve du docteur, c'est ton cadavre qu'on ramènera au Hell's Eight.

Tucker haussa les épaules d'un air faussement détaché.

— C'était une aventure d'une nuit. C'est terminé.

— Le petit signe qu'elle t'a adressé en partant ne ressemblait pas un adieu. Une telle légèreté m'étonne de la part d'une femme prétendument intelligente.

— Tu crois qu'une femme sensée sortirait avec moi ?

Son trait d'humour tomba à plat. Tracker lui lança un regard indiquant qu'il n'était pas dupe.

— Elle risque gros. Tu t'en rends compte, j'espère ?

Comme s'il ne le savait pas !

— Je ne laisserai personne lui faire du mal.

— Et tu comptes lui servir de garde du corps combien de temps ?

Il lui lança un regard qui mit un terme au débat, et changea de sujet.

— Tu ne m'as pas dit ce qui t'amenait par ici ?

— J'ai rendez-vous avec Shadow.

Les deux frères s'étaient portés volontaires pour retrouver Ari, la sœur de Desi.

— Tu as appris quelque chose ?

Ari avait été kidnappée par les Comanches il y avait maintenant dix-huit mois. Il y avait peu de chance qu'elle soit encore en vie, mais Caine avait promis à Desi de tout tenter pour la retrouver. Ils étaient tous partie prenante dans cette affaire, par amitié pour Desi, mais aussi parce que l'idée qu'une jeune femme puisse être prise au piège de l'enfer que les Comanches réservaient aux femmes blanches leur était insupportable. Ari était la jumelle de Desi :

chaque fois qu'ils la regardaient, l'image de sa sœur disparue les hantait.

— On aurait aperçu une femme blanche à huit heures de route au sud d'ici, il y a un an.

— Le témoignage est fiable ?

— Non. Mais je dois quand même vérifier.

L'histoire pouvait avoir été inventée de toutes pièces pour toucher la récompense promise par le Hell's Eight en échange de tout renseignement. Ou dans un but plus tordu.

— Tu crois qu'il s'agit d'un piège ?

— Disons que j'ai des doutes. La présence d'une femme blanche dans cette zone aurait forcément alimenté la rumeur depuis longtemps.

Tucker ajusta le bord de son chapeau pour se protéger des premiers rayons du soleil.

— S'ils croient obliger Desi à sortir à découvert, ils se trompent. Elle ne mettra pas un pied hors du territoire du Hell's Eight tant que Caine ne sera pas pleinement rassuré sur sa sécurité.

Et vu la façon dont il la surprotégeait, ce n'était pas demain la veille !

— Tu vas lui en parler ?

— Je veux d'abord vérifier quelque chose.

— Quoi ?

Tracker regarda au loin, le visage fermé, comme chaque fois qu'il était en proie à un débat intérieur.

— Rien, juste une intuition.

— Tu penses qu'Ari pourrait être vivante ?

— Je te l'ai dit, c'est juste une intuition.

Peut-être, mais Tucker croyait dur comme fer aux intuitions de Tracker.

— Bon. Quand partons-nous vérifier ce témoignage ?

— Nous ?

— Qu'est-ce que tu crois ? Je t'accompagne. Le coin n'est pas sûr.

Tracker montra la maison d'un signe du menton.

— Tu es certain de vouloir t'absenter ?

La demeure de Sally Mae se dressait comme une petite forteresse d'ombre baignée par la pâle clarté de l'aube. Un îlot de lumière au milieu de la nuit. Tracker lui reprochait de ne pas vouloir regarder la réalité en face, mais il se trompait. Sally n'avait pas besoin qu'un Texas Ranger à moitié indien vienne jeter le trouble dans sa vie. Il en était parfaitement conscient. Simplement, ce n'était pas facile de la quitter.

Il se pencha pour soulever le chiot.

— Absolument certain. J'ai besoin de me changer les idées.

Chapitre 5

Impossible de dormir.

Sally Mae se tourna dans son lit et enfouit son visage dans l'oreiller comme si ce geste avait le pouvoir d'effacer de sa mémoire les images de la nuit. Peut-être devrait-elle se laver une fois encore, par précaution. Tucker était un amant très viril. Mais elle s'était longuement rincée avec de l'eau vinaigrée, cela devrait suffire. D'après Jonah, la méthode était infaillible et, de fait, elle n'était pas tombée enceinte durant leur mariage.

Un regret lui noua la gorge. Elle aurait préféré que son mari ne soit pas aussi savant sur la question. Les derniers temps de leur union, elle avait pleuré presque tous les jours cet enfant que Jonah ne voulait pas lui donner. Après six années d'attente, il lui semblait pourtant normal de songer à fonder une famille. Mais chaque fois qu'elle avait abordé le sujet, son mari lui avait répondu « pas maintenant », anéantissant ses espoirs.

Un sentiment de culpabilité chassa sa colère. Jonah avait été un mari fidèle et respectable. Il aurait pu épouser la femme qu'il voulait, mais c'était elle qu'il avait choisie. Il n'avait jamais fait mystère de ses priorités : se consacrer à ses patients, soulager les malades en les faisant profiter des avancées de la médecine. Et il ne lui avait jamais caché non plus que son épouse devrait l'assister dans sa mission. Jonah avait été un professeur exigeant mais patient. Il lui avait appris tout ce qu'il y avait à savoir dans une profession dont les femmes étaient généralement exclues. Pendant des années, elle avait écouté, observé, mémorisé, intégré chaque information jusqu'à ce qu'elle soit capable de diagnostiquer les maladies et d'opérer aussi bien que lui. Elle s'était consacrée corps et âme à sa tâche mais, peu à peu, elle avait découvert que cela ne suffisait pas à remplir sa vie.

Sally se retourna, le coussin pressé sur son visage. Elle avait honte de son ingratitude. Elle aurait dû lui être reconnaissante au lieu de se plaindre. Ce n'était pas qu'elle n'aimait pas exercer la médecine — au contraire ! Mais elle aspirait à devenir mère. Elle avait toujours voulu fonder une famille. Peut-être parce qu'elle était une enfant adoptée, comme le lui avait rétorqué un jour Jonah, agacé par son insistance. Ou peut-être simplement parce qu'elle aimait s'occuper des autres et se rendre utile. Quelle que soit la raison, elle…

— Madame Sally ! Madame Sally !

Quelqu'un tambourinait à la porte de la maison.

— Quelqu'un est blessé ! Venez, vite ! Vite !

Sally Mae reposa le coussin avec un soupir las. Toujours cette violence ! Pas un jour ou presque sans un nouveau drame. Elle ne ressentait plus la panique des premiers temps. Jonah y aurait probablement vu un signe de maturité, mais ce n'était pas le cas. Elle était seulement fatiguée de cette souffrance et de ces morts inutiles.

Repoussant les couvertures, elle s'habilla à toute vitesse et descendit l'escalier tout en finissant de boutonner son col. Le vieux Jed attendait sur le seuil, le visage en sueur, la respiration sifflante.

— Vous n'auriez pas dû courir, Jed. Ce n'est pas bon pour vos poumons.

Il lui lança un regard impatient.

— C'est Billy, on lui a tiré dessus !

— Billy Hanson ?

Oh ! mon Dieu, ce n'était qu'un enfant.

— On l'amène ici ?

— Non, on n'ose pas le bouger. Ça a l'air sérieux.

Elle attrapa la sacoche de médecin de Jonah, et s'élança. Inutile de demander à quel endroit le drame avait eu lieu. Dans le saloon, bien sûr, comme toujours ! Elle descendit la rue, le cœur battant. Derrière elle, Jed essayait de la suivre, la respiration sifflante.

— Il est… devant le… saloon, haleta-t-il.

— Naturellement.

Ses jupes claquaient contre ses jambes, son cœur battait à toute volée dans ses oreilles. Elle aperçut un attroupement au bout de la rue.

— Il n'y a rien de mal… à aller se désaltérer, madame Sally.

Non, bien sûr. Sauf que chaque fois que des hommes se retrouvaient devant un verre, le sang coulait. Elle se fraya un passage au milieu de la foule. Billy gisait dans la poussière de la rue, les deux mains crispées sur son ventre. Sa chemise bleue — celle que sa mère avait cousue pour lui le mois dernier quand il avait commencé à faire les yeux doux à Jennifer Hayes — était rouge de sang. Il avait du sang aussi sur les lèvres et un filet coulait de sa bouche vers son cou.

Pendant une seconde, Sally ferma les yeux tandis que l'horreur, la peur et un minuscule espoir se mêlaient dans son cœur.

Oh ! mon Dieu...

La sacoche fit un bruit mat quand elle la posa sur le sol. Pourquoi fallait-il se bagarrer et tuer pour prouver qu'on était un homme ?

Jed la rejoignit en tirant la jambe, le souffle rauque. Elle posa la main sur son bras pour l'aider à tenir son équilibre. Elle n'aimait pas son teint cireux.

— Vous allez le sauver, madame Sally ?

Sa gorge se noua. En réalité, elle n'en savait rien.

— On ne l'a pas bougé, déclara Peter, l'épicier. Le Dr Jonah disait toujours qu'il ne fallait pas déplacer un blessé grave.

Depuis le jour où on était venu frapper à sa porte pour lui demander de prendre la suite de son défunt mari, Sally Mae n'avait cessé de se heurter à ces rappels à l'ordre : son mari faisait comme ci, comme ça, et il était hors de question qu'elle procède autrement. Mais elle avait ses propres méthodes de travail et, surtout, elle n'avait nul besoin qu'on lui explique ce qu'elle avait à faire !

— Merci, Peter.

Elle s'agenouilla et se força à sourire tandis que Billy clignait les yeux pour la regarder.

— Bonjour, Billy.

— J'ai déconné, chuchota-t-il.

Cette tentative pour assumer ses responsabilités comme un homme ne réussit pas à chasser la terreur dans ses yeux, cette perception intuitive qu'ont les mourants de leur fin toute proche. Sally accrocha son sourire sur ses lèvres pendant qu'elle déboutonnait sa chemise trempée de sang.

— On va regarder comment ça se présente, d'accord ?

La foule se resserra autour d'eux. Une femme siffla : « Quel scandale ! » Sally Mae était toujours abasourdie par la bêtise des gens. Comme si elle se souciait des convenances quand elle s'occupait d'un blessé ! Maîtrisant son exaspération, elle demanda à Jed de faire reculer tout le monde.

— Allez, les gars, poussez-vous ! Laissez Mme Sally travailler tranquille.

Il y eut des grondements mécontents puis un mouvement de recul quand elle ouvrit la chemise, dévoilant une plaie ronde d'où s'écoulait un flot de sang noir. La balle avait touché le foie. Billy avait une hémorragie interne. Il était perdu.

Il lui agrippa le poignet de ses doigts maculés de sang.

— Ce n'est pas bon, n'est-ce pas, madame Sally ?

Elle aurait voulu pouvoir lui mentir, mais Dieu interdisait le mensonge. Même pour apaiser un enfant qui avait choisi la pire des méthodes pour prouver qu'il était un homme. Elle secoua la tête, la gorge serrée.

— Je suis désolée.

Au bout de la rue, une femme hurla le prénom de Billy. Ce devait être Hazel. Seule une mère pouvait crier avec un tel désespoir.

Un calme étrange descendit sur le visage du jeune garçon.

— Je vais mourir, c'est ça ?

Elle acquiesça d'un petit signe du menton, ses larmes au bord des cils. Le regard de Billy se recentra quand sa mère cria de nouveau son prénom. Sally lui adressa un sourire tremblant, puis reboutonna sa chemise. Elle lut dans son regard qu'il avait compris : elle ne pouvait rien pour lui. Il toussa. Du sang jaillit de sa bouche, coula sur son menton. Elle l'essuya avec ses doigts tout en sachant que c'était inutile : elle n'avait pas le pouvoir d'arrêter l'hémorragie qui le tuait. Un mouchoir apparut dans son champ de vision, en même temps qu'une paire de bottes familières. Tucker. Elle prit le mouchoir qu'il lui tendait.

Elle eut l'envie absurde de le frapper pour ne pas avoir empêché cette tragédie. Une pensée ridicule, évidemment. Tucker suivait les mêmes codes que tout le monde, ici. Un code qui disait qu'un homme qui cherche les ennuis finit toujours par les trouver. Et sûrement, à ses yeux, en entrant dans ce saloon, Billy avait trouvé ce qu'il était venu chercher.

Elle nettoya son visage ensanglanté du mieux qu'elle put. Elle voulait au moins essayer d'adoucir la dernière image qu'Hazel garderait de son fils. Rien ne permettrait d'atténuer son horreur quand elle verrait son garçon mourant. Ni sa colère quand elle saurait que Sally ne pouvait pas le sauver. Elle chercha au plus profond d'elle-même la force de supporter la douleur d'Hazel et son propre sentiment d'inutilité.

Mon Dieu, donnez-moi la force…

Hazel se fraya un passage au milieu de l'attroupement. C'était une femme menue, avec des cheveux bruns striés de gris, un visage fané par le soleil et des yeux d'un bleu très doux. Avec un cri étranglé, elle tomba à genoux près de son fils. Ses mains usées par le travail attirèrent son visage contre sa poitrine. Elle lui caressa les cheveux, les épaules secouées par des sanglots silencieux. Sally Mae s'assit sur ses talons en vacillant et sentit immédiatement la cuisse musclée de Tucker venir en soutien. Elle aurait probablement dû s'écarter mais elle n'en fit rien. Pendant des années, on lui avait imposé de se tenir droite et de ne rien lâcher. Mais, aujourd'hui, la solitude pesait trop lourd sur ses épaules. Elle n'en pouvait plus d'être seule et forte.

Tucker lui prit le mouchoir des mains. Elle lui adressa un pâle sourire sans se soucier de ce qu'on pourrait penser. Il était là chaque fois qu'elle avait besoin de lui et il avait beau insister pour qu'elle l'ignore en public, elle s'y refusait. Il était son ami et on ne reniait pas un ami.

— Merci.

D'un mouvement de tête qui fit ondoyer ses longs cheveux d'ébène, il s'écarta.

— Sauvez-le.

La prière rauque d'Hazel lui tordit le cœur. Oh, Dieu ! que lui répondre ?

— Je ne peux pas.

— Vous sauvez des criminels ! Vous guérissez des bandits mais vous ne voulez pas aider mon fils ?

— Vous savez bien que si c'était en mon pouvoir...

Avant qu'elle ait pu l'en empêcher, Hazel souleva la chemise de Billy. Elle resta pétrifiée à la vue de la plaie dont le sang s'échappait en bouillonnant et leva vers Sally Mae un regard brouillé de larmes.

— Il y a forcément quelque chose à faire !

— Je peux prier pour lui.

Hazel se statufia tandis que le sens de ces mots pénétrait lentement son esprit. Puis elle fondit en larmes.

— Merci.

Sally s'agenouilla près d'elle et chercha au fond d'elle-même la sérénité qui lui échappait dans des moments de révolte comme celui-ci. Nul ne pouvait s'opposer à la volonté de Dieu. Il fallait accepter Ses décisions, aussi dures qu'elles puissent paraître. Mais comment regarder un enfant de seize ans mourir dans les bras de sa mère sans avoir envie de hurler ?

Des hommes dans l'assistance ôtèrent leur chapeau et des femmes firent le signe de croix. La mort était si banale ici. Apparemment, elle était la seule à ne pas l'accepter comme une fatalité.

Billy était agité de tremblements, le visage pressé contre la poitrine de sa mère. Une rigole de sang coulait de sa bouche sur son menton.

Mon Dieu, donnez-moi la sérénité.

Elle posa la main sur l'épaule d'Hazel pour lui communiquer sa force pendant que le garçon toussait, crachant du sang frais puis avalant des petites goulées d'air étranglées. La fin était proche. Il regarda sa mère. Ses lèvres teintées de rouge formèrent les mots « je t'aime ».

Le chagrin fit vaciller Sally Mae. D'instinct, elle chercha Tucker du regard. Il la fixait, le visage impassible, les yeux froids. C'était peut-être absurde, mais elle avait le sentiment qu'il n'était pas aussi détaché qu'il voulait le lui faire croire.

Il ne détourna pas les yeux tandis qu'elle récitait tout haut le Notre Père. Puis quelqu'un dans l'assistance se mit à chanter. Sally Mae reconnut le timbre d'Alma Hitchell, la femme Dwight, le propriétaire du saloon. Elle s'était toujours demandé comment une femme aussi pieuse pouvait concilier sa foi avec la profession de son mari. Tandis que les dernières notes du cantique vibraient dans l'air, Sally Mae ferma les yeux et ajouta une prière plus personnelle :

Mon Dieu, donnez-nous à tous la sérénité nécessaire pour surmonter cette épreuve…

— Qu'est-ce qui s'est passé ?

Roger, le nouveau shérif, approchait d'un air embarrassé. Il enfonça ses pouces dans les poches de son gilet et observa la scène d'un œil soupçonneux. Il s'était retrouvé shérif par hasard, à la suite d'un concours de boisson stupide, dans ce même saloon. Et si la ville avait accepté qu'un ivrogne incarne la loi, c'était parce qu'ils étaient tous persuadé qu'il se ferait tuer au bout de quelques heures. Mais il était toujours là.

— Billy s'est fait descendre, expliqua Dwight.

La formule hérissa Sally Mae. Billy n'avait pas

demandé à se faire tuer. Il était entré dans ce salon pour essayer de prouver qu'il était un homme. Et tout ce qu'il avait réussi à démontrer, c'était que, dans cette ville, on n'hésitait pas à tirer sur un gosse.

— Ces gamins n'ont aucune jugeote, grogna Peter d'un ton méprisant.

Sally Mae serra les poings. Ce n'était pas Billy le coupable, mais ceux qui avaient relevé le défi qu'il leur lançait au lieu de le renvoyer chez lui. Demain ou après-demain, on reviendrait frapper à sa porte pour la même raison. Le cycle se répéterait, encore et encore, la mort engendrant la mort, la vengeance engendrant la haine. C'était sans fin.

Elle se releva tout en frottant le sang qui tachait le tissu gris de sa robe. La marque s'atténua mais ne disparut pas.

Mon Dieu, donnez-moi…

Sa prière mourut sur ses lèvres, stoppée par un brouhaha lointain. Des cris de haine, des cris de souffrance, des sanglots. Elle cilla et regarda autour d'elle. Personne ne semblait troublé par cette cacophonie. Elle n'existait que dans sa tête. Le vacarme grandit et devint un rugissement assourdissant. Elle recula en vacillant. Elle ne pouvait pas prier ici. Elle ne pouvait pas réfléchir ici. Tournant les talons, elle prit le chemin de sa maison, cillant tandis que des larmes de désespoir lui brûlaient les yeux.

Une ombre se plaça sur son chemin. Elle sentit une main presser discrètement le bout de ses doigts au passage. Tucker. Elle l'ignora et continua à avancer mécaniquement, poussant la petite barrière de sa maison, remontant l'allée. Un cri résonna au bout de la rue. Celui d'une mère qui vient de voir son fils mourir dans ses bras. Sally se statufia, la main sur la poignée de sa porte, puis elle se réfugia chez elle et ferma les yeux, adossée au battant.

Une odeur familière de cire et de citron l'accueillit. Elle entendit Lyle l'appeler depuis sa chambre, mais elle l'ignora et gravit l'escalier, en larmes. Une fois dans sa chambre, elle tomba à genoux, le visage dans ses mains et pria. Pour Billy. Pour Hazel. Pour que le cercle infernal de la violence s'arrête. Mais aussi pour oublier l'image de son mari mort, un trou au milieu du front. C'était par ce trou minuscule que sa vie était partie. Et elle pria avec une ardeur redoublée parce que c'était le visage de Tucker qu'elle voyait soudain se superposer à celui de son mari, victime lui aussi de cette violence aveugle.

Mon Dieu, donnez moi la force…

Tucker regarda Sally Mae s'éloigner. Elle se tenait droite, le menton relevé, mais il savait qu'elle pleurait. La mort de Billy l'avait bouleversée. Il aurait voulu la rejoindre, la consoler. Il aurait dû être auprès d'elle, au lieu d'écouter tous ces lâches expliquer que c'était la faute à la fatalité.

Hazel sanglotait, son fils serré dans ses bras. Son fils aîné, à ce qu'il avait entendu dire.

— Il ne lui a laissé aucune chance, expliquait le vieux Jed au shérif. Tout le monde savait que c'était la première fois qu'il entrait dans le saloon. Un type accoudé au comptoir lui a dit quelque chose. Le gamin a eu l'air surpris, et dans la seconde qui a suivi, ce salopard lui a tiré dessus !

— Vous l'aviez déjà vu ?

— Je crois qu'il faisait partie de la bande de Tejala autrefois, mais je n'en suis pas sûr. Il a filé sans demander son reste.

— Inutile de lui courir après, alors, marmonna le shérif. Il est déjà loin.

— Il a tué mon fils ! lança Hazel d'une voix sourde. C'est votre travail de le traîner devant la justice !

Le shérif prit la pose, le torse bombé.

— Je suis payé pour faire respecter la loi, pas pour courir après des fantômes.

— Vous n'êtes qu'un lâche !

L'accusation de la mère de Billy claqua dans le silence. Le shérif rougit.

— Vous oubliez à qui vous parlez, il me semble.

Hazel le toisa avec mépris.

— Je sais très bien ce que je dis, et à qui je le dis !

Tucker comprenait sa révolte. L'homme était un lâche, et sa désignation comme représentant de la loi, une farce qui avait mal tourné. Mais dans le cas présent il ne pouvait pas faire grand-chose. L'ancienne bande de Tejala devenait un vrai problème dans la région. Depuis la mort de leur chef, ils étaient livrés à eux-mêmes. Des hommes dangereux, sans le sou, prêts à sauter sur n'importe quelle occasion pour prouver qu'ils étaient les plus forts et prendre la place de leader.

— Qu'est-ce que vous comptez faire, Ranger ? lui lança Hazel.

Il releva son chapeau d'un cran.

— Je vais essayer d'obtenir une description du tireur et me mettre en chasse.

Hazel regarda les hommes rassemblés autour d'elle, le visage ravagé par le chagrin.

— Où est votre courage ? Il n'y en a pas un parmi vous pour venger la mort d'un garçon innocent ?

— Ton fils connaissait les risques quand il est entré dans le bar, riposta quelqu'un. Ce n'est pas à nous de payer pour son inconscience !

— Moi, je vais le ramener, ce fumier ! tonna le vieux Jed en s'avançant.

Jed aurait été un allié solide autrefois, mais aujourd'hui il n'était plus qu'un vieillard usé, qui soufflait comme une forge. Tucker ne voulait pas avoir sa mort sur la conscience en l'emmenant avec lui.

— Si vous permettez, madame, dit-il à Hazel en touchant le bord de son chapeau, je vais y aller en solo. Je dois le rattraper avant qu'il ait eu le temps de rejoindre ses complices et je progresserai plus vite si je suis seul.

Le visage d'Hazel se crispa.

— Vous me promettez de l'attraper ?

Il regarda Billy, qui serrait toujours la main de sa mère dans une étreinte de glace, le visage barbouillé de sang. Bon sang, ce gamin n'avait même pas de poils au menton !

— J'en fais une question d'honneur.

Chapitre 6

Sally Mae ouvrit à la seconde où il frappa à la porte de derrière. A croire qu'elle le guettait.

Elle le dévisagea avec une amertume mêlée de fatalisme.

— Tu pars.

Ce n'était pas une question.

— Oui.

La déception qu'il lut dans ses yeux lui donna envie de la prendre dans ses bras et de l'embrasser à en perdre le souffle — et de la secouer comme un prunier pour lui faire entendre raison. Sa religion condamnait peut-être toute forme de violence mais, dans la vraie vie, ceux qui tendaient l'autre joue finissaient entre quatre planches. Pourquoi refusait-elle de regarder la réalité en face ?

— Un homme qui tue un gamin pour s'amuser mérite d'être arrêté et puni, Sally Mae. Alors, je pars le chercher, oui.

Elle croisa les bras sur sa poitrine.

— Je suppose que rien de ce que je pourrai dire ne te fera changer d'avis…

— Non.

Il aurait voulu effacer son expression peinée sous ses baisers, la cajoler jusqu'à ce que son regard se trouble de désir.

— Cela dit, je ne suis pas venu uniquement t'annoncer mon départ. En fait, j'ai un service à te demander.

Elle le dévisagea avec étonnement. Il ne lui demandait jamais rien.

— Un service ?

— Je voudrais que tu prennes soin de quelqu'un en mon absence.

Il siffla. Le chiot trottina vers lui, ses longues oreilles valsant en rythme. Sally Mae le regarda, stupéfaite.

— Un chien ?

— Il s'appelle Crockett. A cause de Davy Crockett.

Crockett se dirigea droit vers elle en remuant la queue. Tucker l'attrapa par la peau du cou avant qu'il ne pose ses pattes sales sur sa jupe grise. Il couina en signe de protestation.

— Je n'ai pas encore eu le temps de lui apprendre les bonnes manières.

Elle observa le chiot d'un air sceptique.

— C'est censé être un chien de garde ?

— A vrai dire, pour l'instant, il est surtout très doué pour les bêtises.

Crockett s'assit lourdement sur son séant.

— Tu veux bien le garder pendant que je serai absent ?

— Combien de temps seras-tu parti ?

— Une semaine. Dix jours, au pire.

Il lui sembla voir une lueur de soulagement dans

son regard. Elle s'agenouilla pour caresser les longues oreilles de Crockett, le visage baissé.

— D'habitude, tu restes absent beaucoup plus longtemps.

— La piste est fraîche, ce ne sera pas long.

— Et si tu ne reviens pas ?

Elle fit mine de s'occuper du chiot mais il perçut la fêlure dans sa voix. S'il ne revenait pas, cela voudrait dire qu'il était mort. C'était une éventualité, il ne pouvait pas l'écarter.

— Tu n'auras qu'à envoyer un message au Hell's Eight, quelqu'un viendra le chercher. Desi est folle de ce petit monstre.

Elle se figea.

— Desi ?

— La femme de Caine Allen.

— Je ne savais pas que les hommes du Hell's Eight croyaient au sacrement du mariage.

Mais Sally, oui. Et elle était jalouse. Tucker savoura cette découverte avec euphorie.

— En fait, si, mais on évite de l'ébruiter, dit-il d'un ton désinvolte.

— Tu as peur de devenir un gibier ?

— Pour tout dire, ce n'est pas la partie de chasse qui me pose un problème.

Il l'observa du coin de l'œil pour voir comment elle réagissait à ce petit aiguillon. Ses cils frémirent.

— C'est quand elles commencent à vouloir marquer leur prénom au fer rouge sur ma selle que les ennuis commencent.

— Elles sont nombreuses ?

Il s'accroupit à côté du chiot et lui gratta la tête tout en dissimulant un sourire.

— En fait, non, mais n'hésite pas à répandre l'information autour de toi.

Elle fronça les sourcils.

— Fais tes commissions toi-même, McCade !

— Impossible : je m'en vais.

Il leva les yeux et vit dans son regard la peur qu'elle essayait de dissimuler.

— Je vais revenir.

— Je suis certaine que beaucoup de femmes seront ravies de l'apprendre.

Elle voulut se détourner, mais il lui saisit le poignet.

— Tu le penses vraiment ?

— Je pense que tu es tellement habitué à attirer l'attention des femmes que tu ne t'en rends même plus compte.

— Je pourrais me passer de toutes les autres si j'en trouvais une qui soit capable de m'aimer vraiment.

Elle le regarda au fond des yeux.

— Aucune femme n'acceptera de cautionner la violence dans laquelle tu vis.

— Elles ne sont pas toutes pacifistes.

— Mais elles veulent toutes des enfants, un foyer paisible pour les élever et un mari présent à leurs côtés.

Elle aurait voulu lui prouver qu'il n'avait aucune chance qu'elle ne s'y serait pas prise autrement. Il la lâcha.

— C'est ce que tu veux ?

Elle hocha la tête, et tapota ses jupes, les joues empourprées.

— Aimer un homme qui frôle la mort à chaque instant n'est pas un choix raisonnable.

Il contempla ses yeux, sa bouche. Il voulait tout d'elle, et savoir qu'il n'aurait rien le tuait.

— Tu crois qu'on choisit d'aimer quelqu'un ?

— Non.

Son regard se voila de tristesse.

— Mais je veux choisir le père de mes enfants.

Il se remémora comment elle s'était donnée à lui la nuit passée, avec un abandon bouleversant. Et comment elle lui était apparue ce matin, agenouillée devant Billy, effondrée de ne pas pouvoir le sauver.

— Tu crois que tu seras plus heureuse avec un mari insipide, incapable de vous protéger, tes enfants et toi ?

— Le courage n'est pas uniquement physique.

— Quand une brute essaie de te violer, un type avec des muscles est drôlement utile, crois-moi.

— Dieu condamne la violence.

Il la regarda, pâle et désabusée devant lui, et eut envie de fracasser son poing contre le mur. Pourquoi ne voulait-elle pas regarder la réalité en face ? Elle était enfermée dans ses certitudes comme dans une armure.

— Parfois, tu me fais peur, Sally Mae.

— Parce que je refuse de renier mes convictions ?

— Parce qu'elles te rendent terriblement vulnérable.

— Nul ne peut changer la volonté de Dieu.

La frustration le fit grincer des dents.

— Ton Dieu m'a peut-être guidé jusqu'à toi pour éviter que tu n'ailles le rejoindre trop vite.

Elle effleura son poing serré du bout des doigts. Ce simple contact le fit frissonner de la tête aux pieds.

— Ce n'est pas mon Dieu, Tucker, mais le nôtre.

Il lâcha un éclat de rire mordant.

— Dieu a détourné son regard de moi le jour où je suis né.

— Ce n'est pas vrai !

Elle leva vers lui un regard farouche.

— Dieu est présent en chacun de nous !

— Je suis un tueur, tu te rappelles ?

— Tu as seulement dévié de ton chemin.

On risquait de le voir, mais tant pis. Il lui caressa la joue d'un geste très tendre. Elle était si fragile. Si facile à briser.

— Si ça te fait plaisir de le croire.

Quelqu'un appela Sally de l'intérieur de la maison. Il se raidit.

— Lyle est toujours là ?

Elle eut l'air gênée.

— Il devait partir ce matin, mais il se sentait fiévreux.

Comme par hasard. Ce pilier de bar ne faisait pas mystère de son attirance pour Sally Mae. Il n'était pas le seul en ville à estimer que sa période de deuil avait assez duré et qu'il était temps qu'elle se remarie.

Attrapant Crockett, il le flanqua dans les bras de Sally Mae et entra dans la cuisine. Il traversa la pièce en quelques enjambées silencieuses, longea le couloir. Lyle était dans le lit, occupé à recoiffer sa tignasse avec ses gros doigts. Sans doute pour faire le joli cœur.

Tucker l'attrapa par une épaule avant même qu'il

ait compris ce qui lui arrivait et le souleva du lit. L'énorme cow-boy leva un poing gros comme un jambon et s'arrêta net en découvrant qui était là. Il déglutit pendant que Tucker lui décochait un sourire sinistre.

— J'ai une bonne nouvelle, Lyle : tu es guéri.

— Tu n'as pas d'ordre à me donner, Peau-Rouge. Je ne bougerai pas d'ici.

Tucker le fixa droit dans les yeux.

— On parie ?

— Tu n'es pas chez toi ici. D'ailleurs, tout le monde trouve ça bizarre en ville. On dit que tu fricotes avec la veuve à la nuit tombée.

Le fils de pute.

— Si jamais tu colportes des saletés sur Mme Schermerhorn, je t'arrache les boyaux et je les donne à manger aux coyotes. C'est clair ou tu veux une démonstration ?

Lyle ricana.

— Trop tard. Tout le monde en parle. Tu vas finir au bout d'une corde, ranger.

Merde. Lyle était trop confiant pour bluffer.

— La ferme !

— Tu as peur que la jolie veuve te mette dehors à coups de pied dans le derrière quand elle…

Le pas de Sally Mae résonna dans le couloir. Tucker lui ferma précipitamment le clapet d'un coup de coude dans le menton. Ses dents claquèrent.

Sally Mae entra en poussant un cri.

— Tucker, qu'est-ce que vous faites ? Il est convalescent !

— Et vous avez fait un excellent travail, madame, acquiesça-t-il en se forçant à sourire. Lyle me disait justement qu'il était en pleine forme et qu'il voulait partir.

Il broya la main du faux malade entre ses doigts.

— N'est-ce pas, Lyle ?

— Mais il avait de la fièvre ce matin, protesta Sally.

La seule fièvre qui faisait briller ses yeux de porc, c'était celle de son désir pour Sally Mae. Tucker l'empêcha d'approcher d'un simple mouvement d'épaule. Posséder un grand gabarit présentait parfois des avantages.

— Il s'est senti mieux d'un seul coup. Sûrement grâce à la potion que vous lui avez fait boire tout à l'heure.

Elle préparait toutes sortes de breuvages auxquels elle croyait dur comme fer. Une science que lui avait enseignée son mari. Le bon docteur croyait aux plantes et non au recours systématique à la saignée. Tucker devait reconnaître que cette approche avait davantage de sens.

— N'est-ce pas que tu es guéri, Lyle ?

Lyle ouvrit la bouche pour protester. Tucker lui broya la main en souriant.

— C'est vrai, madame Sally, je me sens mieux, bafouilla-t-il.

— C'est Mme Schermerhorn pour toi, rectifia Tucker en lui lançant sa chemise soigneusement pliée sur la chaise, à côté du lit.

Sally Mae s'avança.

— Je dois regarder son pansement avant qu'il parte.

Il n'y avait pas de sang sur le bandage qui entourait le ventre corpulent du « malade ».

— Inutile, la blessure est parfaitement saine.

— Mais il faut quand même que je vérifie, insista-t-elle. Les blessures par arme blanche peuvent s'infecter très rapidement.

Tucker tendit son pantalon à Lyle.

— Lyle reviendra vous consulter s'il a un problème. N'est-ce pas, Lyle ?

Le gros cow-boy hocha de la tête, mais ils savaient l'un comme l'autre qu'il ne remettrait pas les pieds dans cette maison à moins d'être à l'article de la mort, et encore. Il aurait trop peur de se retrouver nez à nez avec Tucker. Et il aurait raison : ce porc profitait de la compassion de Sally Mae pour l'importuner.

Lyle boutonnait encore son pantalon quand Tucker le poussa dans le couloir.

— Dehors !

— Evitez les mouvements brusques pendant les jours qui viennent, Lyle, lança Sally Mae. Vous ne devez pas prendre le risque de rouvrir votre blessure.

Lyle attrapa son chapeau en trébuchant.

— Oui, madame Schermerhorn.

Tucker claqua la porte derrière lui. Quand il se retourna, Sally se tenait devant lui, le visage fermé.

— Tu ne peux pas entrer chez moi comme ça et mettre en danger la vie de mes patients, Tucker.

Il la contempla, les mâchoires serrées. Il l'avait aimée toute la nuit. Il avait recueilli sur ses lèvres ses cris de plaisir, exploré chaque parcelle de son corps. Elle était à lui et à personne d'autre. Et il ne supportait pas l'idée qu'un porc comme Lyle puisse poser les yeux sur elle.

— Je fais ce que j'ai à faire pour te protéger.

— Nous avons couché ensemble. C'est tout.

— Tu t'es donnée à moi la nuit dernière.

Elle serra Crockett dans ses bras comme un bouclier tandis qu'elle rétorquait sèchement :

— Ce qui s'est passé entre nous était purement sexuel.

A d'autres. Tucker lui enleva le chiot des bras, le posa par terre et avança, utilisant sa haute taille pour l'acculer contre le mur. Elle posa les mains sur son torse. Il vit la flamme de la passion brûler dans ses yeux, mêlée à de l'inquiétude. Elle avait raison d'avoir peur : il était furieux.

— Tucker…

Il lui souleva le menton d'un doigt et inclina son visage vers le sien. Il la sentit trembler contre lui. Elle s'humecta les lèvres. Il posa sa bouche sur la sienne et l'embrassa une fois, deux fois… L'abandon avec lequel elle entrouvrit les lèvres apaisa un peu sa colère.

— Tu t'es donnée à moi la nuit dernière, Sally Mae. N'essaie pas de me faire croire que c'était purement sexuel.

Sa voix était rauque de frustration et de désir.

— Et même si ça n'a duré qu'une nuit, j'ai des droits et je n'ai pas l'intention de les abandonner.

Elle planta ses dents dans sa lèvre inférieure. Une boule de feu se logea instantanément entre ses cuisses. Il écrasa sa bouche sur la sienne avec passion et elle lui répondit avec une fièvre égale à la sienne. Elle s'écarta légèrement, sa question glissant comme une caresse contre sa joue.

— Quels droits ?

— Celui de te protéger.

Elle cilla.

— Et qui va me protéger de toi ?

Il la dévora des yeux. Il rêvait de la prendre là, contre le mur. De la faire sienne encore une fois. Mais il n'avait pas le temps.

— Personne.

Un dernier baiser, une dernière caresse le long de ses hanches, de ses fesses. Il pressa ses doigts dans le sillon qui l'attirait, caressa sa joue de ses lèvres, lécha sa peau veloutée. Elle gémit quand il saisit le lobe de son oreille entre ses dents et le mordilla. Elle frissonna de la tête aux pieds. Il accentua la pression entre ses fesses. Elle laissa échapper un faible cri.

— Encore sensible de cette nuit ?

Elle hocha la tête, les joues en feu. Le désir bouillonna dans ses veines. Glissant un genou entre les siens, il l'obligea à écarter les jambes.

— Tu te souviens ?

Nouveau signe de tête, nouveau cri étouffé quand il la caressa doucement à travers sa jupe. Il savait pertinemment qu'il avait été le premier à la prendre par là, et pourtant elle ne l'avait pas repoussé. Elle l'avait accepté en elle, pas complètement, mais sa soumission lui avait fait perdre tout contrôle. Un sentiment de culpabilité l'envahit à ce souvenir, en même temps qu'une nouvelle vague de désir brûlant.

— Des regrets ?

Cette fois, elle marqua une pause plus longue avant de répondre. Puis elle secoua imperceptiblement la tête d'un geste qui pressa sa joue contre ses lèvres. Un accident ou une invite ? Impossible de savoir, mais son aveu enflamma tous ses sens.

— Tant mieux. Parce que j'ai l'intention de recommencer très bientôt. Et la prochaine fois on ira jusqu'au bout.

Il tira sur le tissu de sa jupe, glissa la main par en dessous et sentit la douceur tiède de sa cuisse sous sa paume.

Elle poussa un faible cri. Il gronda, son cœur cognant dans ses oreilles tandis que des souvenirs de la nuit tourbillonnaient dans son esprit comme un rideau de flammes. Son corps en sueur contre le sien, ses cris de plaisir, la passion qui était montée en eux jusqu'à les rendre à moitié fous. Il se souvenait de tout et il n'avait qu'une idée : la posséder de nouveau, se perdre en elle.

Il accentua la pression de son genou et elle s'ouvrit à lui. Poussant son avantage, il faufila sa main jusqu'à son triangle de boucles. Elle était mouillée de désir. Le bouton durci de son clitoris glissa contre la paume rugueuse. Elle se crispa.

— Chuuut. Reste tranquille.

— Je ne peux pas.

— Mais si, tu peux.

Il la pénétra avec son pouce pendant que son majeur s'insinuait entre ses fesses.

Elle agrippa ses épaules et se dressa sur la pointe des pieds.

— Tucker…

Ses muscles se contractèrent autour de son doigt. Il lui mordilla le cou.

— Ouvre-toi pour moi.

Elle se figea, son regard rivé au sien pendant que l'anneau étroit se desserrait pour lui livrer passage.

— Oh !

Son soupir étranglé effleura sa joue comme une caresse.

— Encore ?

Il connaissait la réponse mais il voulait l'entendre de sa bouche. Elle hocha la tête et enfonça ses ongles dans ses épaules.

— Je sens la passion qui brûle en toi. Tu as aimé ça, hier, n'est-ce pas ?

— Oui.

— Je te désirais comme un fou.

Il fit bouger ses doigts dans un lent va-et-vient, réglant son rythme sur celui de ses gémissements.

— Je te désire toujours comme un fou.

Elle bascula la tête contre le mur.

— Moi aussi.

Il poussa un peu plus fort, un peu plus loin.

— Montre-moi à quel point tu me désires, Sally.

Sa résistance céda avec un cri.

— C'est bien.

L'étroit tunnel se referma autour de lui, chaud, serré, étreignant son doigt avec des petites pulsations fiévreuses. Il lui écarta les jambes un peu plus avec son genou et pressa sa paume sur son clitoris pour tester si elle était prête à aller plus loin.

Son cri le fit vibrer de la tête aux pieds.

— Tucker !

Il pressa son front contre le sien et sentit son désir se mêler d'une émotion plus puissante tandis qu'elle tremblait de plaisir contre lui, secouée par un violent orgasme. Il retira ses doigts puis les enfonça de nouveau. Il voulait tout — son plaisir, ses cris, l'illusion qu'elle était à lui.

— A qui appartiens-tu ?

Elle chercha sa bouche en haletant pendant qu'elle s'ouvrait davantage, le prenant plus profondément encore en elle, lui donnant ce qu'il attendait.

— A toi, chuchota-t-elle. A personne d'autre que toi.

Chapitre 7

Sally Mae regarda Tucker descendre la rue à grandes enjambées, comme si le monde lui appartenait. Un peu comme il venait de la faire sienne, il y avait quelques minutes. Avec une passion à peine maîtrisée. Ensuite, il l'avait embrassée avec une tendresse incroyable, comme si elle était tout son univers. Et il était parti, la laissant derrière lui, tremblante et bouleversée. Elle ne savait pas ce qui était le plus perturbant. Qu'il contrôle aussi bien ses émotions ou qu'elle parvienne aussi mal à contrôler les siennes.

Crockett gémit de frustration et elle se pencha pour le caresser.

— Tu te sens abandonné, toi aussi ?

Ce n'était pas ce qui était prévu. Ils devaient être amants l'espace d'une nuit, une seule. Ensuite, chacun poursuivrait sa route de son côté. Mais il avait changé les règles. Il revendiquait des droits sur elle, comme si elle était devenue sa femme. Elle frissonna, le corps encore vibrant de passion.

« Montre-moi à quel point tu me désires. »

Elle n'était pas certaine d'en être capable, mais elle

était prête à essayer. Elle voulait lui plaire, lui donner autant de plaisir qu'il lui en donnait. Le retenir près d'elle avec son corps et son cœur. Pour qu'il n'ait plus jamais envie de la quitter ? Elle remit en place une mèche qui s'était échappée de sa coiffe et soupira. Elle avait pris un risque calculé en acceptant de passer une nuit avec Tucker. Elle avait tellement besoin de se sentir vivante, aimée ! Son erreur avait été de croire que son charme sombre et envoûtant se dissiperait au petit matin. Mais c'était tout le contraire. Il l'attirait comme la flamme attire un papillon. Si elle avait un tant soit peu d'amour-propre, il trouverait porte close à son retour. Elle lui tiendrait tête, arrimée à ses convictions…

Seulement voilà, elle n'était pas cette femme exemplaire que Jonah avait cru voir en elle. Sous son apparence lisse et irréprochable, elle était pleine de fêlures et de doutes. Elle n'en avait rien laissé paraître, pour ne pas décevoir son mari, mais parfois elle se disait qu'elle serait plus en paix aujourd'hui si elle s'était montrée simplement honnête avec lui.

Tucker, lui, avait perçu tout de suite les failles qu'elle s'appliquait à cacher. Du jour où il était arrivé en ville, elle avait senti son regard la sonder, transperçant ses défenses une à une pour mettre son âme à nue. Lui seul semblait la voir vraiment. Comment était-ce possible ?

Elle avait travaillé longtemps pour devenir celle qu'elle était aujourd'hui. Certes, ce n'était pas l'idéal mais, d'une certaine façon, elle avait trouvé une place ici et une forme de stabilité. Si on ébranlait cet équilibre fragile, elle redeviendrait cette petite fille de dix ans, terrorisée, sans passé et sans famille, qu'un couple de quakers avait recueillie. Elle se frotta les bras, subitement glacée. Elle ne voulait pas retourner dans cet endroit sombre et effrayant. Elle ne voulait pas perdre le peu qu'elle possédait mais, si elle continuait à fréquenter Tucker, c'était probablement ce qui finirait par arriver.

Elle n'était pas sourde aux rumeurs qui couraient en ville. Leur relation était dangereuse, pour lui comme pour elle. Il fallait qu'ils cessent de se voir, mais elle ne parvenait pas à s'y résoudre. Elle se sentait bien auprès de lui. Elle ressentait une forme de plénitude qui venait du plus profond d'elle-même et qui apaisait ses terreurs secrètes. Oui, c'était bon d'être avec Tucker, mais cela justifiait-il le risque ?

Ecartant le rideau du salon, elle regarda dans la rue. Il s'était arrêté au niveau du saloon pour discuter avec un grand cow-boy blond escorté d'un petit bout de femme brune. Le couple se tourna vers la maison et elle les reconnut : Isabella Montoya et Sam MacGregor. Sally ne savait pas trop que penser de Sam. Il était charmant mais il avait les yeux froids. En revanche, elle appréciait beaucoup sa fiancée. Bella était une jeune femme adorable, intelligente et vive comme une flamme.

Apparemment, la discussion n'était pas du goût d'Isabella. A la façon dont elle tapait du pied, elle était en train de leur opposer un « non » ferme et définitif. Mais le talon d'Achille de Bella était son Sam : il lui caressa la joue en lui murmurant quelque chose et, malgré la distance, Sally vit la jeune femme fondre littéralement d'amour. Et, pour la première fois aussi, elle mit un nom sur l'expression qui apparut sur le visage rude de Tucker : du désir.

Sally toucha le carreau du bout des doigts, le cœur battant. Tucker était un homme trop loyal pour convoiter la femme de son meilleur ami. Non, ce qu'il désirait, c'était cette complicité amoureuse entre Bella et Sam. Cette complémentarité qui n'avait même pas besoin de mots pour s'exprimer. Elle n'avait jamais pensé à Tucker comme à un homme désespérément seul. Quelle erreur ! Où qu'il aille, le sang indien qui coulait dans ses veines faisait de lui un paria. Son physique imposait le respect, mais il n'avait de place nulle part. Ni dans le monde des Blancs ni dans celui des Indiens. Il lui était impossible d'aimer au grand jour. Impossible d'avoir des amis.

« Et si tu ne reviens pas ? »

Elle se rendit compte subitement qu'il n'avait pas répondu directement à sa question. Qu'adviendrait-il s'il se faisait tuer ? Qui se soucierait de retrouver son corps, de lui donner une sépulture ? Son cœur se brisa à cette pensée. Ce devait être terrible de vivre ainsi, sans attaches, sans quelqu'un qui vous attend quelque part. Comment ne pas se sentir abandonné de Dieu ? Et comment ne pas trouver une forme de justice dans le recours à la violence ? Oui, elle pouvait imaginer l'attrait que la force brutale représentait pour Tucker.

Dehors, la discussion s'achevait et, à en juger par la façon dont Bella tourna les talons, elle n'avait pas obtenu gain de cause. Kells, le grand chien-loup qui avait failli mourir un jour en la protégeant, marchait à ses côtés. Ravissante, tout en courbes douces et voluptueuses, Bella attirait le regard des hommes partout où elle passait. Mais ça s'arrêtait là. Sam McCade était très possessif et personne n'était assez fou pour encourir sa colère.

Personne, sauf Lyle. Sally Mae surprit le regard concupiscent qu'il posait sur la jeune femme et se mordit la lèvre. Le bruit courait qu'il importunait les femmes seules en ville. Elle ne voulait pas l'accabler sans preuves mais, après avoir vu son comportement chez elle, il était plus que probable que les rumeurs étaient fondées. Heureusement, Bella avait Sam pour la protéger.

Quand Bella avait été enlevée par les hommes de Tejala, il y avait de cela six mois, et que Sam était parti la délivrer, tout le monde avait compris que rien ni personne ne pourrait séparer ces deux-là. Au lieu de les éloigner, l'épreuve les avait soudés à jamais.

Oui, Sam aimait Bella plus que sa propre vie et si jamais il surprenait le regard de Lyle, il allait y avoir du grabuge… Comme pour confirmer ses craintes, Sam abaissa son chapeau d'un cran et fit un pas en direction de Lyle. Tucker le stoppa d'un geste, et avança vers le gros cow-boy. Tout occupé à regarder Bella avec des yeux de merlan frit, Lyle sentit trop tard une présence derrière lui. Il se retourna juste à temps pour prendre le poing de Tucker en pleine figure.

Sally étouffa un cri avec sa main. Comme s'il avait entendu, Tucker se tourna dans sa direction. Elle ne pouvait pas voir ses yeux dans l'ombre de son chapeau, mais elle sut, à la ligne serrée de sa mâchoire, qu'il était furieux. Un ami de Lyle s'approcha pour l'aider à se relever. Tucker lui adressa quelques mots. L'homme regarda vers la maison, hocha la tête, puis agrippa Lyle par le bras et le ramena à l'intérieur du saloon.

Manifestement, Tucker lui avait dit de ne pas amener Lyle se faire soigner chez elle. S'il s'était agi de n'importe qui d'autre, elle aurait enragé de le voir se mêler de ce qui ne le regardait pas. Mais Lyle l'avait mise mal à l'aise pendant son court séjour chez elle. Sa religion avait beau prôner la compassion, elle n'avait aucune envie de le revoir.

Maintenant que Jonah n'était plus là, elle n'avait que son travail comme bouclier. Son rôle de médecin lui offrait une forme de rempart mais pas suffisant, apparemment, pour faire taire les commérages. Depuis quelques semaines, elle sentait les regards la suivre dans la rue. Les femmes commençaient à la l'interroger sur ses « projets » et les hommes l'observaient comme un chat guette une souris. Quaker ou pas, le message était clair : sa période de deuil était terminée et il était temps qu'elle envisage de prendre un nouveau mari.

Sally se mordilla la lèvre tandis que Bella poussait son petit portillon de bois. Désormais, elle était une femme seule dans une ville gangrenée par la violence. Il lui faudrait bientôt prendre une décision. Elle regarda Tucker, le cœur serré, et laissa le rideau retomber entre eux.

Mon Dieu, donnez-moi la force.

Bella fit signe à Kells de ne pas bouger et gravit

les marches d'un pas vif. Crockett aboya quand elle frappa à la porte. Chassant ses sombres pensées, Sally lui ouvrit.

— Bonjour, Isabella.

La jeune femme sourit et se baissa pour caresser Crockett, qui sautait pour l'accueillir.

— Je peux m'abriter chez vous ?

— Vous abriter de quoi ?

— De la stupidité des hommes !

Sans se retourner, elle chuchota :

— Sam me regarde en ce moment ?

Sally Mae jeta un coup d'œil par-dessus l'épaule de la jeune femme.

— Oui.

— Je le déteste ! Il ne sait que me dire « non, non, non ».

Sally réprima un sourire et attrapa Crockett par son collier pour l'empêcher de filer.

— Vous feriez mieux d'entrer.

— *Sí.*

Bella opina d'un mouvement décidé qui fit tressauter la longue plume de faisan ornant son chapeau.

— Je suis très en colère après Sam, dit-elle en ôtant son couvre-chef.

Crockett gémit, les yeux rivés sur la plume.

— Vous devriez le mettre à l'abri, en hauteur, lui conseilla Sally en remplissant la bouilloire pour préparer du thé.

— Je crois que j'ai une meilleure idée.

Elle le lança au chiot. Il se jeta dessus et le secoua dans tous les sens en poussant des grondements féroces.

— Sam le déteste, expliqua-t-elle d'un ton désinvolte.

— Je croyais que vous étiez très en colère après lui, s'amusa Sally Mae.

— Oui, mais quand même pas au point de vouloir le rendre borgne. La plume lui entre dans l'œil chaque fois qu'il veut m'embrasser. Ça le rend fou.

— Vous auriez pu la remplacer par un ornement moins dangereux.

Bella sourit.

— C'est vrai. Mais Sam préférera de loin cette conclusion. Il voulait voir ce chapeau souffrir.

Sally Mae éclata de rire.

— Asseyez-vous. Vous voulez une tasse de thé ?

— Merci.

Bella s'installa et soupira, le menton dans sa main.

— Sam part avec Tucker.

— Je sais.

— J'ai confiance en eux. Ils travaillent en équipe depuis longtemps, ils savent ce qu'ils font. Mais j'ai peur qu'ils se laissent surprendre et…

Elle secoua la tête.

— Je préférerais être à ses côtés.

— Vous savez bien que c'est impossible. Vous pourriez être blessée ou tuée.

Bella ramena sa longue tresse brune sur son épaule et tourna un regard furibond vers la fenêtre.

— C'est l'argument de Sam. Il prétend qu'il vaut mieux que ce soit lui qui soit blessé que moi !

Sally Mae mit le thé à infuser. Que pouvait-elle répondre à cela ?

— C'est un ranger. Il a l'expérience pour lui.

— C'est aussi ce qu'il me dit, mais c'est toujours moi qui dois attendre en me rongeant les sangs, ce n'est pas juste.

Elle comprenait sa frustration. Chaque fois que Tucker partait, elle avait la gorge serrée jusqu'à ce qu'il revienne. Elle posa deux tasses sur la table, servit le thé.

— Vous devez garder la foi.

— La foi, je l'ai. Mais Sam prend des risques. Il se croit invulnérable.

— Sam est intelligent, il connaît ses limites.

— Peut-être. Mais parfois il oublie que je suis intelligente, moi aussi.

Elle se mordilla la lèvre.

— Vous l'avez vu me caresser la joue ?

Sally Mae acquiesça.

— Il était en train de me promettre qu'il reviendrait. Comme si c'était une promesse qu'il pouvait tenir !

— Il ne veut pas que vous vous inquiétiez.

Bella fronça les sourcils.

— Vous n'avez pas peur pour Tucker ?

Malgré tous ses efforts, Sally Mae ne put s'empêcher de rougir.

— Aucun rapport. Nous ne sommes pas…

— Mais il y a quelque chose entre vous. Je l'ai senti la première fois que nous nous sommes rencontrées. Et c'est encore plus fort aujourd'hui.

Une goutte de thé brûlant éclaboussa la soucoupe. Seigneur, était-elle à ce point transparente ?

— Je préférais quand vous étiez en colère après

Sam, dit-elle d'un ton léger en reposant la théière à côté du fourneau.

— Je vous embarrasse en vous parlant de Tucker, c'est ça ?

— Oui.

— Alors, je vais changer de sujet.

Bella se leva et écarta le rideau pour regarder dehors.

— Au moins, Tracker et Shadow les accompagnent, soupira-t-elle. C'est déjà quelque chose.

Tout ce que Sally Mae pouvait voir d'ici, c'était un homme de dos, immense, tout de noir vêtu. Il avait de larges épaules, et la silhouette sèche et musclée d'un homme habitué à travailler dur et à passer des journées entières à cheval. Ses longs cheveux noirs et raides le désignaient comme un Indien.

— Tracker et Shadow ?

— Ils font partie du Hell's Eight. A mes yeux, ce sont les plus terrifiants de tous, avoua Bella en revenant s'asseoir.

— J'ai entendu dire que Caine Allen était le pire du groupe. Dur, impitoyable avec ses ennemis.

— Je ne sais pas, je ne l'ai jamais rencontré. Mais je pense qu'on peut difficilement trouver plus effrayant que Tracker et Shadow. Il y a beaucoup de colère en eux. Comme chez mon Sam, avant moi.

— Avant vous ?

Bella sourit.

— Je lui ai donné l'amour à la place de la haine. C'est un projet d'avenir bien meilleur.

Voilà un raisonnement dans la pure ligne quaker. Sally lui sourit en retour.

— Vous êtes sûre que vous n'appartenez pas à la Société des amis ?

— Mais bien sûr, je suis votre amie. Je le suis depuis le jour de notre rencontre.

— Non, je veux dire une quaker.

— Ah, non, je ne suis pas quaker. Mais peut-être êtes-vous *catolica* ?

Il était impossible de ne pas se laisser gagner par le sourire de Bella. Sally Mae secoua la tête.

— Non.

— Le chemin qu'on emprunte n'a aucune importance, ce qui compte vraiment, c'est que nos routes finissent par se rejoindre. Vous ne trouvez pas ?

— Si.

Sally Mae regarda dehors. Les quatre hommes discutaient toujours. Leur conversation avait l'air sérieuse.

— Donc ils vont se lancer tous les quatre à la poursuite du meurtrier de Billy ?

— Vous ne pensez tout de même pas que les hommes du Hell's Eight laisseraient Tucker partir seul ? s'exclama Bella.

En réalité, Sally ne savait rien de Tucker, ou presque. Elle le connaissait comme garde du corps et aujourd'hui comme amant, mais pas davantage. Elle s'était toujours abstenue de lui poser des questions pour maintenir une distance entre eux, et éviter de trop souffrir le jour où il partirait.

— Je suppose que non.

— Les Hell's Eight sont aussi loyaux entre eux que les *vaqueros de Montoya*. On raconte qu'ils sont revenus de l'enfer, liés les uns aux autres par un pacte avec le diable.

— Vous croyez à ces sornettes ?

— Non, mais je sais que ce qui leur est arrivé autrefois est terrible. Je sais qu'ils se sont retrouvés livrés à eux-mêmes et qu'ils se sont endurcis pour se venger. Je n'ai vu le diable chez aucun d'entre eux, juste…

Elle baissa les yeux sur sa tasse.

— Juste beaucoup de souffrance et d'amertume alliées à une détermination peu commune. Ils sont marqués à vie. Vous ne pouvez pas espérer qu'ils réagissent comme le commun des mortels.

— Non, en effet.

Sally Mae avait vu cette amertume sur le visage de Tucker. Elle aurait tellement voulu pouvoir le rendre heureux. Quelle expression avait employé Isabella ? Ah, oui : lui donner l'amour à la place de la haine.

— Mais ils ont beaucoup à donner pour peu qu'on leur tende la main, murmura-t-elle.

Bella l'observa avec un fin sourire.

— Ah ?

Sally Mae ne chercha pas à nier. Inutile de continuer à faire semblant.

— Il est difficile de leur résister quand ils ont décidé quelque chose. Vous avez remarqué ?

— Oh, oui !

Elles se mirent à rire tout en finissant leur thé.

— Vous ne voulez pas non plus que Tucker s'en aille, n'est-ce pas ? demanda Bella au bout d'un moment.

— Non.

— Et pas seulement parce que vous craignez pour sa vie.

Elle était très perspicace.

— Tuer ne résout rien. La violence appelle seulement la violence.

— Parfois, on n'a pas d'autre choix.

Sally Mae se leva et déposa les tasses dans l'évier.

— Je crois à la paix.

— En toutes circonstances ?

Elle hocha la tête. Bella fit la moue.

— Dans ce cas, vous êtes plus forte que moi.

— C'est une question de foi.

— Je ne crois pas qu'il faille tendre l'autre joue. Pour moi, c'est seulement la meilleure façon de se faire tuer.

— Ne vous méprenez pas : je ne suis ni faible ni inconsciente. Je sais me défendre.

Bella sourit.

— Alors nous sommes faites pour nous entendre. On se dit « tu » ?

— Avec plaisir.

— Tucker dit que tu as un nom de famille imprononçable.

Sally se mit à rire.

— Tucker dit beaucoup de bêtises.

— Il adore taquiner les gens.

— Il adore un tas de choses exaspérantes.

Isabella attrapa un torchon pour essuyer les tasses qu'elle lavait.

— C'est vrai. Tu devrais le guérir de ça.

— Pourquoi moi ?

Bella sourit d'un air innocent.

— Parce que tu es médecin.

— Oh ! sur ce point, je crois qu'il est incurable.

Le visage de Bella redevint sérieux.

— Tu devrais quand même essayer.

— Pourquoi ?

— Parce qu'il a attendu toute sa vie de te rencontrer.

Son visage s'enflamma. Crockett la sauva de ce moment d'embarras en tournant autour de ses jambes avec des petits gémissements.

— Je crois qu'il veut sortir.

Soulevant le chiot dans ses bras, elle ouvrit la porte de derrière et le posa dehors. Il fit immédiatement ses besoins et leva vers elle un regard plein d'attente. Il aimait les compliments.

— Bon chien.

Il bondit vers elle en aboyant joyeusement. Bella s'agenouilla pour le caresser.

— Tu es très mignon.

Il la remercia d'un coup de langue.

— Comment s'appelle-t-il ?

— Crockett.

Bella contempla les morceaux de plume et de chapeau qui jonchaient le sol de la cuisine.

— Je pense que Calamité aurait été plus approprié.

— J'aurais dû me méfier quand Tucker me l'a confié. Mais il avait l'air tellement inoffensif…

Un mouvement au coin de la rue attira son attention. Sam, Tucker et leurs deux compagnons montaient à cheval. Même à cette distance, ils dégageaient une aura de danger et de violence. Son angoisse dut transparaître sur son visage parce que Bella posa la main sur son bras.

— Ne t'inquiète pas, tout ira bien.

Mais Sally avait vu trop de morts dans sa vie pour se satisfaire de ces platitudes.

— Tu n'en sais rien.

— C'est vrai. Mais il y a quelqu'un qui sait. J'ai envie de prier pour Sam, Sally Mae. Tu n'as pas envie de prier pour Tucker ?

Oh, si ! Elle regrettait les réunions d'autrefois, quand ils se retrouvaient pour réfléchir à leur mission ou prier pour les déshérités.

— J'aimerais bien, mais qu'allons-nous faire de Crockett ?

Elle ne pouvait pas le laisser sans surveillance.

— Emmenons-le avec nous, suggéra Bella.

— Le révérend Schuller ne sera sûrement pas d'accord.

— J'ai ce qu'il faut pour le convaincre.

Bella siffla sur trois notes. Le chien-loup la rejoignit d'un bond silencieux. Sally se rapprocha de Crockett d'un mouvement protecteur. Il était vraiment énorme.

— Ce sont des amis, Kells, expliqua Bella.

Malgré ces derniers mots qu'avait prononcés Bella, Sally n'était pas du tout certaine que cette information suffirait à arrêter Kells s'il décidait d'avaler Crockett tout cru pour son petit déjeuner. Le chien avança et pressa son gros museau sur la truffe de Crockett. Le chiot remua la queue à toute vitesse et lécha les babines du monstre. Acte de bravoure ou stupidité ?

Bella sourit.

— Ne t'inquiète pas. Kells fait partie du Hell's Eight. Il a vocation à protéger les plus faibles.

Elle n'eut pas d'autre choix que de la croire sur parole pendant que Kells reniflait Crockett de la tête aux pieds. Son inspection terminée, il s'assit et regarda sa maîtresse. Elle pointa un doigt sur le chiot.

— Protège-le.

Rien ne changea dans l'attitude du chien, mais Bella eut l'air satisfaite.

— Bon, on y va ?

Sally Mae regarda Crockett.

— Et si le révérend Schuller lui refuse l'entrée ?

— Il devra l'expliquer à Kells.

Kells bâilla, dévoilant une rangée de crocs impressionnants. Sally Mae ne put s'empêcher de rire.

— Je dois reconnaître qu'il a des arguments.

— *Sí*, c'est aussi mon avis, acquiesça Bella en glissant son bras sous le sien.

Tout en cheminant vers l'église aux côtés de Bella, Sally Mae ne put s'empêcher de mesurer à quel point la présence d'une amie lui manquait. Aux côtés de Bella, elle se sentait revigorée. Soutenue. Et ce n'était pas seulement une question de solitude rompue. C'était une question de personne, une question d'amitié. Bella était typiquement le genre de femmes qu'elle aurait envie d'avoir pour amie.

Elle retint un soupir. Elle ne fréquentait personne parce que les gens ne comprenaient pas les contraintes liées à ses croyances. Elle avait cru se protéger en restant à l'écart mais, en réalité, elle s'était simplement isolée. Et les sentiments qu'elle éprouvait à deviser avec Bella accentuaient cette prise de conscience.

L'église était fraîche et paisible. Bella fit une génuflexion, se signa et tendit machinalement la main vers le bénitier. Elle resta interdite une seconde, puis sourit en découvrant qu'il n'y en avait pas.

— Les pratiques sont différentes.

— Mais l'important n'est pas là.

— En effet.

Elles se faufilèrent vers un banc, dans les rangées du milieu. Bella s'agenouilla sur le prie-Dieu, mains jointes. Sally ferma les yeux et se laissa gagner par la sérénité de ce lieu. La paix après le tumulte. Elle regrettait sa petite communauté dans des moments comme celui-là. Les prières communes lui apportaient toujours du réconfort. Mais elle ne voulait pas regarder en arrière. Elle aimait ce territoire rude et exigeant. Sa violence la perturbait, mais elle la comprenait, d'une certaine façon. Elle faisait partie de la vie de ces gens, tout comme leurs rires ou leurs larmes. Elle les rendait humains.

Jonah avait été un homme de paix, en accord avec lui-même, avec sa religion, ses convictions. Il s'était hissé à un niveau de spiritualité qu'elle-même n'avait jamais réussi à atteindre, malgré des heures de méditation. Voilà pourquoi elle se sentait si souvent inférieure à son mari, ce modèle.

Joignant les mains, elle essaya d'ouvrir son esprit à la sérénité. A côté d'elle, Bella priait avec ferveur dans sa langue maternelle, le murmure de sa voix montant et descendant comme le flux et le reflux de l'océan. Sally voulait prier pour trouver de la force, pardonner aux méchants et aimer son prochain. Il y avait tant de choses pour lesquelles elle voulait prier, mais une seule pensée tournait dans son esprit : *Mon Dieu, faites que Tucker revienne !*

Ils retrouvèrent la piste de l'assassin de Billy au bout de trois jours. Il n'avait même pas pris la peine d'effacer ses traces. Tucker lança un regard à ses compagnons et lut la même suspicion sur leur visage.

— Votre avis ?

— Soit il a des pulsions suicidaires, soit c'est un piège, résuma Shadow, agenouillé devant les empreintes toutes fraîches de sabots.

Tracker montra le canyon, au loin.

— Pour un hors-la-loi qui aurait monté un plan avec des complices, ce serait l'endroit parfait pour une embuscade.

— Quelqu'un connaît ce canyon ?

— Moi, dit Sam en s'appuyant au pommeau de sa selle, une cigarette au bout des doigts. Le passage se rétrécit aux deux tiers et les parois regorgent de cachettes pour des tireurs embusqués.

Il tira une bouffée de cigarette avant de poursuivre :

— Il y a un sentier qui fait le tour par-derrière. Deux d'entre nous pourraient les prendre à revers pendant qu'ils seront occupés à nous canarder par devant.

— Tu crois vraiment qu'ils nous attendent ? demanda Tucker, dubitatif.

Tracker haussa les épaules.

— C'est plausible. Sam et toi, vous êtes les deux

seuls rangers dans le coin. S'ils vous éliminent, la voie sera libre.

Sam tapota sa cigarette pour faire tomber la cendre.

— La ville de Lindos ne serait pas difficile à contrôler. Les habitants n'opposeraient pas vraiment de résistance. Tu as vu le shérif ?

Tracker mâchonna un brin d'herbe.

— Oui. Une embuscade bien ficelée arrangerait beaucoup de monde.

Tucker se tourna vers Sam.

— C'est pour ça que tu ne participeras pas à l'expédition. Tu as une fiancée qui t'attend.

Sam baissa son chapeau d'un cran, comme chaque fois qu'il ne voulait pas qu'on voie ses yeux.

— Alors, parce que je suis fiancé, je n'ai plus le droit de m'amuser ?

Tucker secoua la tête.

— Ce n'est pas la question. Tu sais bien que tu resteras un Hell's Eight jusqu'à ton dernier souffle. Mais tu as des responsabilités, maintenant. Et je ne veux pas être celui qui annoncera la mauvaise nouvelle à Bella.

Tracker fit glisser le brin d'herbe qu'il mâchonnait de l'autre côté de sa bouche.

— Diable, moi non plus. Elle est capable de trucider le messager.

Shadow releva son chapeau d'un cran. Tucker interpréta ce geste comme un signe de ralliement à l'opinion générale. Sam aussi, apparemment.

— J'apprécie l'intérêt que vous me portez, les gars, mais il y a des décisions qui ne regardent que moi.

— Au moins, fais-moi une faveur, grommela Tucker. Evite de prendre des risques inutiles.

— J'ai déjà promis.

— A Bella ?

— Oui.

— Ça n'a pas été trop difficile de quitter ta jolie veuve, Tucker ?

La question venait de Shadow. Tucker fit claquer les rênes sur sa cuisse.

— Il n'y a rien entre Sally Mae et moi.

Shadow sourit.

— Mais bien sûr.

— Il n'y a rien parce qu'il ne peut rien y avoir. Tu sais ce qu'on fait aux Indiens qui tournent autour d'une femme blanche ?

— Tu es à moitié blanc, lui rappela Sam.

— C'est la moitié qui n'intéresse personne.

Tracker cracha son brin d'herbe. La cicatrice sur sa joue dessinait une tranchée livide dans la lumière éclatante du soleil.

— On va quand même garder un œil sur toi, pour le cas où tu serais trop absorbé pour entendre quelqu'un arriver par-derrière.

Tucker lui lança un regard noir. Ça ne lui était arrivé qu'une seule fois !

— Je sais ce que je fais.

Sam souffla un nuage de fumée.

— Je n'en suis pas persuadé. Mon sentiment, c'est que tu es assis entre deux chaises…

— Et que ce n'est pas une position confortable, conclut paisiblement Shadow.

Tucker rongea son frein en silence. Ils faisaient équipe depuis si longtemps qu'ils le connaissaient par cœur.

— J'ai dit que je savais ce que je faisais, pas que j'avais ce que je voulais, marmonna-t-il entre ses dents.

— C'est elle que tu veux ?

Shadow parlait peu mais, chaque fois qu'il prenait la parole, il faisait mouche.

— Mêle-toi de tes affaires, Shadow.

— Si tu la veux, prends-la.

— Facile à dire.

— Facile à faire. Tu la mets en travers de ta selle et tu files comme le vent.

Bien sûr. Comme le sauvage que tout le monde voyait en lui.

— Je ne suis qu'à *demi* indien, je te signale.

— Il faudrait savoir, ironisa Sam en jetant sa cigarette consumée. Tantôt tu es indien, tantôt tu es blanc. Une vraie girouette.

Shadow regarda le soleil, le visage énigmatique.

— Choisis le camp qui te permet d'avoir ce que tu veux.

Tucker eut brusquement du mal à déglutir. Il avait tellement envie de croire que c'était possible, qu'il en tremblait.

— Sally Mae cherche un peu de chaleur humaine parce que sa période de deuil s'achève, c'est tout.

Shadow grogna.

— Raconte tes salades à quelqu'un d'autre. Tu as trouvé une femme qui n'a pas de préjugés et qui cherche désespérément un endroit où elle se sentira enfin à sa place. Alors prends-la, idiot, et donne-lui ce qu'elle veut.

— Tu sembles oublier que j'ai du travail. Nous sommes censés mettre la main sur l'assassin de Billy et vérifier des informations sur Ari. Il n'est écrit nulle part que je doive passer mes journées à courtiser une jeune et jolie veuve.

Sam sourit.

— Dommage, c'est beaucoup plus amusant.

Shadow sourit à son tour.

— Et bien plus agréable.

— A propos d'Ari, j'ai une piste sérieuse, glissa Tracker. Une femme blonde qui vivrait chez des Mexicains juste de l'autre côté de la frontière.

— Tu crois que c'est elle ? demanda Sam.

— Les dates correspondent.

— Rien que pour Desi, je voudrais que ce soit elle. Cette incertitude la tue.

— J'irai mener ma petite enquête dès qu'on en aura terminé ici. Pour l'instant, nous avons de la compagnie.

Il montra la falaise d'un mouvement du menton. Tucker avait déjà repéré ce qui venait d'attirer son attention : le reflet du soleil sur de l'acier.

— Charmant comité d'accueil.

Shadow remonta en selle d'un mouvement si fluide qu'il ne déplaça pas un souffle d'air. Il n'y avait pas de meilleur cavalier sur tout le territoire. Pas de meilleur chasseur, et pas de compagnon plus complexe.

— Ne les décevons pas.

La repartie familière fit courir un petit frisson d'excitation sur la nuque de Tucker.

— Je vous ai dit que vous étiez les trois personnes au monde avec lesquelles je préférerais mourir ?

— On ne t'a jamais dit que tu allais finir par nous porter la poisse avec tes conneries ? grommela Sam en enfonçant son chapeau sur sa tête. Il est hors de question que je meure aujourd'hui. J'ai une femme fabuleuse qui m'attend à la maison.

Et, à cet instant, Tucker se rendit compte que, pour la première fois de sa vie, c'était également valable pour lui.

— Alors, allons-y.

Chapitre 8

Le tirage au sort désigna Tucker. Ce serait donc lui qui s'engagerait dans le canyon pendant que ses trois camarades feraient le tour par-derrière et prendraient les assaillants à revers. Servir d'appât était toujours risqué : on ne savait ni d'où allait venir le danger ni à quel moment. Et il n'y avait rien d'autre à faire qu'attendre que le ciel vous tombe sur la tête.

Ce n'était pas la première fois que Tucker héritait du mauvais rôle — ni sans doute la dernière : il n'avait jamais eu de chance aux cartes. Mais l'habitude ne rendait pas l'épreuve moins éprouvante pour les nerfs. Il n'y avait rien de pire que de progresser dans un goulet en sachant que des tireurs pouvaient être embusqués derrière n'importe quel rocher et l'envoyer de vie à trépas en l'espace d'une seconde.

Un frisson le parcourut quand il s'engagea dans l'étroit passage. Il posa la main sur son holster, vérifiant son revolver, le soulevant légèrement pour s'assurer qu'il coulissait facilement. Puis il posa son fusil en travers de ses cuisses. Le canon était chauffé par le soleil. Le poids familier apaisa son impatience. Ce n'était pas la première fois que des hors-la-loi tendaient un piège aux Hell's Eight. Et ce n'était pas la première fois qu'ils traitaient le problème avec méthode. Il avait attendu une bonne heure avant de monter en selle, faisant mine de se préparer à dîner afin de donner aux trois autres le temps de faire le tour par-derrière et de se mettre en position.

Il surveilla les parois escarpées de chaque côté. Son cheval trébucha, lui offrant un prétexte tout trouvé pour mettre pied à terre — juste à mi-chemin du canyon, à une centaine de mètres seulement du lieu probablement prévu pour l'embuscade et tout près d'un éboulis qui pourrait lui servir d'abri en cas de besoin. Sautant à terre, il appuya son fusil contre un rocher et fit glisser sa main le long de l'antérieur de son cheval pour soulever son sabot. Avec un peu de chance, les bandits supposeraient qu'il s'était arrêté pour vérifier son fer et ils en profiteraient pour passer à l'action. Et si la chance était vraiment de son côté, Tracker, Shadow et Sam auraient eu le temps de faire le tour et ils seraient déjà en position, arme au poing.

Son cheval, Fumée, se mit à s'agiter et à hennir, manifestement anxieux.

— Je sais, je sens leur présence, moi aussi, murmura-t-il en lui tapotant l'épaule. Détends-toi, mon vieux, tout sera réglé dans quelques minutes.

Il lâcha le sabot. Le cheval piétina sur place mais ne s'enfuit pas. Sa tension monta d'un cran. Récupérant son fusil, il remonta en selle.

Un geai siffla un bref avertissement sur la crête rocheuse, à sa gauche. Qui se cachait là ? Un ami ou un ennemi ? Un deuxième geai prit le relais depuis un buisson, un peu plus loin. Tucker avança. Le pas régulier de Fumée faisait écho aux battements sourds de son cœur. Comme toujours avant une bataille, tous ses sens s'aiguisèrent, captant la chaleur du soleil, le silence anormal qui régnait autour de lui. Il fléchit les doigts. Dans ce genre de situation, c'était l'inaction le plus compliqué à gérer. Il n'avait pas l'habitude d'attendre passivement le déclenchement des hostilités.

Une touffe de fleurs sauvages entre deux roches capta soudain son regard. On aurait dit une flaque de soleil. Une touche de beauté inattendue au milieu de ce décor aride. Comme Fumée continuait à avancer, la lumière changea et les pétales prirent la même teinte or pâle que les cheveux de Sally Mae. La similitude le frappa. Tout comme ces fleurs qui avaient poussé au creux de cette roche grossière, Sally Mae était la grâce lumineuse qui avait éclairé la laideur de sa vie. Si la vie n'avait pas fait de lui ce qu'il était, il aurait clamé au monde entier qu'elle lui appartenait.

Il se remémora la passion avec laquelle elle avait noué ses longues jambes autour de ses reins pour le prendre plus profondément encore en elle. Il y avait eu une telle communion entre eux à cet instant qu'il avait subitement éprouvé le désir de lui faire un enfant. C'était la première fois qu'une telle chose lui arrivait. Jamais auparavant il n'avait ressenti l'envie de fonder une famille. Avec Sally, il devenait quelqu'un d'autre. Il n'était plus un ranger froid, inaccessible à la pitié, mais un homme presque… respectable.

Merde. Il rêvait tout éveillé. Il faudrait plus que de

la respectabilité pour qu'un avenir devienne possible entre Sally Mae et lui. Il faudrait un véritable miracle !

« Elle cherche désespérément un endroit où elle se sentira enfin à sa place. Alors prends-la, idiot, et donne-lui ce qu'elle veut ! »

Maudit soit Shadow d'avoir fait naître l'espoir en lui ! Il imaginait la scène : Sally Mae venant avec lui à Hell's Eight. Saine et sauve, protégée. Sienne. Elle s'épanouirait aux côtés de l'homme qu'elle aimerait, elle serait à la fois son épouse, sa partenaire et sa maîtresse. Mais il n'était pas cet homme-là. Il était tellement absorbé par ses pensées qu'il faillit manquer le signal : l'appel doux et mélodieux d'une grive.

Bon sang ! Ce genre d'inattention pouvait les faire tuer tous les quatre ! Le signal retentit de nouveau, cette fois sous la forme du chant aigu d'un merle. Pas une seule note de travers pour trahir la frustration de Sam en voyant qu'il n'arrivait pas à attirer son attention.

Il scruta le périmètre du coin de l'œil et capta un flash de lumière sur sa gauche. Le reflet du soleil sur le canon d'un fusil ? Le signal de Sam le prévenait de la présence d'un tireur sur la paroi sud. A sa droite, retentit la parfaite imitation d'une buse. Le signal se répéta trois fois : Tracker avait trois hommes en ligne de mire. Cela faisait quatre tireurs au total, peut-être cinq avec celui qu'il avait repéré plus en amont. Derrière lui, un essaim de cailles prit bruyamment son envol. Fumée fit un écart. Au même moment, une balle ricocha contre la roche, à l'endroit où il se tenait une fraction de seconde plus tôt ! La détonation claqua dans le silence.

Le canyon se transforma brusquement en poudrière. Tucker sauta à terre et fit reculer Fumée derrière une saillie rocheuse. Un tir toucha un rocher, juste à sa gauche. Fumée rua, affolé. Pas le temps de parlementer. Tucker attrapa ses munitions au vol et le laissa partir au galop. Merde, ce serait du sport pour le rattraper, tout à l'heure.

— Vous avez touché mon cheval ! cria-t-il pour protéger l'animal en fuite. Rien que pour ça, je vais vous écorcher vif et vous offrir en pâture aux fourmis rouges !

Une balle écorcha le tronc d'un arbre rabougri, près de son visage, détachant un nuage d'écorces qui lui griffèrent la joue.

— Baisse la tête, Tucker, lança Sam d'une voix aimable.

— Nom de… !

Tucker s'accroupit et regarda la marque blanche sur le tronc, à quelques centimètres de l'endroit où se trouvait sa tête une seconde plus tôt. Sam était complètement cinglé ! Il ne pouvait pas délivrer ses avertissements autrement ? Il aurait pu le décapiter !

Il repéra un mouvement sur sa droite et tira en rafale. Il y eut un râle, puis le choc d'un corps qui tombe.

— Un de ces quatre, Sam, je vais te casser la figure ! gronda-t-il.

Un coup de feu, puis la réponse enjouée de Sam :

— Où est passé ton sens de l'humour, vieux ?

Trois tirs rapides claquèrent au-dessus de lui, légèrement sur sa droite. Diable, il était en mauvaise posture. Si le tireur se déplaçait sur la gauche, il allait se faire canarder comme une baudruche dans une baraque de foire. Il fallait qu'il se sorte de là, et vite.

Pariant que le bandit était déjà en mouvement pour changer de position, il monta de rocher en rocher jusqu'au premier palier. Il faillit trébucher sur le hors-la-loi qu'il avait touché un instant plus tôt. L'homme n'était pas mort, et il tenta de lever son revolver vers Tucker. Celui-ci bondit et lui planta la lame de son couteau dans la gorge. Le revolver tomba au sol, sans laisser partir le coup de feu qui aurait trahi sa présence.

Il essuyait la lame sanglante sur la chemise du cadavre quand il entendit l'écho du fusil Buffalo de Tracker et, l'espace d'un instant, il se revit seize ans en arrière, le jour où l'armée mexicaine avait rasé leur petite ville. Pendant des années, les Hell's Eight avaient trouvé dans la haine la force de survivre. Ils s'étaient juré de ne plus jamais se retrouver désarmés et vulnérables, et ils n'avaient jamais plus perdu un seul combat. Ils s'étaient endurcis pour survivre dans un monde d'hommes, et lorsqu'ils étaient devenus à leur tour des hommes, ils étaient si affûtés que leur réputation était leur meilleure arme.

Un râle d'agonie résonna au-dessus de lui, l'arrachant à ses pensées. Le couteau de Shadow avait trouvé sa cible. Ce cri en lui-même était un signal : il laissait uniquement crier la dernière cible. Une façon de dire que c'était terminé. Tucker continua à monter. A mi-chemin, il aperçut le canon d'un fusil appuyé sur un rocher, prêt à tirer. Merde ! Il n'y avait pas cinq homme mais six ! Il suivit la trajectoire de l'arme. A vingt pas de là, Sam roulait tranquillement une cigarette, adossé à un arbre. Tucker entendit le chien du fusil basculer en arrière. Il était trop loin pour tenter quoi que ce soit. Il cria :

— Sam, baisse-toi !

Un coup de feu claqua en même temps qu'il lançait son avertissement. Le canon du fusil s'affaissa brusquement. Au bout de deux secondes, Tucker vit l'homme apparaître devant lui en trébuchant, les deux mains crispées sur sa poitrine. Il tomba à genoux et ses yeux fixèrent le soleil dans une ultime tentative pour s'agripper à la vie. Puis il s'effondra en arrière, les bras en croix. Tucker envoya balader son revolver d'un coup de pied et continua à grimper vers Sam, partagé entre la colère et le soulagement.

— C'était moi qui étais censé servir d'appât, je te signale !

— Jaloux ?

Sam sourit et continua à rouler sa cigarette avec des doigts qui ne tremblaient pas.

— Mais merci de m'avoir prévenu.

L'amour ne l'avait pas complètement transformé : il était toujours aussi dingue.

Shadow se laissa glisser d'un arbre, juste devant eux, son fusil fumant à la main.

— C'était le dernier, annonça-t-il laconiquement avant de s'éloigner.

Tucker rangea son couteau.

— Je ne m'habituerai jamais à le voir tomber du ciel, comme ça.

— Moi non plus. Tu es blessé ?

— Non, et toi ?

Sam gratta une allumette.

— Non, mais Bella va me passer un savon en voyant que j'ai déchiré ma chemise neuve.

— Il va falloir que tu te montres très gentil pour te faire pardonner.

— Je vais essayer.

Sam avait toujours eu du succès auprès des femmes. Il n'avait même pas besoin de se forcer : un sourire et le tour était joué.

— Tu n'auras qu'à lui faire risette.

Sam secoua la tête, ses yeux bleus légèrement plissés à cause de la fumée de sa cigarette.

— Bella ne se laisse pas amadouer si facilement. Elle ne me trouve pas charmant.

Tucker rechargea son revolver.

— Tu plaisantes ? Elle est raide dingue de toi.

— Elle m'aime, oui, mais ça ne l'empêche pas d'avoir des exigences, soupira-t-il d'un air dégoûté.

Tucker lui lança un regard ironique.

— Te fatigue pas. Même un aveugle verrait que tu raffoles de ses exigences.

Sam éclata de rire. Un vrai rire, heureux, léger, et, une fois encore, Tucker s'émerveilla de sa transformation. Bella était comme un soleil qui éclairait la vie de Sam, balayant le désespoir qui le rongeait depuis des années.

— Attends que Sally Mae se sente un peu plus en confiance avec toi, et tu comprendras ce que je veux dire.

— Je te l'ai déjà dit, je n'ai rien à attendre de Sally Mae.

Sam le dévisagea.

— Ce n'est pas parce que tu le dis que je le crois.

Tucker haussa les épaules et montra un cadavre d'un signe du menton.

— Je suppose qu'on va devoir les enterrer.

— A moins qu'on laisse les coyotes se charger d'eux. Tracker et Shadow ont dû récupérer tout ce qui avait de la valeur.

— J'espère que la pêche sera bonne. La mère de Billy va avoir besoin du moindre penny.

C'était la règle du Hell's Eight : les morts remboursaient leurs victimes. L'argent ne réparait pas le mal qu'ils avaient fait, mais il permettait au moins aux familles de vivre pendant leur deuil. Il regarda le sol caillouteux. Creuser une tombe était quasiment impossible.

— Dommage que j'aie oublié ma pelle.

Sam tira une dernière bouffée de sa cigarette.

— Bella m'en a donné une.

— Pour quoi faire ?

Sam écrasa son mégot sous sa botte.

— Elle est très croyante. Pour elle, c'est important qu'un mort ait une sépulture.

Tucker sourit.

— Dans ce cas, c'est toi qui vas t'y coller mon vieux. Bon courage !

Sam haussa les épaules.

— Il y a un prix à payer pour respecter sa parole.

Tracker sortit du couvert des arbres, près d'eux.

— Il y a un prix à payer pour tout.

Son chapeau, comme toujours, était rabaissé sur

son visage, masquant ses yeux et mettant en lumière sa cicatrice. Tucker se demandait s'il ne le faisait pas exprès.

— Tout le monde va bien ? demanda-t-il.

— Oui. Et toi ?

Il regarda le cadavre près d'eux, puis Shadow, qui récupérait les armes et l'argent d'un autre hors-la-loi.

— Leur guet-apens était tellement pitoyable qu'ils ne méritent même pas qu'on les enterre.

Il bougea le mort du bout du pied comme s'il s'attendait à ce qu'il se lève et se rachète en leur tirant dessus avec plus de précision.

— Je me sens presque coupable d'avoir tué ces minables.

Tucker regarda le mort, puis Sam, puis Tracker. Ils avaient vécu cette scène des centaines de fois mais, aujourd'hui, quelque chose était absent : l'excitation. Il se sentait étrangement vide. Leurs assaillants avaient-ils été à ce point des maladroits ou étaient-ils eux-mêmes devenus à ce point des experts dans l'art de tuer ?

Il baissa son chapeau sur ses yeux.

— Trop tard.

Il était minuit passé quand ils entrèrent dans la ville. Ils auraient pu dormir au campement et rentrer le lendemain, mais Sam ne voulait pas rester loin de Bella et s'était mis en route sans attendre. Tucker avait ses propres raisons d'en faire autant. Quant à Tracker et Shadow, ils avaient suivi le mouvement sans même chercher à cacher leur ironie. Par chance, ils s'étaient abstenus de tout commentaire. Du moins, jusqu'à ce qu'ils entrent dans Lindos.

— Même le saloon est fermé, lâcha Tracker d'un air dégoûté. C'est un triste jour que celui où les ivrognes ont plus de bon sens que les représentants de la loi.

— Ma Bella vaut tous les whiskys du monde, rétorqua Sam en souriant.

— On a raison de dire qu'il n'y a pas pire fou qu'un fou amoureux.

— Ricane autant que tu voudras. J'ai une femme merveilleuse qui m'attend dans cet hôtel, là-bas, et vous ne pouvez pas en dire autant.

Sa repartie jeta un froid, d'autant que c'était vrai.

— Tu parles trop, Sam, siffla Shadow.

Sam jura entre ses dents.

— Ce n'est pas ce que j'ai voulu dire et tu le sais bien !

Tracker et Shadow le regardèrent sans répondre. Il y avait certaines choses que Sam ne pouvait pas comprendre, en particulier le mur que leur couleur de peau dressait entre eux et le reste du monde. Les frères jumeaux firent pivoter comme un seul homme leur monture vers l'écurie. On n'acceptait pas les Indiens à l'hôtel. Pas plus que les Mexicains. Tracker et Shadow n'avaient de chance, ni d'un côté ni de l'autre.

Sam les regarda s'éloigner, embêté.

— Merde. Je ne voulais pas les insulter.

— Ne t'inquiète pas, ils le savent.

— Ça va me coûter une fortune en pancakes pour me faire pardonner.

Tracker et Shadow acceptaient toujours que Sam

paie ses dettes en nourriture. Obtenir du patron d'un bar de servir un Indien n'était pas simple et ça se terminait généralement par quelques côtes froissées et du mobilier fracassé, mais Sam arrivait toujours à négocier, et Tracker et Shadow finissaient toujours par lui pardonner.

Ils remontèrent la rue dans un silence détendu. Sam tira une dernière bouffée de cigarette et repoussa son chapeau en arrière.

— Je pense toujours ce que j'ai dit tout à l'heure, Tucker. Si jamais les choses évoluent favorablement entre Sally Mae et toi, et que tu cherches un endroit où te poser, il y a une place pour vous au *rancho* Montoya.

Mais qu'est-ce qu'ils avaient tous à lui faire miroiter l'espoir d'un avenir impossible ?

— Merci.

Sa réponse laconique était censée clore le sujet, mais Sam n'avait jamais été très doué pour capter les messages.

— On n'a pas eu une enfance comme tout le monde, Tucker. On a mûri dans le désespoir et la haine, persuadés que c'était l'unique solution. Mais depuis que j'ai rencontré Bella, j'ai appris que rien n'était gravé dans le marbre.

— Si tu le dis.

Sam tourna les yeux vers la maison de Sally Mae, au bout de la rue.

— Crois-le ou non, mais certains grands principes auxquels on croyait dur comme fer ont du plomb dans l'aile aujourd'hui.

— Par exemple ?

— Par exemple quand on se vantait de pouvoir vivre sans amour. Tu sais quoi, Tuck ? C'est faux. Toi, moi, on a besoin d'amour comme n'importe quel être humain.

Ce n'était pas dans les habitudes de Sam de se livrer ainsi.

— Tu n'aurais pas vidé une bouteille en douce pendant le trajet, par hasard ?

— Je n'aime pas voir un ami passer à côté de sa chance, c'est tout.

— Tu sais très bien ce qu'ils nous feront — à elle comme à moi — si on nous surprend ensemble.

Sally Mae serait insultée, frappée, traînée dans les rues, violée. Et ils diraient qu'elle l'avait cherché.

Sam jeta sa cigarette et fit pivoter son cheval vers l'hôtel.

— Alors emmène-la là où elle sera en sécurité, au Hell's Eight.

— Et après ?

Sam n'était plus qu'une ombre dans la nuit quand sa réponse flotta jusqu'à lui, à peine audible :

— Aime-la.

Etait-ce vraiment Sam qui avait prononcé ces mots ou juste son imagination ? Vrai ou faux, cela ne changeait pas grand-chose. Le pas régulier de Fumée résonna dans la nuit silencieuse. Sally Mae ne pouvait pas partager la vie d'un homme comme lui. Ça la tuerait.

*
* *

La grange se découpait dans l'obscurité, sombre et silencieuse. Une feuille de papier était clouée sur la porte. Il lut les trois mots tracés d'une écriture malhabile. « Pars ou crève. » C'était le cinquième message d'avertissement qu'il recevait. La menace se précisait. La porte à battant s'ouvrit sans bruit quand il fit entrer Fumée. Il lui enleva sa selle, sa bride, et le bouchonna rapidement avant de lui flatter le flanc.

— Je m'occuperai mieux de toi demain matin.

Pour ce soir, il était trop fatigué. Il pensait que tout rentrerait dans l'ordre une fois dans son environnement familier, mais il se trompait. Il ressentait une impatience à laquelle il ne parvenait pas à donner un nom. Il ouvrit la petite porte qui donnait sur le réduit où il dormait depuis le jour où Jonah la lui avait louée, un mois avant sa mort. La première chose qu'il aperçut en entrant, ce fut le plateau-repas posé sur le lit. Il lâcha ses sacoches sur le sol. La couverture sentait le savon et le grand air : Sally Mae l'avait lavée. Il toucha le couvercle posé sur la timbale en fer afin de protéger son contenu des rongeurs. Sally ignorait quand il rentrerait. Elle avait dû venir tous les jours pour s'assurer qu'il trouverait de la nourriture fraîche à son retour.

Il serra les poings, résistant à l'envie de fracasser la timbale sur le mur. Comme si ce geste avait le pouvoir de détruire le désir qui grondait en lui. Que cherchait-elle ? A lui donner des regrets, elle aussi ? A lui agiter sous le nez ce qu'il n'aurait jamais ?

« Elle cherche désespérément un endroit où elle

se sentira enfin à sa place. Prends-la et donne-lui ce qu'elle attend. »

Il tourna rageusement les talons. Il fallait que ça cesse. Il se dirigea vers la maison et s'arrêta à mi-chemin en se rappelant la couverture qui sentait le savon. Jurant tout bas, il fit un détour par la pompe. Il était en rogne, mais ce n'était pas une excuse pour sentir le cheval et la sueur. L'eau glacée était aussi tranchante qu'une lame mais elle ne réussit pas à éteindre sa colère.

Il s'attendait à trouver Crockett couché devant la porte de derrière mais il ne vit le chiot nulle part. Il ne lui fallut qu'une minute pour crocheter la serrure. Il se glissa dans la cuisine et monta l'escalier, gravissant les marches deux par deux. La porte de la chambre était entrebâillée. Il la poussa, s'immobilisa. La brise agitait doucement les rideaux. Le clair de lune se répandait sur Sally Mae comme une caresse, soulignant la blancheur de sa peau, sa blondeur, l'ombre douce de ses cils.

Il avança d'un pas et le mystère de la disparition de Crockett s'éclaircit : il était couché sur le lit. Il agita la queue quand il le prit dans ses bras. Il sentait le savon, lui aussi.

Il l'emmena en bas et le mit dehors. Crockett fit immédiatement ses besoins puis s'assit devant lui et le regarda. Manifestement, il attendait qu'il le porte.

Tucker croisa les bras sur sa poitrine.

— Je te laisse moins d'une semaine avec Sally Mae et tu es déjà gâté-pourri.

Le chiot remua la queue et bâilla à s'en décrocher la mâchoire. Tucker céda en grommelant.

— C'est la dernière fois, l'avertit-il l'emmenant à l'intérieur de la maison. De toute façon, tu seras bientôt trop gros pour ça.

Il obtint un coup de langue sur le menton en guise de réponse.

— Tu es un chien de chasse, pas un chien de salon. Tu n'es pas fait pour le confort.

Lui non plus, mais cela ne l'empêcha pas de savourer le parfum de cire et de citron qui flottait dans la maison. Il lui rappelait les grandes prairies baignées de soleil au printemps. La tiédeur de l'air. Le frisson des fleurs sous la brise. Il gravit l'escalier, les sourcils froncés. Diable. Il devenait lyrique. Décidément, il n'était pas dans son assiette.

Il poussa la porte du bout du pied. Crockett regarda le lit avec convoitise et remua la queue.

— Pas question, chuchota Tucker.

Le chiot leva vers lui ses yeux bruns liquides. C'était bien le fils de son père ! Combien de fois Boone avait extorqué un biscuit à Tia en lui faisant ces yeux-là !

— Même pas en rêve. C'est par terre ou dehors.

Crockett se coucha sur le sol avec un soupir résigné. Tucker défit son ceinturon, le posa sur la commode, hors de portée du chiot. Puis il enleva sa chemise et ses bottes. Crockett se mit aussitôt en tête de les mordiller. Tucker aperçut un os par terre. Apparemment, Sally Mae avait essayé d'empêcher Crockett de faire ses dents sur le mobilier. Il arracha sa botte aux dents de Crockett et agita l'os. Le chiot accepta le troc et se jeta sur l'os avec un grondement féroce.

— N'oublie pas, c'est juste pour une nuit.

Tucker se débarrassa de son pantalon, se glissa sous les draps. Sally Mae se tourna en sentant le matelas se creuser près d'elle. Il s'attendit à ce qu'elle hurle de terreur, mais elle sourit et noua ses bras autour de son cou en chuchotant son prénom.

— Tucker.

Il la serra contre lui et fit glisser sa main le long de son dos tandis qu'un sentiment de bonheur parfait s'ancrait en lui. Il avait beau se répéter qu'il paierait cher plus tard ces moments volés, il ne put s'empêcher de lui effleurer les cheveux de ses lèvres.

— Qui d'autre ?

Son rire assoupi fut aussi tendre que la caresse de sa main sur son torse.

— Personne.

Elle trouva son mamelon et l'excita paresseusement du bout du doigt.

— Tu ne devrais pas être ici.

Il sourit tout en respirant l'odeur de son shampoing. C'était si bon de la tenir contre lui, de la respirer, de rire avec elle.

— Tu veux me jeter dehors ?

Elle se blottit plus étroitement contre lui.

— Trop fatiguée.

Lui aussi, ce qui expliquait sans doute pourquoi il ne l'arrêta pas quand elle fit glisser sa main le long de ses côtes, puis de son ventre, explorant son grand corps pour s'assurer qu'il n'était pas blessé. Son sexe se tendit de désir quand elle lui palpa la hanche.

— La seule partie de mon corps qui requiert ton attention se situe quinze centimètres plus bas, l'informa-t-il.

— Tu es sûr ?

Il lui attrapa la main et l'amena plus bas, retenant son souffle quand elle referma les doigts autour de son membre bandé. Elle le pressa doucement. Des éclairs de plaisir lui traversèrent les reins. Il eut du mal à retrouver sa voix.

— Absolument sûr.

Elle pressa ses lèvres sur son torse, son ventre. Sa tresse glissa autour de son poignet dans une caresse érotique.

— Nous allons voir ça.

— Essaie seulement de ne pas oublier que la fenêtre est ouverte.

Elle caressa son nombril d'un petit coup de langue taquin.

— Alors, il va falloir que tu restes silencieux.

Il n'eut pas à attendre bien longtemps pour comprendre ce qu'elle voulait dire par là. Elle trouva un point à l'intérieur de sa hanche gauche qui déclencha un feu d'artifice dans son entrejambe. Il laissa échapper un juron. Elle rit et recommença avec sa langue. Enroulant sa tresse autour de sa main, il replia un genou et frissonna quand le coton de sa chemise de nuit caressa l'intérieur de sa cuisse.

Elle l'observa entre ses cils.

— Je n'ai presque pas dormi depuis ton départ. J'étais inquiète.

Que lui répondre ?

— Je suis désolé.

— Quand j'en avais assez de m'inquiéter, je me mettais à réfléchir.

Elle fit glisser sa main jusqu'à ses bourses gonflées et les caressa du bout des doigts. Sa tension monta. Il souleva les hanches malgré lui.

— A quoi ?

La question résonna plus durement qu'il ne l'aurait souhaité, mais elle mettait son contrôle à rude épreuve.

— A toi. Au bien-être que je ressens quand tu es là. Au vide que ton absence creuse dans ma vie.

Il lisait les vestiges de son inquiétude au fond de ses beaux yeux cernés. Il lui caressa la joue. Sa peau paraissait encore plus blanche par contraste avec la sienne.

— Je ne veux pas que tu sois malheureuse à cause de moi.

Elle haussa les épaules comme si cela n'avait pas d'importance.

— J'assume mes décisions.

Il leva son visage vers lui.

— Alors opte pour les bons choix.

Sans le quitter du regard, elle frotta sa joue contre son sexe dressé. Cette soumission affichée enflamma son imagination. Il pouvait lui demander tout ce qu'il voulait, elle obéirait. Cette certitude se mua en un désir brûlant quand elle déposa des baisers d'une douceur exquise sur le bout de son sexe.

— C'est ce que je fais.

Il posa une main sur sa nuque pendant qu'elle le butinait à son rythme, caressant sans provoquer, titillant sans soulager.

— Je pourrais me faire tuer, lui rappela-t-il d'une voix rauque.

— Mais tu pourrais aussi te faire aimer.

— Pas par toi.

Il vit une lueur de souffrance passer dans ses yeux, suivie tout aussi rapidement par ce regard buté qu'il connaissait bien.

— Ce soir, tu devras te contenter de moi. Tu es piégé.

— Je peux encore partir.

C'était une piètre défense et son sourire victorieux lui indiqua qu'elle le savait.

— Je me suis montrée très patiente en t'attendant.

Elle lécha la base de son sexe, taquinant la pointe avant de redescendre.

— Je veux ma récompense.

Il était prêt à lui donner tout ce qu'elle voulait. Il n'était pas en état de marchander.

— Qu'est-ce que tu veux ?

Son sourire accéléra les battements de son cœur.

— Toi.

Une caresse de sa langue, suivie d'un baiser sur la pointe. Il souleva les hanches et elle le regarda, son sexe niché dans le creux de ses seins.

— Je veux prendre la violence qui te dévore, Tucker, et te donner la paix en échange.

Son cœur se tordit. Son passé était trempé dans le sang et son avenir ne s'annonçait pas meilleur.

— Tu ne sais pas qui je suis.

— Tu ne me connais pas non plus, mais nous sommes attirés l'un vers l'autre.

L'espoir resta suspendu entre eux, vibrant comme une promesse. Deux étrangers, deux amants, à l'opposé l'un de l'autre et cependant réunis par une petite flamme magique.

Il posa les mains sur les frêles épaules de Sally Mae, s'attardant sur leur rondeur parfaite.

— Nous appartenons à deux mondes différents.

— Et pourtant nous nous sommes rejoints.

Il prit ses seins en coupe dans ses paumes. Elle frissonna et ses mamelons durcirent. Il regarda avec fascination sa peau crémeuse se couvrir de chair de poule.

— Ne me tente pas, Sally. Si tu ne me tiens pas à distance, il n'y aura pas de retour en arrière possible.

— J'ai décidé de regarder devant moi.

Elle ponctuait chaque mot d'un baiser sur le bout sensible de son sexe. Elle était irrésistible. Des cheveux d'ange, une bouche de diablesse. Une perle de sperme se forma au bout de son sexe gonflé. Il retint son souffle. Elle se pencha, la recueillit du bout de la langue et l'avala.

Bon sang ! Il retint son souffle quand elle le prit dans sa bouche et le suça lentement.

— Je ne peux pas te donner ce que tu veux, dit-il d'une voix rauque.

Elle le libéra dans une longue caresse qui le fit gémir.

— Donne-moi ce que tu peux me donner, Tucker McCade. Je ne céderai pas à moins.

Elle le regretterait. Il le savait, aussi sûr qu'il n'y avait pas d'avenir pour eux. Mais ils avaient l'instant présent, et la promesse brûlante de la nuit à venir. Il fit rouler son pouce sur la pointe dressée de ses seins et son soupir de plaisir eut raison de sa résistance. Il avait le sentiment qu'elle avait été créée spécialement pour lui.

— Alors prends-moi.

— Oui.

Et c'est ce qu'elle fit. Sans hésitation, sans crainte, avec une lenteur torturante. Il souleva les hanches pour aller au-devant d'elle. Il voulait graver ce moment dans sa mémoire pour le revivre encore et encore quand il ne lui resterait plus que des souvenirs.

Elle le prit tout entier, acceptant chaque poussée, chaque va-et-vient de ses hanches, chaque frémissement, calquant son rythme sur le sien jusqu'à ce qu'il n'ait plus d'autre choix que de se livrer complètement. Il jouit avec violence puis la serra brutalement contre lui, le corps douloureux, son prénom résonnant comme un chant sauvage dans sa tête. Sally Mae, son rayon de lune. Sa femme. Elle rit tout en parsemant son ventre de baisers.

— Ton contrôle n'est pas ce que je croyais. On a dû t'entendre à des kilomètres.

Merde. Il se rappela avec un sentiment de malaise l'avertissement placardé sur la porte de l'écurie.

— Si quelqu'un a entendu quelque chose, je pense qu'il aura l'intelligence de se taire.

Sinon, il le rendrait muet pour l'éternité. Il la serra contre lui, encore ébranlé par cet orgasme époustouflant.

Sa joue se nicha dans le creux de son épaule comme si cette place avait été créée spécialement pour elle.

— Parfait. Ça fera une moyenne avec toi.

Il s'endormit en riant.

Chapitre 9

Sally Mae fut réveillée par la douce pression des lèvres de Tucker sur sa nuque et par la caresse de ses doigts sur ses fesses.

— Qu'est-ce que tu fais ? murmura-t-elle d'une voix alanguie.

— Je me prépare à partir.

Elle s'abandonna avec bonheur aux sensations délicieuses qu'il éveillait en elle.

— On ne le dirait pas.

Il glissa un doigt entre ses fesses, et le pressa sur le petit anneau de muscles. La promesse qu'il lui avait faite résonna dans sa mémoire.

La prochaine fois, on ira jusqu'au bout.

Sa nuque se couvrit de chair de poule. Il s'en rendit compte et sourit, tout en forçant la barrière de ses muscles.

Elle tourna la tête sur le côté. Un deuxième doigt rejoignit le premier.

— Oh…

— Ça te plaît ?

Acquiescer serait indécent… mais nier parfaitement

ridicule, d'autant qu'elle était en train de se cambrer de plaisir.

— C'est bien. Continue à te pousser vers moi.

Il la pénétra plus profondément. Ses muscles internes se verrouillèrent instantanément et elle gémit de déception. Elle en voulait davantage.

— Tu es sûr de devoir partir ? chuchota-t-elle.

Elle regretta sa question à l'instant où elle franchit ses lèvres. Quel égoïsme ! Lui demander de rester, c'était mettre sa vie en danger. Elle n'avait pas le droit de lui faire prendre ce risque sous prétexte qu'elle était curieuse de goûter à des jeux interdits.

— Oblige-moi à rester.

Elle sentit ses dents lui mordiller la nuque. Des éclairs de volupté se faufilèrent sous sa peau. Ce serait facile de se convaincre que ces moments de plaisir justifiaient le risque, mais ce n'était pas vrai. Si par malheur on voyait Tucker sortir de chez elle, les conséquences seraient terribles pour eux deux. Elle serait insultée, traitée comme la dernière des traînées. Mais pour lui ce serait pire encore. On lui donnerait la chasse comme à un chien enragé et quand on l'attraperait, on enroulerait une corde autour de son beau cou et on le pendrait. La loi était bafouée tous les jours sur ce territoire, mais un sang-mêlé touchant une femme blanche ? C'était la peine de mort assurée.

Pas question pour autant d'avouer ses craintes tout haut, elle obtiendrait exactement le résultat inverse. Tucker était fier et son âme de rebelle le poussait à relever tout ce qui s'apparentait à un défi.

— Je préfère attendre un moment où tu auras du temps, prétendit-elle.

Il s'inclina sur elle.

— Tu ne t'inquiéterais pas pour ma santé, Sally Mae, n'est-ce pas ?

Elle sentit ses lèvres butiner sa nuque. Leur tendresse lui donna envie de pleurer. Cette relation était en train de lui échapper.

— Je préfère prévenir plutôt que guérir. C'est moi qui devrai te soigner en cas de problème et j'ai dans l'idée que tu n'es pas un malade facile.

Son rire était de la séduction à l'état pur. Elle imagina l'éclat de ses yeux. Ils étaient probablement un peu plissés, comme chaque fois qu'il était sous le coup d'une émotion. Tucker était difficile à déchiffrer mais, quand on le connaissait un peu, il y avait des signes qui ne trompaient pas.

Elle balbutia une protestation quand il retira ses doigts. Elle se sentait abandonnée. Les draps bruissèrent quand il leva. Avant qu'elle ait pu lui demander où il allait, il revint tout contre elle. Quelque chose de dur et de lisse se glissa entre ses fesses. Un frisson de peur et de plaisir mêlés la parcourut.

— Qu'est-ce que c'est ?

— Un petit souvenir pour que tu penses à moi.

Ça n'avait pas l'air petit du tout !

— Attends, je ne suis pas sûre…

Il effleura son cou de ses lèvres, son souffle excitant toutes ses terminaisons nerveuses. Il avait une sorte de don pour trouver ses points sensibles. Et il savait toujours comment les réveiller.

— Moi je suis sûr de penser à toi toute la matinée, à la façon dont tu seras prête à m'accueillir en toi à mon retour.

— Tu… tu veux que ?…

— Oui.

Il pressa plus fort et les muscles délicats de ses reins s'ouvrirent pour accueillir la brûlure familière qui aurait pu être douloureuse mais qui se transformait toujours en plaisir.

— Et qu'est-ce que tu feras, toi, pendant que je…

Elle laissa échapper un cri quand il tourna légèrement l'objet mystérieux, l'enfonçant plus profondément encore.

— … pendant que je serai écartelée pour ton plaisir ? acheva-t-elle de demander dans un souffle.

Il repoussa sa tresse sur son épaule et déposa une pluie de baisers brûlants le long de son dos.

— Je serai aussi dur qu'un roc en imaginant le moment où je le retirerai pour entrer en toi.

Elle trembla, de peur et d'excitation — mais surtout d'excitation.

— Qu'est-ce que c'est ?

— La femme qui me l'a vendu a utilisé un nom bizarre, dans une langue inconnue. Disons que c'est un jouet sexuel.

Elle agrippa le coussin quand il poussa le « jouet » plus loin. Il enroula un bras autour de sa taille et l'attira à lui.

— Les jouets sont des objets amusants, non ?

Ce n'était pas amusant. C'était trop scandaleux,

trop érotique, trop excitant, trop… tout… pour être amusant.

Il happa le lobe de son oreille entre ses dents et le mordilla doucement avec la même délicatesse que le jouet testait sa résistance.

— Tu veux que j'arrête ?

Oui. Non. Ses cheveux caressaient son épaule. Elle sentait entre ses omoplates le frottement de la balle qu'il portait constamment autour du cou. Un rappel de celui qu'il était. Un homme violent. Dangereux. Tendre. Sexy.

— Non.

Mais elle aurait eu deux mots à dire à cette femme qui lui avait enseigné des jeux aussi dépravés.

Il lui embrassa l'épaule.

— Bien.

La pression s'accrut.

— Encore un petit effort, Rayon de lune.

Elle se mordit la lèvre et respira vite tandis que la brûlure atteignait cette limite étroite entre plaisir et douleur.

— C'est trop.

— Tu as fait le plus dur. Encore juste un peu.

Elle retint son souffle. Impossible.

— Tu peux me mordre, si ça t'aide.

Elle le prit au mot et planta ses dents dans les muscles solides de son avant-bras. Elle l'entendit jurer tandis que l'ultime barrière cédait devant cette bataille inégale. Le choc se répercuta dans toutes les fibres de son corps. Pendant un instant, elle fut incapable de respirer ou même de penser. Tucker lui chuchota des mots apaisants tout en insinuant ses doigts dans les replis frémissants de son sexe pour caresser son clitoris durci dans une récompense sensuelle.

Elle ne savait plus si elle devait gémir ou supplier, alors elle laissa s'exprimer son désarroi dans les deux minuscules syllabes de son prénom.

— Tucker…

Il lui mordilla l'épaule.

— Respire calmement, détends-toi.

Elle obéit, frissonnant tandis que la sensation d'écartèlement se doublait d'une chaleur cuisante.

— A mon retour, je ferai ce signal.

Il posa deux doigts sur sa cuisse.

— A cet instant, je veux que tu relèves tes jupes et que tu te penches en avant.

Elle protesta pour la forme parce qu'elle était une femme fière et indépendante, mais, tout au fond d'elle-même, elle aimait l'idée qu'il la domine sexuellement. Ça l'excitait. Une bouffée de désir la fit palpiter. Elle gémit et il rit.

— Oui, bébé, ce sera aussi chaud que ce que tu imagines.

Le matelas se redressa quand il se leva. Elle bougea timidement les jambes. Le jouet se déplaça juste ce qu'il fallait pour que ses muscles se contractent délicieusement autour de lui. Tucker effleura d'un geste taquin les boucles de sa toison. Son sexe palpita, affamé d'un contact plus affirmé. Il rit doucement et tapota la base du jouet. Les vibrations se propagèrent au plus profond de son être, lui tirant un cri étouffé.

— Tourne-toi.

Mais, pour cela, il fallait qu'elle bouge et chaque mouvement déclenchait un feu d'artifice de sensations inconnues qui lui envoyaient des messages contradictoires. Assez, encore, plus. Il tapa de nouveau la base du jouet, puis le tourna légèrement avant de lui imprimer un petit mouvement de bas en haut. Un cri aigu se logea dans sa gorge quand il fit glisser son doigt sur son clitoris. Tous ses muscles se contractèrent. Tous ses sens guettèrent la prochaine caresse, le prochain contact… Oh, c'était trop bon !

Elle n'avait jamais imaginé qu'un homme puisse prendre une femme de cette façon, et encore moins qu'une femme puisse y trouver du plaisir. Mais elle devait avoir des goûts bizarres parce qu'elle aimait se sentir écartelée, elle aimait la tension qui montait en elle en spirale pendant que Tucker continuait le jeu.

Il la retourna sur le dos. Elle écarquilla les yeux quand le jouet accentua sa pression, la chaleur de la brûlure se mêlant aux pulsations du désir. Saisissant ses poignets, il lui releva les bras et les plaqua sur le matelas, de chaque côté de sa tête. Ses longs cheveux noirs lui caressèrent le visage. La balle pendue à son cou chatouilla le creux de sa gorge.

— Tu es à moi.

Oui. Tout à lui.

Il se leva et elle resta dans la position où il l'avait laissée, tout en le suivant du regard, le cœur battant. L'aube se faufilait derrière la fenêtre, caressant son grand corps de sa pâle lumière, touchant avec la tendresse d'une amante la ligne dure de ses muscles, la saillie de son sexe. Elle s'humecta les lèvres en se remémorant sa saveur. Il lui tendit la main et elle la prit sans hésiter, acceptant son autorité tandis qu'il la tirait vers le bord du lit. Le jouait se déplaça et elle se figea, inondée de sensations.

— Du calme, bébé. Prends une minute pour t'habituer.

Impossible. La possession était trop totale, trop parfaite.

— Je… je ne suis pas sûre d'aimer ça.

Un baiser très doux effleura sa tempe.

— Tu es trop novice pour savoir si tu aimes ou pas.

— Mais toi, ça te plaît ?

— Oh, oui…

Il fit glisser sa main dans ses cheveux, jusqu'à sa nuque et l'inclina en avant. Le jouet bascula en elle, l'écartelant d'une nouvelle façon. Son clitoris palpita douloureusement. D'une pression subtile sur sa nuque, il rapprocha encore ses lèvres de son sexe bandé. Elle savait ce qu'il voulait. Elle le voulait aussi. Il enfouit ses doigts dans ses cheveux. Ses gestes étaient moins doux que d'habitude, moins contrôlés. Cette rugosité était perceptible aussi dans sa voix. Il était aussi excité qu'elle.

— Et à toi aussi, ça va te plaire.

Comment pouvait-il le savoir ? Comment pouvait-il deviner que ce jeu érotique révélait une face sombre de sa personnalité dont elle avait toujours ignoré l'existence ? Comment pouvait-il savoir que son corps n'attendait qu'une pression sur son clitoris pour exploser de plaisir. Une seule pression…

Elle planta son regard dans le sien tout en caressant de la langue son extrémité gonflée.

— Prends-moi dans ta bouche.

Elle obéit mais juste un peu, s'amusant à le faire languir, notant le frémissement de ses narines, le poids de sa main sur sa nuque tandis qu'il l'attirait plus bas. Elle rit quand il frotta son sexe sur sa langue. Il gronda.

Elle soutint son regard, le défiant alors même qu'elle se soumettait. Il referma la main dans ses cheveux pour la maintenir en place pendant qu'il allait et venait dans sa bouche, le corps tendu de désir. De son autre main, il lui caressait la joue avec une douceur qui contrastait avec la brutalité de sa passion. Il jouit très vite, son regard rivé au sien. Un homme violent et tendre. Elle ferma les yeux, incapable de supporter l'espoir que peut-être il pourrait changer de vie pour elle.

La pression de son doigt sur son mamelon durci lui fit ouvrir les yeux. Il contemplait la pointe de ses seins, une étrange lueur au fond des yeux.

— Tu serais splendide avec les mamelons percés.

Elle cilla et gémit de plaisir quand il fit rouler son mamelon entre ses doigts.

— Viens là, Rayon de lune.

Là, c'était dans ses bras, blottie contre son torse. Le jouet bougea en même temps qu'elle, lui arrachant un cri de volupté. La sensation s'arrêta juste avant l'orgasme.

Tucker l'allongea sur le lit. Les draps rafraîchirent sa peau brûlante. Il fit glisser sa grande main sur son corps et posa doucement ses lèvres sur les siennes tout en la soutenant.

Il sourit.

— Ça va toujours ?

Elle hocha la tête. Oh ! elle adorait son sourire !

— Tu en veux plus ?

Que lui répondre, si ce n'était la vérité ?

— Oui.

— Alors appuie-toi sur tes mains, renverse-toi en arrière et écarte les jambes.

— Pourquoi ?

Il lui embrassa le bout du nez.

— Obéis et tu verras.

Elle l'observa entre ses cils.

— Tu me mets à l'épreuve ?

— C'est ce que tu veux ?

— Mmm…

Elle replia lentement les genoux avant de les laisser tomber doucement de chaque côté.

— Peut-être.

Il fit glisser en souriant son doigt le long de son cou, entre ses seins, le long de son ventre, dessinant un cercle autour de son nombril avant de descendre plus bas. Sans la quitter du regard, il effleura son clitoris.

— Alors disons que je te mets à l'épreuve.

Un éclair de feu la transperça. Tout son corps se cambra. Encore. Rien qu'une fois. Elle se souleva pour aller au-devant de lui, en vain. Frustrée, elle se balança sur le matelas pour faire bouger le jouet. Elle y était presque…

Tucker posa la main sur son ventre pour l'immobiliser.

— Rayon de lune, il me semblait t'avoir interdit la première nuit de jouir sans mon autorisation ?

— Tu l'as dit, mais moi, je n'ai rien promis, souffla-t-elle en secouant la tête.

— Dois-je comprendre que tu as l'intention de me désobéir ?

Si seulement elle pouvait !

— J'en ai trop envie.

Son rire glissa sur elle comme une exquise promesse — dangereuse, troublante.

— Moi aussi. Mais je veux bien plus qu'un petit plaisir rapide.

Petit ? Elle était sur le point d'exploser !

Il fit glisser sa main entre ses cuisses, écarta ses replis brûlants et la caressa doucement jusqu'à ce qu'elle lui agrippe le poignet. Elle n'aurait su dire si c'était pour qu'il arrête ou pour qu'il continue.

— Tucker…

Quelque chose de froid et de métallique se referma sur son clitoris. La première morsure la prit par surprise. La deuxième la fit frissonner de la tête aux pieds. Elle redressa la tête pour regarder. Il tenait entre ses doigts un objet qui ressemblait à une boucle d'oreille grenat. Il tourna les doigts et la pression s'accentua progressivement sur son clitoris.

Elle continua à regarder, fascinée, pendant qu'il mettait en place le bijou intime.

— Qu'est-ce que c'est ?

— Une pince.

— Pour quoi faire ?

— Pour t'aider à te contrôler.

— Mais je n'ai pas envie de me contrôler ! J'ai envie de…

La pince mordit sa chair brûlante, lui procurant une autre forme de plaisir qui se diffusa dans chaque parcelle de son corps. La pointe de ses seins durcit et ses bras se couvrirent de chair de poule.

— Tucker…

Il lui caressa doucement l'épaule pendant que des ondes électriques la parcouraient de la tête aux pieds.

— Détends-toi. Tu vas t'habituer d'ici une minute.

— Je ne tiendrai jamais une minute.

— Dans un moment, tu vas trouver ça délicieux.

Des aiguilles de plaisir lui traversaient la tête. Elle sentait son contrôle l'abandonner un peu plus à chaque respiration.

— Enlève-la.

— Plus tard.

Elle enfonça ses ongles dans ses bras tandis que le plaisir montait puis s'arrêtait à la frontière de l'orgasme.

— Non, maintenant.

Il l'embrassa avec une douce fermeté qui était un refus.

— Lève-toi.

Impossible.

— Je ne peux pas.

— Mais si, tu peux. Pose tes deux pieds sur le sol et redresse-toi.

Facile à dire. Elle avait l'impression de ne plus contrôler ses muscles. Si ce chaos ne lui avait pas procuré un tel plaisir, elle aurait été terrifiée.

Il lui effleura la joue d'une caresse et lui prit la main.

— Je t'aide.

A la lueur au fond de ses yeux, elle devina qu'il savait ce qui allait se passer quand elle se lèverait — et qu'il était impatient.

A l'instant où elle se mit à la verticale, le jouet changea de position et la pince tira sur son clitoris, entraînée par le poids du bijou pendentif. Sally Mae ferma les paupières, étourdie par la violence de la sensation. Quand elle rouvrit les yeux, Tucker contemplait son entrejambe.

— Très joli.

Elle pouvait à peine respirer. Ses mamelons étaient gonflés et douloureux, son ventre en feu. Elle aurait eu besoin d'un répit, mais Tucker ne semblait pas disposé à lui donner satisfaction.

— Je vais te tuer, souffla-t-elle en se mordant la lèvre.

— Je te rappelle que tu es pacifiste.

— Tu seras ma première et dernière exception.

Tucker la serra dans ses bras en riant. La chaleur de son corps dur contre le sien était un pur bonheur. Son sexe, tendu et brûlant, se pressa contre son ventre et palpita dans une invitation silencieuse.

— Tu es à moi, tu te souviens ?

A lui, oui. Corps et âme.

— Pas d'objections ? demanda-t-il comme elle gardait le silence.

— Non.

Ses cheveux tombèrent autour d'eux comme un rideau de nuit quand il l'embrassa. Puis il recula. Elle n'en crut pas ses yeux quand il traversa la pièce pour s'habiller. Le sourire qu'il lui décocha par-dessus son épaule était machiavélique.

— A plus tard.

Il devait plaisanter ? Il n'allait pas la laisser comme ça ?

— Et si quelqu'un vient ?

— Souris et dis bonjour.

Elle imagina la scène et une lancée de désir lui traversa le ventre Elle posa une main sur le bureau pour se soutenir.

— Je crois que je n'ouvrirai à personne aujourd'hui.

Tucker finit de boutonner sa chemise, souleva sa sacoche de selle et la jeta sur son épaule avant de récupérer son colt.

— Ce n'est peut-être pas une mauvaise idée.

Sa décontraction alors qu'elle était tendue comme un ressort lui donna envie de casser quelque chose.

— Il se peut même que je barricade ma porte pour t'empêcher d'entrer !

Il s'immobilisa, une main sur la poignée et se retourna. Avec un sourire insolent, il rabaissa son chapeau sur ses yeux.

— Aucun problème. Je l'enfoncerai.

Trois heures plus tard, Sally Mae était au bord de la crise de nerfs. Son corps, qu'elle avait toujours considéré comme un allié, était devenu un traître. Le bijou pendentif se balançait à chaque mouvement et la pince lui infligeait des petites morsures permanentes, maintenant son excitation à un niveau presque insupportable. Sans oublier le jouet qui lui rappelait à chaque pas le plaisir que Tucker lui avait promis. Elle fit claquer son chiffon à poussière sur la table du salon tout en le guettant par la fenêtre. Qu'il soit maudit ! Pourquoi ne revenait-il pas ? Elle chantonna pour essayer de penser à autre chose et s'arrêta net en prenant conscience qu'il s'agissait d'un cantique.

— Je t'en prie, continue.

Elle se retourna avec un petit cri. Tucker se dressait sur le seuil, immense, ses cheveux noirs flottant sur ses épaules, ses yeux argentés brûlant de passion dans son visage rude.

— Je ne t'ai pas entendu entrer.

— Tant mieux.

Il lui décocha un sourire de loup affamé tout en avançant vers elle. Une fois encore, elle fut émerveillée par la fluidité avec laquelle il se déplaçait pour un homme de sa stature. Il ferma les rideaux.

— Mais… que vont dire les voisins ? balbutia-t-elle.

Il évacua le problème d'un haussement d'épaules.

— Ils penseront que tu as veillé tard à cause d'un patient et que tu t'accordes une petite sieste.

Avec une lenteur délibérée, il posa deux doigts contre sa cuisse. Elle lâcha son chiffon, hésita. Il cessa de sourire et refit le même geste. Avec le sentiment d'être terriblement maladroite, elle se tourna et s'inclina sur l'accoudoir du canapé vert sombre.

— C'est un bon début.

Sa voix traînante et rauque fit courir un frisson le long de son dos.

— Maintenant, relève tes jupes et offre-toi à moi.

Le cœur battant, elle attrapa sa jupe et la retroussa.

Ce n'était pas facile, il y avait beaucoup de tissu. Elle craignait que Tucker perde patience, mais non. Elle sentit son regard la brûler pendant qu'elle remontait peu à peu sa jupe et son jupon le long de ses mollets, de ses genoux, de ses cuisses et finalement de ses hanches, l'exposant complètement. Elle retint son souffle mais il ne bougea pas, il ne parla pas, laissant la tension monter jusqu'à l'insupportable. Elle retint un cri quand il caressa l'intérieur de sa cuisse, juste au-dessus du genou.

— J'aime.

Il continua à faire glisser sa main entre ses cuisses, les callosités de ses doigts éraflant délicieusement sa peau fine. Une petite pichenette sur le bijou, un rire étouffé quand elle sursauta, puis il posa une main sur ses reins pendant que l'autre se refermait sur la base du jouet.

— Pousse-toi vers moi.

Elle obéit, frémissante. Cette fois, il ne chercha pas à la faire languir. Il tira le jouet vers lui d'un mouvement régulier qui lui arracha un frisson de volupté. Il s'arrêta à mi-chemin, la laissant écartelée entre plaisir et douleur. Elle appuya son front sur ses doigts crispés, le souffle haletant.

— Tucker…

— Oui.

Il retira le jouet avec une rapidité confondante. Avant qu'elle ait pu reprendre son souffle, elle sentit son sexe bander se presser contre son anus gonflé.

— Reste penchée.

Le jouet avait été énorme, mais Tucker l'était plus

encore. Elle cria son prénom quand il la pénétra lentement. Il la prit durement par les épaules tout en continuant à se pousser en elle. Elle secoua la tête. C'était trop — et pas encore assez.

A chaque poussée de ses hanches, le bijou se balançait au bout de son clitoris, l'excitant tout en l'empêchant de jouir. Il continua à pousser. Chaque fibre de son corps tremblait du bonheur d'être possédée par lui. Un sanglot s'étrangla dans sa gorge.

— Plus fort.

— Ne bouge pas.

Il l'immobilisa d'une main, l'obligeant à accepter le rythme qu'il lui imposait. Elle prit appui sur ses mains et se poussa vers lui pour forcer l'issue. Il gronda et lui donna une tape sur la fesse droite. Une onde de plaisir la parcourut.

— Reste tranquille, Rayon de lune.

Elle ne voulait pas rester tranquille, elle voulait connaître enfin l'assouvissement. Une autre tape, plus forte, la fit sursauter. Une douleur brève, suivie d'une chaleur délicieuse. C'était merveilleux. Elle recommença à pousser.

— Bon sang, Sally Mae !

Tucker referma la main dans ses cheveux et lui tira la tête en arrière. Sa brutalité accrut son excitation. Avec un gémissement sourd, il entra plus profondément en elle, jusqu'à ce qu'elle sente son ventre se presser contre ses fesses. Egarée par le désir, elle tâtonna derrière elle et attrapa une de ses cuisses pour l'attirer plus près encore.

— Tucker !

D'un geste habile, il retira la pince.

— Maintenant, jouis pour moi, Rayon de lune.

La brûlure de sa possession associée aux sensations qui déferlaient subitement sur son clitoris était plus qu'elle n'en pouvait supporter. Elle explosa de plaisir, criant son prénom, le corps agité de soubresauts. Tucker resta incliné sur elle, l'écrasant contre lui dans une étreinte possessive.

Lorsque les spasmes s'espacèrent, il demanda :

— Ça va ?

Elle secoua la tête, la gorge nouée. Son clitoris palpitait comme si l'orgasme époustouflant qu'elle venait de connaître ne lui suffisait pas. Ses muscles se contractaient autour de lui. Elle en voulait plus, mais elle mentit pour ne pas paraître totalement dépravée.

— Oui.

Son rire sensuel lui caressa la joue.

— Menteuse. Cet adorable petit corps n'est pas encore rassasié.

Même au repos, il était un homme impressionnant. Il se retira très lentement, la laissant reprendre son souffle. Elle laissa échapper une plainte quand il se détacha d'elle.

— Du calme.

Il la fit pivoter vers lui et déposa une pluie de baisers sur son visage, son cou, sa gorge, son ventre, jusqu'à ce qu'il soit à genoux devant elle. En baissant la tête, elle vit qu'il écartait délicatement ses replis intimes. Il inclina son visage vers son clitoris gonflé. Elle lui agrippa les cheveux pour le repousser. Elle était trop sensible, elle ne pourrait pas supporter le moindre effleurement.

— Chuut, bébé. Je vais être absent pendant un bon mois, j'ai besoin de toi avant de partir.

Un mois ? Autant dire une éternité. Sans ses baisers, ses caresses, sa bouche… Elle aurait voulu lui donner ce qu'il demandait, mais…

— Je ne peux pas, souffla-t-elle. Je suis trop…

— Sensible, conclut-il pour elle en insinuant ses doigts entre ses fesses dans un paisible va-et-vient.

Il pressa délicatement sa langue sur son clitoris. Il attendit que sa tension reflue avant de commencer à la lécher au même rythme paisible que ses doigts.

— Jouis pour moi, Sally.

L'ordre glissa sur ses nerfs à vif avec le même pouvoir dévastateur qu'une caresse. Elle cria tandis que le plaisir la faisait vibrer de la tête aux pieds. Ils étaient seuls au monde. Il n'y avait que Tucker, elle, et la beauté des instants qu'ils venaient de vivre ensemble.

Chapitre 10

— Vous feriez bien de vous méfier.

Sally leva les yeux de sa liste de courses. Peter Bloom, l'épicier, l'observait depuis la réserve de sa boutique, une caisse dans les mains. Il était le cinquième cette semaine à lui lancer le même avertissement nauséabond. Elle fit mine de ne pas comprendre.

— Me méfier de quoi ?

— De cet Indien.

Elle posa sa liste sur le comptoir.

— Quel Indien ?

Il y avait beaucoup d'hommes en ville dont la couleur de peau trahissait le métissage. Bien sûr, elle savait très bien qu'il voulait parler de Tucker, mais elle n'entrerait pas dans son petit jeu. La médisance était un mode de vie à Lindos. Tucker était parti à la recherche d'Ari avec Tracker et Shadow depuis maintenant six semaines, et les mauvaises langues s'en donnaient à cœur joie. Sa gorge se serra. Leur relation était impossible ici. On ne les laisserait jamais en paix.

— Ce ranger sournois.

Sournois ? On pouvait attribuer beaucoup de qualificatifs à Tucker — arrogant, autoritaire, intimidant — mais sournois ? Non. Elle pencha la tête sur le côté.

— Vous voulez parler de M. McCade ?

— C'est un homme dangereux.

— D'après ce que j'ai entendu, c'est un héros.

Peter fronça ses sourcils broussailleux.

— Il rôde beaucoup trop autour de chez vous.

Elle avait souvent pensé que ses petits yeux d'un vert trouble trahissaient un esprit étroit et mesquin. Visiblement, elle ne s'était pas trompée.

— Il dort dans la grange.

— Ce n'est pas décent pour une veuve d'héberger un homme comme lui.

Elle sentit la moutarde lui monter au nez. Ce qui n'était pas « décent », c'était que son mari ait été assassiné et qu'un homme aussi courageux et honnête que Tucker soit méprisé par des bons à rien et des lâches !

— Mon mari l'a engagé pour faire respecter la loi en ville et m'assurer une protection.

Elle mentait sur le second point, mais Peter ne pouvait pas le savoir.

— Quand Jonah est mort, j'ai eu peur pour ma sécurité et je lui ai demandé de rester.

Un ricanement retentit dans le fond du magasin. Elle aperçut un chapeau brun poussiéreux derrière une rangée de boîtes de conserve et réprima un gémissement. Oh, non, Lyle. Il ne manquait plus que lui !

— Il n'empêche que ce n'est pas convenable.

L'épicier propulsa un jet de salive brunâtre dans le crachoir, à l'angle du comptoir. Sally Mae détourna les yeux avec écœurement. Le tabac à chiquer était vraiment une habitude répugnante.

— Je ne me souviens pas de vous avoir entendu protester quand Lyle était en convalescence chez moi, rétorqua-t-elle sèchement.

— Lyle était presque mort. Et cet Indien est en parfaite santé.

Et beaucoup plus viril que Peter Bloom ne le serait jamais malgré ses rodomontades — quand l'ennemi avait le dos tourné, bien sûr. Ce n'était pas une pensée charitable, mais tant pis !

— Personnellement, je me réjouis de sa présence en ville.

Elle planta son regard dans le sien.

— Il y a certains éléments ici qui font qu'une femme seule ne se sent pas en sécurité.

Peter posa la caisse sur le comptoir, écrasant sa liste.

— Raison de plus pour ne pas ternir votre réputation. Soigner les malades est un métier d'homme.

— S'il y avait des hommes dignes de ce nom dans cette ville, mon mari n'aurait pas été assassiné et je ne serais pas obligée aujourd'hui de le remplacer.

Elle tira sur sa liste pour la dégager.

— Voilà pourquoi je suis rassurée de savoir qu'un Texas Ranger dort dans ma grange.

— Je croyais que vous étiez contre la violence ?

— C'est exact mais je crois aussi à la prévention. Et la réputation de M. McCade est de nature à dissuader les criminels les plus endurcis.

— Un mari vous offrirait une bien meilleure protection, fit la voix de Lyle.

Elle se retint de reculer en le voyant approcher. Depuis que Tucker l'avait mis dehors, il n'avait pas cessé de l'importuner. Elle avait beau ne pas répondre à ses avances, il insistait. Lyle lui répugnait. Pas parce qu'il était obèse mais parce qu'il était veule et malhonnête. Tout ce qu'elle détestait.

— Je suis en deuil de mon mari. Accepter les avances d'un autre homme serait irrespectueux.

Lyle appuya son coude sur le comptoir et laissa son regard glisser sur elle, de la tête aux pieds, comme une grosse limace.

— Vous n'allez pas rester veuve éternellement.

Mais on ne pouvait pas non plus l'obliger à se remarier contre son gré à un homme qu'elle méprisait.

— Je me dois d'honorer la mémoire de mon mari. C'était un homme honnête et bon.

Peter ouvrit la caisse d'un geste brusque.

— Exact.

Il se mit à sortir des boîtes de conserve qu'il aligna sur le comptoir. Des betteraves. Des dizaines et des dizaines de boîtes de betteraves. Désolant. Elle s'était réveillée ce matin avec une furieuse envie de manger des petits pois. Ce ne serait pas pour cette fois, apparemment. Et son potager ne donnerait rien avant encore un mois.

Elle poussa sa liste vers lui et, cette fois, il la prit.

— Vous l'avez honorée assez longtemps comme ça, la mémoire de votre mari, insista Lyle en se rapprochant encore.

Elle recula d'un pas, incommodée par son odeur fétide. Comme chaque fois qu'elle était nerveuse, elle sentit ses paumes devenir moites. Elle n'aimait pas la façon dont ils l'observaient tous les deux. Ni cet ultimatum qu'ils semblaient lui lancer. Elle allait devoir prendre des décisions. L'excuse de son veuvage ne la protégerait plus longtemps. Sa tension s'accrut à cette pensée.

Peter attrapa des articles sur les étagères et les posa dans la boîte qu'il venait de vider.

— J'ai de la venaison dans la réserve, que je peux vous vendre, si vous voulez.

— Merci, mais M. McCade m'apporte régulièrement de la viande pour me payer son loyer.

— Il ne doit pas vous en rester beaucoup, ça fait un bout de temps qu'il est parti.

— Il avait prévu large.

— Une idée de la date de son retour ?

Un frisson d'alerte la parcourut. Elle n'aimait décidément pas le regard de Peter ni la façon dont Lyle semblait guetter sa réponse.

— Il devrait rentrer d'une minute à l'autre, mentit-elle. A ce propos, j'allais oublier : pouvez-vous me vendre une livre de café en grain ?

— Pas étonnant que ce Peau-Rouge se croie tout permis, lâcha Lyle en ricanant. Il est traité comme un pacha !

Sally se mordit la langue pour s'empêcher de lui répondre. Si elle laissait paraître ses sentiments pour Tucker, il n'y aurait plus un seul endroit sûr pour lui dans tout l'Etat. Mais elle bouillait intérieurement.

— Dites donc, il y a beaucoup de sucre dans votre liste, s'étonna Peter.

Elle se força à sourire.

— C'est mon anniversaire, cette semaine. J'ai envie de préparer un gâteau pour l'occasion.

Peter sourit. Il avait l'air sincère, cette fois.

— Bon anniversaire, alors.

— Merci.

— Vous allez avoir quel âge ? demanda Lyle.

Elle ne lui adressa pas un regard. Cet homme lui donnait la chair de poule. Elle l'avait soigné parce que sa religion lui commandait d'aider tous ses semblables, sans discrimination. Mais certains individus lui rendaient la tâche plus difficile que d'autres.

— On ne pose pas ce genre de question à une dame ! le reprit sèchement Peter.

— Quoi ? Ce n'est quand même pas une oie blanche, grogna Lyle.

Non, en effet. Et elle ne se laissait influencer ni par ses compliments creux ni par ses manières de rustre.

— Ce n'est pas grave, monsieur Bloom.

Elle planta son regard dans celui de Lyle.

— Je vais avoir vingt-six ans.

Peter acheva de préparer sa commande et lui annonça le prix. Fouillant dans son réticule, elle sortit la dernière de ses précieuses pièces. Les économies de Jonah n'avaient pas été bien conséquentes. Il avait toujours affirmé que Dieu pourvoirait à leurs besoins et elle l'avait cru… mais maintenant il était mort et elle arrivait au bout de ses maigres réserves. Ses compétences de médecin n'étaient pas suffisamment reconnues pour lui garantir un revenu régulier. Qu'allait-elle devenir ? Elle posa l'argent sur le comptoir.

— Merci, Peter.

— Il y a une soirée dansante, samedi, dit-il. Vous viendrez ?

— Je ne crois pas, non.

— Vous ne manquerez pas de cavaliers, insista l'épicier, avec cette lueur dans les yeux qui la mit de nouveau mal à l'aise.

— Je n'aime pas danser.

Elle souleva la caisse, se retourna. Lyle lui bloquait le passage.

— Si vous venez, je serai le premier sur les rangs.

Il avait le même regard que Peter. Elle déglutit en identifiant cette petite flamme. Du désir. Ils voulaient coucher avec elle tous les deux. Et Peter était marié !

— Ce ne serait pas convenable.

A la colère qui s'alluma dans les yeux de Lyle, il était clair qu'elle avait vu juste : il ne se laisserait pas arrêter par l'excuse de son veuvage.

— Mais je vous remercie, conclut-elle poliment en attendant qu'il la laisse passer.

Son odeur lui donnait la nausée. Il lui prit la caisse des mains d'un geste brusque.

— Je vais la porter pour vous.

Il sortit du magasin sans lui laisser d'autre choix que de le suivre dans la rue. Il ne ralentit même pas à la fin du passage en planches aménagé pour protéger les passants de la boue. Il continua sa route, pataugeant dans la gadoue comme si de rien n'était. Sally Mae releva le bas de sa robe et hésita. Quelqu'un avait posé une poutre sur une flaque. Elle s'y engagea, tout en regrettant que les talons de ses bottines résonnent aussi bruyamment. Elle avait l'impression que tout le monde la regardait et se demandait pourquoi Lyle Hartsmith portait ses commissions !

Elle prit une respiration pour calmer la colère qui montait en elle. Maudit soit Lyle ! Elle avait horreur qu'on la manipule et c'était exactement ce qu'il était en train de faire : il voulait donner l'impression qu'elle l'autorisait à lui faire la cour. Et à en croire la façon dont les habitants observaient la scène, les suppositions allaient déjà bon train. Nul doute que les commérages commenceraient à la seconde où elle aurait tourné le coin de la rue.

— Alors, qu'est-ce que vous en dites ? demanda Lyle.

Sally Mae cilla. Il lui avait parlé ?

— Pardon ?

— Je vous demande si vous voulez venir pique-niquer avec moi ce dimanche.

Elle regarda son énorme tour de taille. Préparer à manger pour Lyle lui prendrait sans doute une matinée entière. Elle ne put s'empêcher de le comparer à Tucker. Elle se remémora les lignes dures de son corps. Rien que du muscle et des angles vifs… Elle imagina avec amusement sa réaction si elle lui disait qu'il avait besoin de se remplumer un peu. Lyle interpréta son sourire comme un acquiescement.

— Bon. Alors c'est entendu pour dimanche !

Oh, non… Son visage s'enflamma.

— Je regrette mais je ne suis pas libre.

— Votre religion vous interdit de sortir le dimanche ?

Absolument pas, mais il lui offrait sans le savoir une excuse pour refuser.

— En effet.

Il lui lança un regard soupçonneux, mais garda le silence.

Deux hommes adossés à la façade du saloon se redressèrent sur son passage et touchèrent le bord de leur chapeau. La spéculation qu'elle vit briller dans leurs yeux n'était pas de nature à apaiser sa colère. Si elle n'avait pas été adepte de la non-violence, elle aurait pris plaisir à gifler le sourire triomphant de Lyle. Ou à botter son énorme postérieur. Son stratagème pitoyable venait de détruire le bouclier qui la protégeait depuis un an ! Elle fulmina en silence pendant toute le reste du trajet.

Lyle ouvrit son petit portail d'un coup de pied. Sa botte laissa une empreinte boueuse sur le bois blanc. Sally Mae serra les dents : elle l'avait repeint la semaine dernière ! Il recula sur le côté.

— Après vous.

Sûrement pas. Si elle passait, elle serait obligée de se frotter contre sa bedaine et elle ne voulait même pas y penser. Elle lui adressa son sourire le plus aimable.

— Passez le premier. La caisse doit être lourde.

A la sueur qui mouillait sur son visage tout rouge, il était au bord de l'implosion, mais il bomba le torse.

— Pensez-vous. C'est léger comme une plume.

Il remonta l'allée d'un pas vacillant, et elle plissa le nez en sentant son odeur de sueur et de crasse mêlées. Cet homme savait-il ce que c'était qu'un savon ?

Il l'attendit devant le perron. A la façon dont il était

planté devant la porte, il n'allait pas être commode de le déloger. Elle tendit les mains vers la caisse.

— Merci beaucoup.

— Je vais la porter à l'intérieur.

Il n'était pas question qu'elle le laisse entrer chez elle.

— Ce n'est pas la peine.

Sa froideur n'eut aucun effet sur lui.

— Avec cette chaleur, un verre de limonade ne serait pas de refus.

Elle lui arracha la caisse avec une brusquerie qui le prit au dépourvu.

— Ils n'en servent pas au saloon ?

Il plissa les yeux et elle regretta d'avoir tourné sottement sa phrase comme une question.

— J'en sais rien.

Il fit un mouvement vers la porte. Elle s'interposa précipitamment, utilisant la caisse comme bouclier, mais il réussit quand même à lui effleurer la taille avec ses gros doigts. Un sourire libidineux étira ses lèvres. Oh ! non. Calant la caisse sur sa hanche, elle tâtonna derrière elle pour trouver la poignée.

— Mais je peux me passer de limonade.

Il appuya ses mains sur le chambranle, de part et d'autre de sa tête. Son gros ventre lui enfonça la caisse dans les côtes. Le paquet de sucre glissa vers le bord.

— Il y a des plaisirs beaucoup plus délectables.

Un frisson lui hérissa la nuque. Elle était coincée entre la porte et lui, et il regardait sa bouche comme s'il s'apprêtait à l'embrasser. Elle referma les doigts sur la poignée, paniquée.

— Merci pour votre aide, Lyle.

Il s'inclina vers elle.

— Je peux rendre un tas de services, vous verrez.

D'un mouvement de la hanche, elle délogea le paquet de sucre qui tomba par terre. Lyle se baissa pour le ramasser. C'était le moment qu'elle attendait ! Elle ouvrit la porte, se réfugia à l'intérieur et poussa précipitamment le verrou. Reculant, elle trébucha sur le tapis natté et perdit l'équilibre. Une main se referma sur sa taille, une autre se plaqua sur sa bouche pour l'empêcher de hurler. Oh ! mon Dieu, elle était agressée dans sa propre maison et elle ne pouvait même pas appeler à l'aide !

— Ça dure depuis combien de temps ? lui siffla à l'oreille une voix étouffée.

Tucker ! Le soulagement la submergea avec une telle violence qu'elle en eut les jambes coupées. La main de Tucker abandonna sa bouche et lui prit la caisse pendant que, de l'autre, il l'enlaçait. Pendant un instant très bref, elle appuya sa joue contre son torse et respira l'odeur de cheval et de cuir qui imprégnait ses vêtements. Il venait juste d'arriver, certainement, sinon il se serait douché. Contrairement à Lyle, il était très soucieux de son hygiène. Elle écouta les battements réguliers de son cœur et sentit le calme revenir en elle. Jusqu'ici, elle avait toujours pensé que Lyle était trop paresseux et trop lâche pour présenter une menace. Elle découvrait avec un choc qu'elle s'était trompée.

On frappa à la porte. Lyle.

— Tout va bien, madame Schermerhorn ?

Tucker posa la caisse sur le sol et se dirigea vers la porte. Les lignes dures de son visage semblaient taillées dans le granite. Aucun doute sur ce qui arriverait si jamais il ouvrait la porte. Elle lui agrippa le bras pour le retenir. Son regard avait des reflets d'acier.

— Madame ? Il m'a semblé entendre quelque chose ?

Elle continua à fixer Tucker dans les yeux.

— Tout va bien, Lyle. J'ai trébuché sur le tapis.

Il y eut un silence, puis :

— J'ai votre paquet de sucre.

— Merci, mais…

Tucker recula et croisa les bras sur sa poitrine, le visage fermé.

— Je… je n'en veux plus.

— Il ne s'est pas ouvert. Il est intact.

— Il a touché le sol. Jetez-le.

— Vous jetez les choses simplement parce qu'elles ont touché le sol ? demanda-t-il d'une voix suffoquée.

— Oui. Au revoir, Lyle.

Il y eut un long silence, puis elle entendit avec soulagement son pas lourd descendre les marches. Enfin ! Elle aurait aimé avoir quelques instants pour se ressaisir, mais Tucker ne lui laissa pas le choix. Il la fit pivoter vers lui et lui souleva le menton d'un doigt. Ses beaux yeux sondèrent les siens.

— Tu as peur de Lyle.

Il était trop perspicace.

— Il me rend nerveuse, c'est tout. Le seul homme qui m'ait jamais fait la cour, c'était Jonah. Et les relations sont très différentes dans la communauté quaker.

Il lui caressa la joue avec son pouce.

— Il te fait la cour ?

— A sa façon, sans doute, oui.

— Tu peux prétendre à beaucoup mieux que lui.

— Je ne m'intéresse pas à Lyle.

Elle détourna son visage d'un mouvement brusque mais il le ramena doucement vers lui. Il était si proche qu'elle voyait ses narines frémir. De colère ou de frustration ?

— Alors pourquoi diable l'as-tu laissé porter tes courses ?

Il était en colère. Mais pas autant qu'elle. Elle commençait seulement maintenant à ressentir la tension accumulée depuis sa visite chez l'épicier.

— Il ne m'a pas laissé le choix. Au cas où tu ne l'aurais pas remarqué, Lyle peut se montrer très obtus quand ça lui chante.

Il fronça les sourcils.

— Obtus ?

— Lourd.

Il regarda la porte d'un air sombre.

— Je vais lui apprendre les bonnes manières.

Elle emporta la caisse dans la cuisine pour s'occuper les mains et l'esprit.

— Quand es-tu rentré ?

— Juste à temps pour voir Lyle te déclarer sa flamme.

Elle posa la caisse sur la table, juste au moment où Crockett grattait la porte de derrière pour sortir.

— Arrête, Tucker.

Il entra dans la cuisine et s'adossa au chambranle.

— Arrête quoi ?

— De prétendre que tu es jaloux d'un homme qui ne t'arrive même pas à la cheville.

Il l'observa avec une attention énervante pendant qu'elle rangeait les provisions.

— J'ai une mauvaise nouvelle pour toi, Rayon de lune. Je suis jaloux.

Elle s'immobilisa, une boîte de conserve à la main.

— De quoi ?

— Du droit qu'il a de te faire la cour, de t'épouser s'il le souhaite.

La boîte lui échappa et roula sur la table. Il l'attrapa d'un réflexe. Elle l'observa, si grand, si fort, si sûr de lui-même.

— Pas de réponse ?

— Je ne peux pas épouser un homme qui vit par la violence.

Il reposa la boîte sur la table.

— Ma douce, ce que tu ne peux pas épouser, c'est un Indien.

— Tu es un homme bien, Tucker McCade.

Il secoua la tête.

— Tu refuses de comprendre.

— Je refuse de céder à des conventions stupides.

— Conclusion ?

Elle sortit le paquet de café de la caisse.

— Je ne sais pas. Pour l'instant, nous sommes toujours ensemble.

L'étaient-ils réellement ? Il venait, il repartait. Il la regarda sortir les provisions sans rien dire. Le silence grandit et se pressa autour d'elle comme un cri.

— Je dois repartir.

Et voilà. Le cri silencieux devint un hurlement.

— Quand comptes-tu revenir ?

— Je ne sais pas.

Il la rejoignit par-derrière et lui enlaça la taille de ses bras, l'emprisonnant entre la table et lui. Elle sentit ses lèvres effleurer ses cheveux. Une manière de s'excuser ?

— Tu as trouvé tout ce que tu voulais chez l'épicier ?

Elle secoua la tête.

— Qu'est-ce que tu voulais, bébé ?

— Des petits pois.

— Tu aimes les petits pois en boîte ?

Au ton de sa voix, il ne partageait pas ses goûts.

Elle haussa les épaules.

— Une envie.

Il lui pressa ses lèvres sur sa nuque.

— Si j'entre dans une ville, je demanderai s'ils en ont.

— Ce n'est pas la peine.

Il sourit.

— Je demanderai quand même.

Il fit remonter ses mains le long de son buste, jusqu'à la série de boutons qui fermaient sa robe par devant et prit ses seins en coupe dans ses paumes. Elle ne sentait pas leur chaleur à travers l'épaisseur du tissu, mais tous ses sens s'aiguisèrent et la pointe de ses seins durcit. Elle retint son souffle quand il les effleura.

— Tu vas me manquer, murmura-t-il.

Elle se figea et sentit avec horreur ses yeux se remplir de larmes. Elle battit des cils pour les dissiper.

— Je pensais que tu étais rassasié de moi.

Il la fit pivoter vers lui et l'attira dans ses bras avec une douceur bouleversante.

— Je crois que nous avons de la marge avant d'en arriver là.

Il inclina son visage et elle ouvrit les lèvres sous son baiser, exigeant sa passion. Si c'était un au revoir, elle voulait qu'il se souvienne de ce baiser. Juste au cas où il ne reviendrait pas. Elle ferma les yeux pour ne pas penser à une éventualité qui lui était insupportable. Il allait revenir. Il ne pouvait pas en être autrement.

Comme toujours, il lui donna ce qu'elle attendait, pressant sa bouche dure sur la sienne, mordant ses lèvres pour l'obliger à les ouvrir davantage. Elle poussa un cri et lui répondit avec la même fièvre désespérée. Quand il mit un terme à leur étreinte, elle ouvrit les yeux et aperçut une étrange expression au fond de ses yeux.

— Tiens-toi à distance de Lyle.

Elle sentit une inquiétude réelle dans sa voix.

— Je vais essayer.

Il l'embrassa durement, rapidement.

— N'essaie pas. Fais-le.

Chapitre 11

Eviter Lyle n'était pas si facile, Sally Mae s'en rendit compte dans les jours qui suivirent. Impossible de faire un pas dehors sans le croiser. A croire qu'il la guettait. Il se faisait plus pressant et insidieux à chaque rencontre, cherchant toujours un prétexte pour la toucher. Plus elle repoussait ses avances, plus il devenait agressif. Elle était tellement tendue qu'elle fit un bond en entendant frapper à la porte du jardin, un matin. Il n'oserait quand même pas la relancer jusque chez elle ?

— Qui est là ?

— Hazel.

Hazel ? Elle reposa l'instrument qu'elle stérilisait dans la bouteille de gaz carbonique et s'aperçut que ses mains tremblaient. Elle allait devoir prendre des mesures pour régler le problème avec Lyle. Ça ne pouvait plus durer. La pièce tournoya quand elle se leva. Elle s'appuya à la table, prit une profonde respiration. On frappa de nouveau.

— Un instant.

— Dépêchez-vous ! C'est Davey. Il s'est blessé à la main !

Son vertige passa. Elle ouvrit la porte. Hazel se tenait sur le seuil, toute pâle, le petit Davey serré contre elle. L'enfant avait les jambes enroulées autour de la taille de sa maman, le visage enfoui dans son cou.

Sally Mae recula pour les laisser passer, empêchant Crockett d'entrer d'un geste de la main.

— Entrez.

— Où dois-je l'installer ? demanda Hazel en regardant nerveusement autour d'elle.

— La table, ce sera très bien.

Elle pensait à la chaise, juste devant, mais Hazel assit le petit garçon directement sur la table de bois brut.

— Je l'ai quitté des yeux à peine une seconde, expliqua-t-elle d'une voix tendue, et il en a profité pour trancher tout seul un morceau de pain… avec un couteau à viande.

Sally Mae sentit son estomac se nouer. Oh, mon Dieu, pourvu qu'il n'ait pas sectionné un tendon ! Si c'était le cas, elle ne pourrait rien faire. Pendant six ans, elle avait assisté Jonah dans toutes ses opérations chirurgicales. Elle avait mémorisé chaque geste, chaque étape. Mais elle ne possédait pas son savoir et elle redoutait le jour où son manque de formation coûterait un bras ou une jambe à un patient. Ce serait encore pire s'il s'agissait d'un enfant.

— C'est vrai ? C'est arrivé de cette façon ? demanda-t-elle gentiment au petit garçon.

Il hocha la tête tout en l'observant craintivement du coin de l'œil.

— Bon. Alors on va regarder cette coupure, d'accord ?

Il secoua la tête et cacha sa main, le visage buté.

— S'il te plaît ?

Sa lèvre inférieure se mit à trembler.

— Fais ce qu'on te dit, Davey ! commanda Hazel d'une voix sèche.

Sally sourit pour le rassurer.

— Je ferai très doucement, promis.

Les muscles de son bras se relâchèrent. Elle tourna sa main et réprima une grimace. Le bandage était rouge de sang. Elle allait devoir lui faire des points de suture. Elle avança une chaise.

— Pouvez-vous l'asseoir ici ?

Hazel acquiesça mais le petit s'agrippa à elle et se mit à pleurer.

— Il est effrayé, murmura sa mère comme pour s'excuser.

— C'est normal. Tu veux t'asseoir sur les genoux de ta maman ?

Il hocha la tête tout en lui lançant un regard apeuré.

— D'accord. Alors c'est ce que nous allons faire.

Hazel lui adressa un pâle sourire. Le sort s'acharnait sur cette pauvre femme. Elle avait perdu son mari huit mois plus tôt, puis son fils Billy… et maintenant Davey. Sally ne savait pas comment elle tenait encore debout après toutes ces épreuves.

Elle sentit sa gorge se nouer en entendant Hazel murmurer à son fils ces petits mots rassurants que trouve toujours une maman. Elle désirait un enfant depuis des années, mais Jonah souhaitait attendre, alors ils avaient pratiqué l'abstinence et la contraception. La méthode avait échoué pour de nombreux couples, mais s'était révélée terriblement efficace dans son cas. A tel point qu'elle en était arrivée à se demander si elle n'était pas stérile. Et maintenant Jonah était mort, et elle avait tout perdu.

Mon Dieu, donnez-moi la force de ne pas me montrer ingrate. De ne pas devenir amère à cause de ce qui aurait pu être et ne sera jamais. Elle songea à Tucker, à leur amour impossible. *Donnez-moi la force de ne pas devenir aigrie et désespérée.*

Elle fit signe à Hazel de s'asseoir et Davey se blottit sur ses genoux. Avant d'examiner sa main, elle rassembla ses instruments en veillant à ce que le petit ne les voie pas. Inutile de l'effrayer.

— Alors, voyons un peu cette main blessée.

Le petit garçon plissa le nez.

— Ça sent mauvais ici.

— Davey !

Sally Mae sourit.

— C'est parce que je ne t'attendais pas, répondit-elle tout en défaisant délicatement le bandage. Tu m'as surprise au moment où je nettoyais mes instruments avec un produit qui ne sent pas très bon, je l'avoue.

Le petit garçon se raidit quand elle atteignit la dernière épaisseur de tissu. Elle continua à sourire, mais elle appréhendait au moins autant que lui ce qu'elle allait découvrir. Avec de la chance, il n'aurait pas sectionné un tendon, la lame du couteau était propre et elle n'aurait pas à pratiquer sa première amputation dans deux semaines parce que la plaie se serait infectée. Elle leva les yeux vers l'enfant. Il avait les yeux pleins de larmes.

— On va y aller très doucement.

Ses lèvres tremblèrent.

— J'ai fait un gros trou.

Pour le distraire pendant qu'elle écartait le tissu, elle demanda :

— Un trou comment ? Tout droit ou arrondi ?

— Droit, répondit Hazel.

Sally chercha le regard de Davey. Elle ne voulait pas qu'il voie la blessure et panique une nouvelle fois.

— C'est vrai ?

Il hocha la tête.

— Oui.

— Mais tu n'as pas pleuré, je suis sûre.

Il redressa ses petites épaules.

— Juste un peu.

— Ton papa aurait été très fier de toi.

Il y avait des moments où les décisions de Dieu étaient difficiles à comprendre. La mort du père de Davey, emporté par une crue le printemps dernier, était de celles-là. Chaque fois qu'elle regardait Hazel — son visage creusé par le malheur, sa bouche qui ne savait plus sourire —, elle avait envie de se révolter. Sa foi n'était pas aussi inébranlable qu'elle aurait dû être. Parfois, elle enviait presque Tucker de ne croire en rien. Pour lui, le malheur faisait partie de la vie, c'était ainsi et il fallait l'accepter.

Elle écarta les derniers centimètres de bandage. L'entaille était importante mais moins profonde qu'elle ne l'avait craint.

— J'ai besoin que tu agites les doigts comme si tu faisais un guili-guili.

— Tu as une drôle de façon de parler, dit-il en plissant le front.

— Tu as raison, concéda-t-elle en souriant. Alors, ce guili-guili ?

Visiblement anxieux à l'idée d'avoir mal, le petit garçon remua les doigts. Faiblement, mais il pouvait les bouger, c'était tout ce qui comptait. Le tendon n'était pas sectionné.

Ses lèvres tremblèrent et il regarda sa maman. Il avait envie de pleurer, mais il avait peur de la décevoir. Elle regretta de lui avoir dit que son papa serait fier de lui. Ce petit bout de chou n'avait pas à vouloir à tout prix se comporter comme un homme.

On tapa à la porte. Le cœur de Sally Mae bondit dans sa poitrine mais, cette fois, c'était d'excitation. Une seule personne frappait de cette façon. Tucker était de retour !

— Entrez.

La porte s'ouvrit et il entra, remplissant d'un seul coup la pièce de sa personnalité hors norme. Davey écarquilla les yeux, et Hazel se figea. Malgré les battements désordonnés de son cœur, Sally Mae continua à sourire paisiblement.

— Bonjour, monsieur McCade.

Il toucha le bord de son chapeau.

— Madame.

Il posa les yeux sur le petit garçon.

— Tout va bien ?

— Davey a déclaré la guerre à un couteau de cuisine.

Tucker fut à ses côtés en deux longues enjambées. Son odeur de cuir et d'homme l'enveloppa comme une caresse pendant qu'il examinait la main de l'enfant. Elle dut se retenir de presser les lèvres sur son bras nu. Pourquoi ne portait-il jamais de chemise avec des manches sous sa veste en cuir ?

— On dirait que c'est le couteau qui a gagné.

— Davey a été très courageux.

Tucker prit la menotte du petit garçon dans la sienne. On aurait dit celle d'un géant par comparaison, mais Davey ne broncha pas. Tucker pouvait se montrer d'une incroyable douceur quand il le voulait.

— Tu vas garder une belle cicatrice.

Les yeux de l'enfant s'écarquillèrent encore plus.

Tucker lui adressa l'un de ses rares sourires et Sally Mae ne put s'empêcher de le dévorer des yeux. Il y avait si longtemps qu'elle ne l'avait pas vu. Deux semaines ! Autant dire une éternité… Tous ses sens réagissaient à sa présence.

— D'ici quinze jours, tu pourras la montrer à tes copains.

Les larmes de l'enfant séchèrent instantanément. Visiblement, il n'avait pas pensé à ça.

— Oh ! chouette.

Sally et Hazel échangèrent un regard. Ah, les hommes !

Tucker plia les doigts du petit garçon.

— Une chance que tu n'aies pas sectionné les tendons. C'est grave, tu sais ? On peut rester estropié à vie.

Davey hocha la tête, bouche bée. De toute évidence, il venait de se découvrir un héros.

Tucker fléchit le petit doigt de l'enfant.

— Je parie que ta maman t'avait interdit de toucher aux couteaux.

Un hochement de tête.

— Quand ta maman t'interdit quelque chose, il faut toujours l'écouter.

Le visage de Davey reflétait un mélange de stupeur et d'admiration. Il était à l'âge où l'attention d'un homme comptait énormément. Et Tucker était un personnage impressionnant, autant par sa taille que par sa réputation.

— Jusqu'à ce que tu sois grand, tu dois obéir à ta maman.

Davey fit la moue.

— Elle me prend pour un bébé !

Sally Mae dissimula un sourire en voyant Tucker ciller. Il retira lentement son chapeau. Le soleil qui traversait la fenêtre alluma des reflets bleutés dans ses cheveux noirs quand il posa son couvre-chef poussiéreux sur la table.

— Il y a deux façons de se servir d'un couteau. La bonne et la mauvaise. Comme tu l'as constaté, la mauvaise peut avoir de graves conséquences.

Davey serra les lèvres d'un air têtu. Tucker regarda Hazel, ses yeux argentés scintillant dans la lumière.

— Si vous le permettez, madame, je lui apprendrai à se servir d'un couteau.

Davey gigota d'excitation sur les genoux de sa maman.

— S'il te plaît, dis oui !

— Je ne suis pas sûre…

Sally observa le visage radieux du petit garçon. Tucker savait s'y prendre avec les enfants. Il ferait un père merveilleux, songea-t-elle tout en rassemblant son matériel de suture.

— Il est si petit, murmura Hazel.

L'argument lui attira un regard noir de son fils et un froncement de sourcils de Tucker.

— Il donne l'impression d'être un enfant intelligent et déterminé. Deux ou trois notions simples pourraient lui éviter d'autres accidents.

Hazel se mordilla la lèvre.

— M. McCade vient de marquer un point, indiqua Sally Mae.

— Oui, m'man, il a marqué un point ! répéta Davey en hochant vigoureusement la tête. Je peux être drôlement déterminé !

Tucker esquissa un bref sourire.

— Vous ne pouvez pas empêcher votre fils de grandir, madame. Mais vous pouvez faire en sorte qu'il grandisse en respectant certaines règles de prudence.

Hazel céda avec un soupir.

— Dans ce cas, je vous remercie.

— Il n'y a pas de quoi.

Davey poussa un cri de joie, puis vit l'aiguille et le fil, et se figea, le visage tout blanc. Sally se fit l'effet d'un monstre. Tucker effleura sa main quand il récupéra son chapeau et elle vit Hazel tiquer devant cette familiarité. Sa réaction, commune à tous les habitants de la ville, la mit en colère. Tucker n'avait rien fait pour mériter ce mépris ! Au contraire. Il risquait constamment sa vie pour ces gens, menant les combats qu'ils ne pouvaient pas ou ne voulaient pas livrer eux-mêmes. Ils auraient dû lui être redevables au lieu de le rabaisser sans cesse !

Même si la réaction d'Hazel n'avait pu lui échapper, Tucker n'en laissa rien paraître.

— Mme Schermerhorn est un très bon docteur. Elle va te recoudre comme il le faut.

— Ça va faire mal, gémit Davey.

— C'est vrai. Mais je vais te donner un truc de ranger pour ne pas souffrir.

Il sortit un morceau de cuir tressé de sa poche et le tendit au petit garçon.

— Mords dedans de toutes tes forces et tu ne sentiras rien. Parole.

Résolu à être un héros, Davey ouvrit la bouche. Tucker glissa le morceau de cuir entre ses lèvres, sérieux comme un pape.

— Vas-y, serre.

L'enfant obéit. Tucker lui tapota l'épaule et regarda Sally Mae.

— Nous sommes prêts.

Sally Mae finit de ranger ses instruments et regarda par la fenêtre. Tucker et Davey étaient assis côte à côte sous le porche, côté jardin. Ils observaient tous les deux le fourreau en cuir, posé sur la cuisse de Tucker. Couché à leurs pieds, Crockett déchiquetait une brindille.

Hazel la rejoignit avec le bol d'eau dont elle s'était servie pour nettoyer la plaie.

— J'irais bien la jeter dehors, mais je ne veux pas les interrompre.

— Laissez, je m'en occuperai tout à l'heure.

Hazel posa le bol tout en observant son fils par la fenêtre.

— J'avais oublié l'importance d'un homme dans la vie d'un petit garçon.

Sally sentit l'aiguillon de la jalousie s'enfoncer dans son cœur. Hazel avait-elle des vues sur Tucker ? Elle se reprocha aussitôt de cette pensée mesquine. Hazel énonçait simplement une évidence.

— Ne vous inquiétez pas, Tucker sait que ce n'est qu'un enfant, il ne l'encouragera pas à prendre le moindre risque.

Elle le regarda poser sa grande main sur celle de Davey pour rectifier sa position.

— A son âge, mon Billy avait déjà son propre couteau pour couper ses appâts à la pêche.

Sa voix trembla.

— C'est son père qui le lui avait donné.

— Ce n'est pas facile pour vous depuis la mort de votre mari.

— Non.

Elle serra ses mains l'une contre l'autre.

— Mais c'est fini. J'emmène Davey dans l'Est.

— Vous retournez dans votre famille ?

— Oui. Il n'y a plus d'avenir ici pour moi.

Sally Mae regarda Tucker. Elle avait envisagé, elle

aussi, de rentrer chez elle, mais elle n'était plus si sûre que ce soit la solution.

— Vous allez me manquer.

— Merci.

Hazel essuya les larmes qui s'étaient mises à couler sur ses joues.

— Je me dis qu'une fois chez moi… ce sera peut-être moins douloureux.

Sally ne savait pas quoi lui dire. Elle serra sa main dans la sienne.

— Je vous le souhaite.

Elles finirent de nettoyer la cuisine dans un silence complice. Hazel jeta unnouveau coup d'œil par la fenêtre.

— Il sait s'y prendre avec les enfants.

— C'est un homme bon.

Hazel lui lança un regard en coin.

— Dommage qu'il soit indien.

Les mains de Sally se crispèrent sur le torchon à vaisselle.

— Aux yeux de Dieu, tous les hommes sont égaux.

— Mais pas aux yeux des hommes.

Hazel se tourna vers elle.

— Il y a des rumeurs, Sally Mae. Certaines personnes ont proféré des menaces.

Oh, mon Dieu…

— Contre Tucker ?

— Et contre vous.

Elle pâlit sous le choc.

— Mais pourquoi ?

— Parce que vous le regardez alors que vous ne regardez pas les autres hommes.

— Mais ils sont presque tous mariés !

— C'est un détail sans importance pour eux.

— Pas pour moi !

Hazel la dévisagea et secoua la tête avec un soupir.

— Je ne peux pas dire que j'approuve votre relation…

— Je ne me souviens pas de vous avoir demandé votre autorisation, trancha-t-elle sèchement.

Hazel détourna les yeux.

— J'ai entendu dire qu'en Europe on était plus ouvert aux unions… complexes. Peut-être pourriez-vous tenter votre chance là-bas.

Complexes ? Parce que Tucker était à moitié indien ?

— Je n'ai aucun problème avec la couleur de sa peau. Je m'en moque.

— Vraiment ?

— C'est son mode de vie qui nous sépare.

Hazel n'essaya pas de jouer l'étonnement. Depuis le jour où Jonah et elle avaient posé leurs bagages dans cette ville, leur culte de la non-violence n'avait cessé de susciter des commentaires ironiques.

— Un mariage est fait de compromis, argua-t-elle simplement.

Dehors, Tucker ébouriffait en souriant les cheveux du petit garçon. Dans des moments comme celui-là, Sally se prenait à rêver qu'il puisse un jour renoncer à la violence. Puis le soleil fit scintiller la balle qu'il portait autour du cou et elle se rappela qui il était. Un homme aussi rude que la terre qui l'avait vu naître. Capable de survivre dans les pires conditions. Excité à l'idée de croiser le fer avec la mort. Elle secoua la tête avec un soupir.

— Parfois, les compromis ne suffisent pas.

Hazel l'observa pensivement.

— Son métier est à ce point un obstacle pour vous ?

— J'abhorre la violence.

— La seule loi qui règne ici, c'est celle du plus fort. Si un homme refuse de se défendre, il se condamne, lui et ceux qu'il aime, à devenir des victimes.

Et ainsi le cycle continuait, encore et encore. Elle ferma les yeux. Elle se sentait nauséeuse et fatiguée.

— Je connais cet argument.

— Alors vous devriez peut-être faire comme moi et repartir chez vous.

Elle y songeait de plus. Mais, chaque fois, une peur panique lui tordait le ventre comme si son avenir était ici, quoi qu'elle en dise. Et puis il y avait cette faim qu'elle lisait parfois dans le regard de Tucker. Ce besoin d'apaisement et d'amour. Et elle se reprenait à rêver d'un avenir avec lui.

— Je n'ai pas encore décidé, murmura-t-elle tout bas.

Le rideau de la cuisine s'écarta. Tucker aperçut les cheveux blonds de Sally derrière le carreau et se sentit gagné par la colère. Si elle n'avait pas confiance en lui, pourquoi l'avait-elle laissé emmener ce gamin dehors ? Il pouvait comprendre l'inquiétude d'Hazel : Davey était tout ce qui lui restait et sa réputation de tueur n'était pas faite pour la rassurer. Mais Sally Mae ?

Il tint le fourreau pendant que le petit garçon tirait prudemment le couteau avec sa main valide, la lame pointée vers l'extérieur, comme il venait de lui expliquer. Ça lui faisait mal que Sally se sente obligée de le surveiller. Elle le connaissait donc si mal ? Il pensait qu'une complicité mêlée de respect s'était tissée entre eux ces deux derniers mois. Il s'était trompé, apparemment.

— Comme ça, monsieur McCade ?

— Parfait.

Davey lui sourit, dévoilant le petit espace entre ses deux dents de devant.

— Merci !

C'était si simple d'apprendre à un enfant à manipuler sans risque un couteau. Il songea à la femme de Caine, qui allait accoucher bientôt. Pourvu que ce soit un garçon ! Le Hell's Eight n'était pas préparé à accueillir une petite fille. Le sourire de Davey s'effaça et ses lèvres se mirent à trembler. Que se passait-il ? Oh ! zut, il avait oublié de lui rendre son sourire.

— Tu te débrouilles comme un chef, dit-il pour se rattraper. Mais n'oublie jamais ça : un couteau peut être un ami, mais tu dois toujours le respecter, sinon il se retournera contre toi.

Davey hocha la tête et récita sagement :

— Et je dois toujours utiliser le couteau adapté à l'usage que je veux en faire.

— Exact. Et qu'est-ce que tu fais si tu as un doute ?

— Je demande à maman.

Tucker sourit et lui ébouriffa les cheveux.

— Tu es un petit garçon très intelligent.

La joie de l'enfant le stupéfia. C'était une découverte pour lui. Il n'avait jamais connu l'affection d'un père, seulement des insultes et des coups. Quant à sa mère… Il se souvenait d'un fantôme qui marchait tête basse en rasant les murs. Il aurait tellement voulu qu'elle vienne le consoler quand il était recroquevillé sur son lit, le corps marqué par les coups ! Combien de fois avait-il guetté son pas dans la nuit ? En vain. Avec le recul, il se rendait compte qu'elle n'aurait probablement rien pu faire pour le protéger de la brutalité de son père, elle n'arrivait même pas à se défendre elle-même. Mais il aurait aimé qu'elle essaie, ne serait-ce qu'une fois. Juste pour lui montrer qu'elle tenait à lui…

Les rideaux de la fenêtre frémirent de nouveau. Il sourit avec amertume en imaginant ce que ferait Sally dans la même situation. Elle avait beau être pacifiste, elle ne laisserait jamais personne lever la main sur son petit. Dût-elle en mourir, elle protégerait leurs enfants contre toute… Le pronom stoppa net sa réflexion. *Leurs* enfants ? Bon sang !

Prends-la…

Comme une tentation, la voix de Shadow ouvrit une brèche dans sa résolution. Qu'il aille au diable ! Il n'avait pas le droit de lui laisser croire que son rêve pourrait devenir réalité. Une femme, des enfants — ce n'était pas pour lui. Son métissage le lui interdisait. Et même. La seule femme avec laquelle il pourrait vouloir fonder une famille était inaccessible.

Il prit le couteau des mains de Davey et le rangea dans son fourreau. La lame n'était pas très grande, mais acérée.

— Cette fois, tu vas le sortir tout seul. Mais en faisant très attention, dit-il en lui tendant le fourreau.

Le petit garçon posa maladroitement l'étui sur ses genoux. Le rideau de cuisine retomba, laissant une fenêtre neutre sur laquelle ses souvenirs pouvaient peindre des images vives.

« Tu n'es qu'un bon à rien. J'aurais dû te crever à ta naissance ! »

La voix haineuse et avinée de son père résonna à ses oreilles. Il avait essayé de le tuer avant même qu'il vienne au monde en tabassant sa mère enceinte. Ensuite il avait continué à le frapper par habitude — ou par sadisme. Le jour où son père était tombé sur plus fort que lui et s'était fait tuer, Tucker avait éprouvé un sentiment de justice. Sa mère allait enfin pouvoir trouver la paix ! Mais, une fois encore, il s'était trompé. D'autres brutes avaient pris la relève et tout avait recommencé. Les coups, le mépris. La loi du plus fort. Il avait compris cette règle très tôt et il s'était appliqué à endurcir son corps et son esprit pour ne plus jamais subir la loi des autres et les obliger à le respecter.

Un grognement l'arracha à ses pensées. Crockett grondait, ses babines retroussées sur ses petits crocs pointus. C'était la première fois que le chiot prenait quelqu'un en grippe. Qui avait réussi cet exploit ? Comme pour répondre à sa question, Lyle apparut à l'angle de la maison. Tucker se leva lentement. Qu'est-ce que ce parasite venait faire ici ?

— Davey, va rejoindre ta mère.

— Qu'est-ce que je fais du couteau, monsieur McCade ?

Tucker garda les yeux rivés sur Lyle.

— Je te le donne.

— C'est vrai ? Je peux le garder ?

Le petit garçon le regarda avec émerveillement. On aurait pu croire qu'il venait de recevoir un trésor.

— Oui. Mais je veux que tu le confies à ta maman pour qu'elle le mette en sécurité, c'est bien d'accord ?

Davey poussa un cri de joie et se précipita vers la maison.

— Maman ! Regarde ce que M. McCade m'a donné !

Lyle avança d'un pas pompeux. Son sourire sournois ne lui disait rien qui vaille. Il était trop sûr de lui.

— Très généreux, Peau-Rouge.

Crockett grogna, le poil hérissé. Les soupçons de Tucker montèrent en flèche. Ce n'était pas sa première visite. Combien de fois était-il venu en son absence ?

— Je croyais t'avoir dit de ne pas remettre les pieds ici.

— J'ai parfaitement le droit de rendre visite à ma fiancée.

Tucker sentit son sang se figer.

— Ta fiancée ?

— Parfaitement !

— Tu devrais arrêter l'alcool, Lyle. Ça te mange le peu de cerveau qui te reste.

— Je ne bois plus une goutte.

Grande nouvelle. Lyle passait la moitié de sa journée à vider des bières au saloon, et l'autre moitié à raconter des inepties.

— Pas possible ?

— Mme Schermerhorn ne tolère pas l'alcool, déclara-t-il sentencieusement.

— Mme Schermerhorn n'a pas de problème avec l'alcool. Ce sont les ivrognes qu'elle n'aime pas.

Ce n'était pas tout à fait exact. Sally Mae ne supportait pas qu'on détruise ce que Dieu avait créé en s'empoisonnant avec de l'alcool, mais elle respectait les choix de chacun.

— N'empêche qu'elle a accepté que je lui fasse la cour. Et avec enthousiasme, si tu vois ce que je veux dire.

La patience de Tucker s'envola d'un seul coup. Bon sang, il allait effacer ce sourire suffisant de son visage bouffi ! Il fit un pas en avant.

— Tucker !

La voix de Sally Mae claqua dans le silence. Il n'y avait qu'elle pour oser s'adresser à lui sur ce ton. Et elle était la seule à savoir désarmer sa colère d'un seul mot.

— Je viens dans une minute, Sally.

— Non, tout de suite !

Difficile de ne pas sourire en la voyant si déterminée, toute droite sur le seuil de sa cuisine.

— C'est Mme Schermerhorn pour toi, Peau-Rouge, siffla Lyle.

— Le jour où un débris comme toi me donnera des ordres, il neigera en enfer.

Lyle se redressa de toute sa taille. Avant qu'il ne sombre au fond d'une bouteille, Lyle avait été la terreur de la région. Mais l'alcool et l'oisiveté avaient changé ses muscles en graisse et la peur qu'il inspirait s'était muée en mépris.

— Mme Schermerhorn est ma fiancée, et à ce titre…

Sally s'étrangla.

— Pardon ?

Lyle continua comme si elle ne l'avait pas interrompu :

— Et à ce titre, j'ai le devoir de veiller à ce qu'elle ne soit pas importunée par un chien de Peau-Rouge qui se croit tout permis.

Tucker abaissa son chapeau d'un cran.

— Rentrez chez vous, Sally Mae.

— Il n'est pas mon fiancé !

— Je sais. Maintenant, rentrez chez vous.

— Pourquoi ?

— Parce ce que je vais le réduire en bouillie.

Elle descendit le porche à toute vitesse et lui agrippa le bras.

— Vous n'allez pas vous battre avec lui à cause de moi.

Ses mains étaient froides sur son bras, mais elles le brûlèrent comme un fer rouge. Il continua à avancer.

— Rassurez-vous, je ne le fais pas pour vous.

Elle planta ses deux pieds dans le sol dans une tentative dérisoire pour l'arrêter.

— Pour moi ou à cause de moi, cela ne fait aucune différence à mes yeux, Tucker !

Ce n'était pas si facile d'ignorer la prière de ses grands yeux gris. Il s'immobilisa. Elle s'agrippa à lui encore plus fort. D'une certaine façon, son entêtement lui plaisait. Il y avait tellement de conviction chez ce petit bout de femme !

— Alors rentrez chez vous, Sally.

— Lyle est un imbécile, mais il est… inoffensif.

Lyle rougit, les poings sur les hanches.

— Je n'ai pas besoin qu'une femme prenne ma défense ! Ce Peau-Rouge ne me fait pas peur !

— Eh bien, vous avez tort ! riposta-t-elle. Vous n'avez pas vu ses muscles ? Il pourrait vous casser en deux comme une brindille !

La franchise d'une femme était plus mortelle qu'une raclée. Cette fois, Tucker n'eut qu'à ébaucher un mouvement de la tête pour que Lyle recule, tout pâle. Sally ne lui laissa pas une chance de proférer une bêtise de plus.

— Maintenant, retournez au saloon.

— Je ne bois plus. Vous m'avez guéri.

— Remerciez la lumière de Dieu au lieu de dire des sottises.

— Dieu n'a rien à voir avec ça.

Son expression refléta une ferveur inquiétante.

— C'est vous ma lumière !

Tucker détacha la main de Sally de son bras.

— Rentrez chez vous.

— Non.

Il la regarda au fond des yeux.

— *Maintenant.*

Son ton la fit ciller. Elle lui lança un regard suppliant.

— Promettez-moi qu'il n'y aura pas de violence inutile.

— Je vous le promets.

Elle hésita, troublée par sa soudaine docilité.

— Rentrez, Sally Mae.

Elle obéit lentement, en regardant par-dessus son épaule trois ou quatre fois. Il attendit que la porte de la cuisine se soit refermée avant de franchir la distance qui le séparait de Lyle. Il y avait de la sueur sur le front du gros cow-boy.

— Je ne sais pas quelle idée tordue est en train de mijoter dans ton pauvre crâne, Lyle, mais ne t'approche plus jamais de Sally Mae. Tu as compris ?

— Elle ne t'appartient pas, Peau-Rouge !

— Non, mais elle ne sera jamais à toi.

— C'est une sainte !

Cette ferveur, encore. Etait-il devenu fou ?

— Oublie-la, ça vaudrait mieux pour toi.

Un sourire sournois retroussa les lèvres de Lyle.

— Oh ! et qu'est-ce que tu feras ? Tu lui as promis de ne pas recourir à la violence.

— Je lui ai promis qu'il n'y aurait pas de violence *inutile*.

Il empoigna Lyle par le devant de sa chemise.

— Et aplatir ta sale trogne de fouineur s'apparente pour moi à une mesure d'utilité publique.

Chapitre 12

— Qu'est-ce que tu as dit à Lyle Hartsmith pour qu'il s'imagine avoir des droits sur toi ?

Sally Mae plia calmement son torchon à vaisselle. Elle se doutait que Tucker viendrait lui demander des explications et qu'il serait furieux. C'était pour cette raison qu'elle avait fait sortir Hazel et Davey par la porte de devant. Elle l'observa. Dieu merci, il n'avait pas de sang sur lui.

— Je ne l'ai pas touché, dit-il, sur la défensive.

Elle effleura sa main d'une caresse.

— Merci.

— De quoi ?

— De ne pas avoir frappé Lyle.

Il lui attrapa la main au vol.

— C'était lui ou toi.

— Et tu as opté pour moi.

Il lui enserra la taille de ses mains d'un geste brusque.

— Oui.

Elle posa ses paumes sur son torse et contempla son visage dur.

— Dois-je avoir peur ?

— Oui.

— D'accord.

Il éclata de rire malgré lui.

— D'accord pour quoi ?

— Je vais avoir peur.

— Ah, Rayon de lune, tu n'as jamais peur de moi. Tu es bien la seule.

C'est vrai, il ne l'effrayait pas. Du moins, pas comme ça. Elle posa ses paumes sur ses biceps, aussi durs que de l'acier sous sa peau brune et douce, chauffée par le soleil. Elle comprenait qu'il prenne plaisir à montrer sa musculature, mais cela la contrariait un peu que les autres femmes puissent en profiter.

— Pourquoi ne portes-tu jamais de chemises avec des manches ?

— Mes bras sont trop gros. Il n'y a pas de modèle adapté à mon gabarit dans les magasins.

— Pas possible ?

Elle avait imaginé toutes sortes de raisons — l'envie de se faire valoir auprès des femmes, de montrer à ses congénères qu'il était le plus fort... Mais un problème de confection ? Non, elle n'y avait pas pensé !

— J'avais le choix entre me marier, apprendre à coudre ou couper les manches de mes chemises. J'ai choisi la troisième solution. C'était de loin la plus simple.

— Oh...

Il inclina la tête sur le côté.

— Qu'est ce que tu croyais ?

— Je ne vaux pas mieux que les autres. Je suis pleine de préjugés stupides.

Il esquissa ce sourire moqueur qui faisait toujours battre son cœur plus vite.

— Oh ! tu vaux beaucoup mieux, aucun doute là-dessus.

Elle l'observa entre ses cils.

— Tu es toujours en colère ?

— Je suis fou de rage.

— Pourquoi ?

— Parce que je n'ai pas fracassé ce fils de pute, comme il le méritait.

Elle fronça les sourcils en entendant le juron, noua ses bras autour de son cou.

— Je suis heureuse que tu n'aies pas commis de violence en mon nom.

— Ne te réjouis pas trop vite.

Il fit glisser ses mains au creux de ses reins, la plaquant plus étroitement encore contre lui.

— Tu vas devoir payer pour le préjudice.

— J'ai doublement de la chance, alors.

Il plissa ses beaux yeux.

— N'importe quelle femme tremblerait d'épouvante.

— Cette femme-là serait une idiote.

— Cette femme-là se rendrait peut-être compte que j'ai laissé Lyle indemne parce que cela faisait partie d'un plan.

— Quel plan ?

— T'amadouer pour que tu sois toute douce et reconnaissante, par exemple.

— Mais dans quel but ?

— Pour qu'ensuite tu sois obligée de me répondre

honnêtement quand je te demanderai si Lyle t'a importunée en mon absence.

Oh ! flûte. Comment n'avait-elle pas vu le coup venir ? Tucker n'avait pas que des muscles, il était intelligent. Elle n'aurait pas dû marquer une hésitation avant de prétendre que Lyle était inoffensif. Elle se remémora la lueur qui avait traversé son regard pendant cette fraction de seconde, puis la facilité avec laquelle il lui avait cédé.

Dans sa religion, Dieu était présent en chaque être humain et donc le plus scélérat des bandits devait être épargné. Mais il y avait une fixité dans le regard de Lyle, un désir sombre, exalté, qui l'effrayait.

Que répondre à Tucker ? Si elle lui disait la vérité, il foncerait trouver Lyle et ce serait terrible. Elle avait envisagé un moment d'aller trouver le shérif, mais cet homme était un lâche doublé d'un incapable. Qui sait s'il ne l'accuserait pas de l'avoir aguiché pendant qu'elle le soignait ? Les gens n'avaient aucun respect pour le métier d'infirmière.

— C'est un silence terriblement long, Rayon de lune.

Et il risquait de se prolonger un bon moment parce qu'elle ne savait vraiment que dire. La vérité serait trop dangereuse, pour lui, pour Lyle et pour elle-même.

Il repoussa doucement une mèche folle qui lui chatouillait la tempe.

— Il t'a importunée ?

Merci, mon Dieu. Une porte de sortie !

— Juste un peu.

— Un homme qui importune une femme « juste

un peu » ne clame pas qu'elle est sa fiancée. La vérité, Sally Mae.

— Depuis son hospitalisation chez moi… il semblerait que Lyle ait subitement retrouvé…

Elle laissa sa phrase inachevée, embarrassée. Il pouvait peut-être conclure tout seul, sans qu'elle soit obligée d'entrer dans les détails.

— Il a retrouvé quoi ?

— Sa… flamme.

— Quoi ?

— Avant cette blessure qui l'a amené chez moi, il avait apparemment des difficultés à… communiquer avec les femmes, répondit-elle en choisissant soigneusement ses mots.

— Lyle est un crétin. Il ne saurait pas parler aux femmes même si on lui donnait un texte un réciter !

— Je ne te parle pas de ce genre de communication.

— De quoi parles-tu alors ?

Elle lui donna une tape sur l'épaule, les joues en feu. Il faisait exprès de ne pas comprendre.

— De ce que tu sais. « Ça » s'est remis à fonctionner. Et maintenant, il s'imagine que c'est grâce à moi.

— Il pense que tu l'as guéri de son impuissance ?

— Voilà !

Il lui caressa la joue en souriant.

— Pas étonnant qu'il te regarde comme un deuxième messie. Le docteur miracle !

— Ne blasphème pas, Tucker McCade !

— Je ne blasphème pas, ma douce. Je constate.

Elle posa son front contre son torse et écouta les

battements de son cœur pendant qu'il la serrait contre lui.

— Je n'y suis pour rien, évidemment. Sa guérison est probablement due à l'abandon du whisky, mais va lui faire comprendre…

— Ne t'inquiète pas, avec moi, il va comprendre.

La satisfaction qu'elle perçut dans sa voix l'inquiéta.

— Je t'interdis de t'en mêler. On parle déjà beaucoup trop de nous. Tu ne réussiras qu'à amplifier la rumeur.

— Je serai la discrétion même.

Tucker ne connaissait pas la signification de ce mot quand il était en colère. Il fonçait tête baissée, sans se soucier des conséquences. Et il était en colère en cet instant. Elle sentait son grand corps vibrer de tension. Il mourait d'envie de donner une bonne leçon à Lyle. Elle lui caressa doucement le torse comme elle le faisait après l'amour.

— On pensera que tu es jaloux, dit-elle en songeant à l'avertissement d'Hazel. Et les gens ne croiront pas que tu dors dans la grange.

— Et ils auront bien raison.

Oh ! il était impossible à certains moments !

— S'il te plaît, ne dis rien. Lyle finira par se lasser. Il jettera son dévolu sur une autre femme et il n'y pensera plus. Il suffit d'attendre.

Il lui attrapa la main.

— Ce n'est pas en me câlinant que tu vas m'amadouer.

L'amadouer ? Comme s'il était un petit chaton domestique, alors qu'il était un fauve sauvage, impétueux, imprévisible. Elle fronça les sourcils. Non, ce n'était pas exact. Elle avait toujours pu compter sur lui.

— Je ne cherche pas à t'amadouer mais à t'apaiser.

Il enfouit ses doigts dans ses cheveux et lui renversa la tête en arrière. Il avait beau être furieux, il lui souriait avec une incroyable douceur.

— Je n'ai pas besoin d'être apaisé.

— Tu es en colère.

— Je n'ai pas confiance en Lyle.

— Tu n'as rien à craindre. C'est un vantard mais il n'est pas dangereux.

Il l'embrassa sur la joue, puis sur les lèvres.

— C'est à voir. Tu as l'art d'ensorceler les hommes et de les rendre complètement fou, mon amour.

Elle frissonna, troublée par ce petit mot tendre.

— Ce n'est pas vrai.

— Oh, si ! Je n'aime pas l'idée de te laisser ici avec un homme qui te désire.

Son cœur se serra. Il allait donc repartir ? Mais il venait juste d'arriver !

— Tu repars ?

— Je suis juste passé envoyer un câble.

— Vous avez trouvé Ari ?

— Non. Mais nous avons une piste solide. C'est pourquoi je veux envoyer télégraphier à Desi. Il nous faut des informations précises sur sa sœur…

Elle vite une ombre traverser son regard.

— Tu n'as pas l'air content. C'est pourtant une bonne nouvelle, non ?

— La femme que nous avons trouvée est morte.

Nous essayons de déterminer si le cadavre est celui d'Ari ou non.

Oh ! mon Dieu. Elle enroula ses bras autour de la taille de Tucker et l'étreignit.

— Comment allez-vous vous y prendre ?

— Cette femme a eu une fracture de la jambe il y a quelques années.

Cela voulait dire qu'il avait vu l'os. C'était donc un squelette qu'ils avaient retrouvé ?

— Elle était morte depuis longtemps ?

Il appuya son menton sur ses cheveux.

— Oui.

Il avait l'air tellement fatigué. Mais comment s'étonner ? Il avait exhumé un corps, examiné un cadavre et maintenant il allait devoir annoncer la mauvaise nouvelle à sa sœur. Cela faisait beaucoup pour un seul homme.

— Je suis désolée. Ton amie Desi va être anéantie.

— Le pire, pour elle, c'est l'incertitude. Elle préférera savoir la vérité.

Elle comprenait cette angoisse née de l'absence. Chaque fois que Tucker partait, elle redoutait qu'il ne revienne pas et qu'elle soit condamnée à se demander jusqu'à la fin de ses jours ce qui s'était passé.

Elle s'agrippa à lui comme si elle ne devait jamais le revoir.

— Je ne veux pas qu'il t'arrive quelque chose. Je ne le supporterai pas. Je tiens à toi.

Elle sentit son corps se raidir contre elle.

— Ne dis pas ça.

— Je rêve d'un avenir avec toi, avoua-t-elle avec audace. De fonder une famille.

Elle sentit son raidissement.

— Ça n'arrivera pas, Sally Mae, tu le sais bien. Et même… tu ignores ce que c'est qu'être un métis. Je n'infligerais jamais ça à un enfant innocent.

— Tu aimerais tes enfants, Tucker.

— Moi, oui. Mais le reste du monde, non.

Elle ne voulait pas entendre ses arguments. Pour l'instant, elle voulait juste rêver, imaginer pendant quelques minutes que Tucker et elle pourraient avoir ce don du ciel. Un enfant. Elle l'étreignit plus fort sans répondre.

— Ils ne seraient pas seulement en but au mépris des adultes, Sally Mae. Les autres gamins passeraient leur temps à les insulter ou à faire bloc pour les rosser.

— Pas tous.

— Si, tous. Si c'était une fille, on la tiendrait à l'écart, on la considérerait comme un être inférieur. Elle ne serait jamais invitée aux fêtes de ses camarades et, plus tard, on n'aurait aucun respect pour elle.

Sally avait eu l'occasion de se rendre compte que cela se passait souvent ainsi, malheureusement, mais elle n'imaginait pas qu'on puisse insulter son enfant.

— Nous pourrions partir vers l'Est.

— Les préjugés ne s'arrêtent pas aux frontières d'un territoire, ma douce. Ce serait pareil où que nous allions.

Il effleura ses lèvres d'une caresse et toucha son visage du bout des doigts, suivant la courbe de sa joue, de sa bouche, de son menton, comme s'il cherchait à mémoriser chaque détail. Songeait-il à partir ? Son sang se glaça dans ses veines. Elle prit une inspiration, puis demanda :

— Serais-tu prêt à renoncer à la violence, Tucker ?

Il se statufia.

— Dans quel but ?

— Pour connaître enfin le bonheur. Cette vie te pèse, je le lis dans tes yeux. Tu aspires à autre chose.

— Il y a des jours plus difficiles que d'autres.

— Ce n'est pas ce que je vois au fond de ton regard.

— Ce que je désire n'a pas d'importance, Sally.

— Est-ce que tu tiens à moi ?

Il plongea ses yeux couleur de métal au fond des siens. Elle vit le scintillement du soleil s'y refléter, comme un signe d'espoir.

— Pourquoi cette question ?

— Si tu essayais de renoncer à la violence, de mon côté, je pourrais essayer de faire des compromis.

Pour la première fois depuis qu'elle le connaissait, elle le vit vaciller. Oh ! il n'en laissa rien paraître et son visage n'eut pas même un tressaillement. Mais il y eut soudain cette lueur stupéfaite dans son regard, associée à quelque chose d'autre. De l'avidité.

— Ne me dis pas que tu es étonné. Il y a un lien très fort entre nous, depuis le premier jour. Une attirance à laquelle nous ne parvenons à résister ni l'un ni l'autre.

— En ce qui me concerne, je résiste très bien.

Elle sourit et posa une main sur la sienne, là où il l'avait placée : sur sa fesse.

— Oui, je vois à quel point tu résistes.

Il rit mais ne répondit pas. Peut-être réfléchissait-il à l'éventualité d'accepter sa proposition ? Son cœur battit très vite à cette pensée. Oh, oui, qu'il y réfléchisse !

— Tu dois choisir, Tucker. Je dois savoir ce tu es prêt à sacrifier pour moi.

— Juste comme ça ?

Elle lui effleura la joue avec tendresse alors qu'elle tremblait intérieurement de le mettre ainsi au pied du mur. Elle l'aimait tellement ! Mais il fallait qu'elle sache. Elle était prête à se battre bec et ongles pour défendre leur amour, mais pas toute seule.

— Je veux un homme qui aura le courage de défendre notre couple, mais pas avec ses poings.

Elle prit sa main dans la sienne et déposa un baiser au creux de sa paume.

— Avec son cœur.

— Tu me traites de lâche ?

Malgré la fureur qui vibrait dans sa voix, il n'essaya pas de se dégager.

— Oui.

— Bon sang !

Le silence se fit. Plus les secondes passaient, plus l'énormité de ce qu'elle était en train de faire décuplait sa peur de le perdre. Des images tournoyaient dans sa tête. Tucker s'occupant d'elle quand elle était trop anéantie par la mort de Jonah pour penser à s'alimenter. Tucker remettant de l'ordre dans la maison après le défilé des voisins venus lui présenter leurs condoléances. Tucker veillant de loin sur elle au cimetière alors qu'elle pleurait toutes les larmes de son corps sur la tombe de son mari. Tucker avait toujours été là, à chaque moment difficile de sa vie. Il venait toujours au secours des plus faibles et n'hésitait jamais à se battre pour faire triompher la justice. Pourtant, il n'avait jamais proposé de se battre pour eux. Et elle savait pourquoi, même s'il ne voulait pas l'avouer : parce que c'était un combat qu'il avait peur de perdre. Oui, lui qui n'avait peur de rien, pas même de la mort, il était désemparé face au bonheur.

— Je veux une réponse, Tucker.

Les mots glissèrent de ses lèvres sans qu'elle puisse les retenir.

Il serra les mâchoires.

— Tu me mets au pied du mur.

— Je sais.

— Pourquoi ?

— Parce que…

Parce que si elle ne le faisait pas, il la quitterait. Pour la protéger et pour se protéger lui-même. Elle le lisait dans son regard inflexible. Mais elle ne voulait pas d'un avenir sans lui.

— Parce que le moment est venu pour moi de décider de mon avenir.

— Il n'y a pas d'urgence.

Ils savaient tous les deux que c'était un mensonge.

— Si. Je sais ce que je veux, mais si je ne peux pas l'avoir, je dois m'organiser autrement.

— Tu as lu des contes de fées pendant que j'étais absent ?

Elle secoua la tête et se dégagea de son étreinte.

— Je n'ai jamais cru aux contes de fées. Mais je crois en toi.

— Tu as tort.

Il lui lança un regard furibond. Elle croisa les bras sur sa poitrine sans se laisser intimider.

— Je le saurai à ton retour, quand tu m'apporteras ta réponse.

Il jura entre ses dents, tourna les talons et se dirigea vers la porte. Avant de franchir le seuil, il enfonça son chapeau sur sa tête et se retourna.

— Tu ne sais pas à qui tu te mesures.

Elle attendit qu'il soit sur la dernière marche pour lui lancer sa dernière flèche :

— Toi non plus !

Pour le troisième matin de suite, Sally Mae fut saisie à son réveil par une horrible nausée. Un mélange de terreur et de joie l'envahit face à cette réalité inéluctable. Oh, mon Dieu ! Tucker n'était pas le seul à être en retard. Ses règles l'étaient aussi, et si elle n'avait pas été aussi absorbée par la question de son avenir, elle s'en serait rendu compte beaucoup plus tôt. Repoussant sa longue tresse dans son dos, elle regarda son reflet dans le miroir de sa coiffeuse. Elle était enceinte.

Elle passa un linge humide sur son visage d'une main tremblante. Elle avait prié le Seigneur pour qu'Il lui donne un enfant. Et maintenant que le miracle s'était accompli, qu'allait-elle devenir ? Elle ferma les yeux tout en luttant contre une nouvelle nausée.

Elle savait ce qu'elle mourait d'envie de faire. Elle voulait dire à Tucker qu'il allait être père. Elle voulait consacrer sa vie à lui prouver que les doutes qu'il avait sur lui-même étaient infondés. Elle voulait lui montrer qu'il était le mari et le père dont toute femme rêvait. Elle voulait le voir sourire le matin, et rire le soir. Elle voulait l'aimer, le chérir jusqu'à ce que la mort les sépare.

Elle pressa le linge mouillé sur son front, le cœur battant. Oh, Dieu ! elle voulait l'épouser. Lui, l'homme tendre au cœur violent.

Tucker ne parlait jamais de son passé, mais il avait dû être terrible pour ancrer en lui la certitude qu'il n'avait de place nulle part et qu'il ne méritait pas d'être aimé. Il avait accepté une aventure d'une nuit avec elle alors qu'à l'évidence il espérait davantage. Et quand l'opportunité s'était présentée, il lui avait donné tout ce qu'elle désirait — excepté la promesse d'un avenir. Elle posa la main sur son ventre. Et aujourd'hui ils avaient conçu un bébé. Tout avait changé.

Reposant le linge sur sa coiffeuse, elle prit une longue respiration et se leva. Il fallait qu'elle réfléchisse. Elle enfila sa robe de chambre, descendit l'escalier. L'aube commençait tout juste à percer. On y voyait à peine mais elle connaissait si bien les lieux qu'elle aurait pu se diriger les yeux fermés.

Elle passa dans la cuisine, remplit la bouilloire, la posa sur le fourneau. Son estomac se rebella à l'instant où elle attrapa le pot de café sur l'étagère. Changeant d'avis, elle se servit un verre d'eau, puis alla chercher un crayon et une feuille de papier et s'installa à la table, dos à la porte. Elle créa deux colonnes : « Pour » et « Contre », et se mit à écrire.

Dix minutes plus tard, elle soupira en fixant la feuille

de papier. Elle avait une longue liste de raisons pour lesquelles elle ferait mieux de repartir dans l'Est. Et une seule raison de rester dans la colonne de droite : Tucker. Comme dans la vraie vie, le fait qu'il soit seul contre tous ne diminuait en rien ses chances de victoire.

Une ombre se dessina soudain sur la table et une odeur de transpiration rance flotta jusqu'à elle. Aussitôt, elle sentit ses cheveux se dresser sur sa tête, mais s'appliqua à ne pas bouger. Une seule personne pouvait s'être introduite chez elle comme un voleur. Lyle. Elle referma la main sur son crayon — une arme dérisoire —, testa avec son pouce la mine émoussée par un exercice bien inutile. Il n'y avait pas de « pour » ou de « contre » dans sa vie. Il y avait seulement Tucker.

Elle se retourna lentement. Lyle donnait l'impression d'avoir bu toute la nuit. Son visage était effrayant. Un sourire mauvais retroussait ses lèvres.

— Comment êtes-vous entré ?

— J'ai crocheté la serrure.

— Qu'est-ce que vous faites ici ?

— Je suis venu vous parler.

Son haleine chargée d'alcool mélangée à son odeur de sueur aigre la fit reculer contre la table.

— Me parler de quoi ?

— De notre avenir.

La table bloquait sa retraite et Lyle se dressait entre la porte du jardin et elle. Il la referma d'un coup de talon.

— Vous ne pouvez pas continuer à vivre seule.

Elle serra le crayon plus fort dans sa main.

— Je me débrouille très bien, merci.

— Non. Vous avez besoin d'un mari.

Un homme qui retirait son chapeau en présence d'une dame ne pouvait pas réellement représenter une menace. Et, pourtant, le geste de Lyle accrut son inquiétude. Peut-être à cause de la façon dont ses cheveux gras tombèrent sur son front bas, accentuant son air buté. Ou peut-être à cause de cette lueur dans ses yeux troublés par l'alcool, comme s'il savait quelque chose qu'elle ignorait. Quelque chose de dangereux.

— Je suis en deuil, Lyle.

— Oh ! ça va bien avec ça ! Personne ne porte le deuil d'un homme aussi longtemps !

— J'aimais mon mari.

— Parfait, alors vous trouverez facile de m'aimer, moi.

Il avança d'un pas.

— J'ai besoin de vous, Sally Mae.

— Pour quoi faire ?

C'était une question stupide mais elle sortit toute seule. Il posa ses grosses mains sur ses épaules.

— Tu me fais bander.

L'odeur de sa respiration chassa toute pensée cohérente de son esprit. Elle sentit son estomac se soulever.

— Enlevez vos mains.

— Non. Maintenant, tu es à moi.

Le crayon était juste assez grand pour faire des dégâts si elle visait son œil. Mais, ensuite, elle devrait courir très vite. Si elle avait appris quelque chose pendant toutes ces années, c'était qu'une blessure, même grave, ne suffisait pas toujours à stopper quelqu'un. Un homme fou de colère pouvait encore se redresser et se battre. Et Lyle pourrait devenir enragé.

« N'oublie jamais que Dieu est en chacun de nous. »

L'enseignement de ses parents adoptifs était gravé dans son cœur. Elle leur devait tant ! Ils l'avaient recueillie alors qu'elle n'avait plus de mémoire, plus de passé, pas même un prénom. Ils lui avaient donné un toit, et ils lui avaient montré la route pour sortir des ténèbres qui avaient pris possession de son esprit. Des ténèbres horribles qui, aujourd'hui encore, ne s'étaient pas dissipées.

Elle sentit le crayon glisser de ses doigts en sueur et la panique l'envahit quand le petit cylindre roula sur la table, hors de sa portée. Puis elle retrouva son calme et sa force intérieure. De quoi avait-elle peur ? Dieu était avec elle, en elle. Et il était aussi en Lyle. Son chemin était limpide et il ne laissait aucune place à la violence, quelle qu'elle soit.

— Lâchez-moi, Lyle. Tout de suite.

Elle vit qu'il hésitait, déconcerté par son sang-froid, et poussa son avantage.

— Un gentleman ne pose pas les mains sur une femme.

— Je ne suis pas un gentleman.

— Alors vous vous êtes donné du mal pour rien pendant des semaines.

Il resserra son étreinte.

— Sûrement pas, bon Dieu !

— Je vous saurai gré de ne pas jurer.

— Vous êtes drôlement autoritaire.

Le fait qu'il la vouvoie de nouveau la rassura un peu. A l'évidence, le calme qu'elle affichait le troublait.

— Je suis ici chez moi.

Il regarda autour de lui.

— J'ai faim.

Elle vacilla quand il la lâcha subitement. Il jeta son chapeau sur la table. Le bord était taché de graisse et de sueur. Le déplacement d'air souleva la feuille de papier. Elle posa très vite la main dessus pour l'empêcher de glisser sur le sol, mais le regard de Lyle fondit sur son geste comme un rat sur un cafard.

— Qu'est-ce que c'est ?

Elle glissa le papier dans sa poche.

— Rien, une… une liste de courses.

Il plissa les yeux d'un air suspicieux.

— Une femme ne se met pas à bégayer et à rougir pour une liste de courses.

— Votre présence me met mal à l'aise. Rentrez chez vous, Lyle. Les gens vont jaser.

— Ça ne vous préoccupait pas quand vous étiez avec ce Peau-Rouge ! Donnez-moi ce papier.

— Non !

Il lui attrapa le bras, la fit pivoter brutalement et plongea la main dans sa poche. Elle agrippa la feuille avec son autre main pour l'empêcher de la prendre. Le papier se déchira. Lyle regarda le morceau qu'il tenait. Par transparence, elle sut de quelle colonne il s'agissait. Il n'y avait qu'un seul mot. Un prénom.

— Espèce de garce !

La gifle lui fit exploser la joue. Des étoiles dansèrent devant ses yeux. La bouilloire se mit à siffler sur le fourneau tandis que la douleur irradiait dans tout son visage. Des lueurs rouges ondoyèrent devant ses yeux.

— C'est Tucker McCade votre raison de rester ? rugit Lyle. Vous couchez avec cet Indien puant ?

Il leva le poing. Elle détourna la tête et le coup l'atteignit à l'épaule, assez fort pour lui faire perdre l'équilibre. Elle s'effondra à genoux.

— Arrêtez !

— Sale pute ! J'allais faire de vous ma femme !

Elle s'appuya sur une main pour se redresser en songeant au crayon, sur la table. Il était à moins d'un mètre. Si elle réussissait à tendre le bras…

Mon Dieu, donnez moi la force… De ne pas faiblir, de s'agripper à ses croyances, de faire honneur à la famille qui l'avait élevée. Du coin de l'œil, elle vit Lyle lever le poing et se prépara à recevoir un autre coup.

— Crevard ! Prépare-toi à mourir !

La voix était merveilleusement familière. Tucker ! Oh, Dieu, Tucker était là ! Il y eut un choc sourd et Lyle disparut de son champ de vision.

— Tucker…

Son prénom glissa de ses lèvres dans un souffle. Elle aurait voulu se blottir dans ses bras pour qu'il l'emporte loin de cette terreur et de cet horrible sentiment d'impuissance.

— Défends-toi, pourriture !

Il y eut le bruit répété d'un poing qui martèle de la chair humaine.

— Tu n'avais pas le droit… de la baiser, sale… Peau-Rouge, haleta Lyle.

Une masse heurta violemment la porte. Des assiettes

cliquetèrent dans le buffet. Un corps tomba lourdement à terre. La bouilloire continuait à siffler rageusement sur le fourneau.

— Tu es un homme mort ! gronda la voix de Tucker. Un homme mort. Oh, non !

— Non…

Son cri étouffé se perdit dans le fracas des assiettes qui explosaient sur le sol.

— Si tu me tues… ils t'écorcheront… vivant, Peau-Rouge.

— Qu'ils essaient.

Sally agrippa le dossier d'une chaise pour se lever. Le sol vacilla sous ses pieds, et elle dut ciller plusieurs fois pour ajuster sa vision. Tucker était penché sur Lyle, un genou sur le sol. Il l'étranglait avec son bras droit. Le visage de Lyle était en sang et il agitait les pieds dans tous les sens pour essayer de se libérer.

— Tucker.

Elle réussit à se faire entendre, cette fois.

— Détourne-toi, Rayon de lune. Je ne veux pas que tu voies ça.

Non. Elle ne voulait pas se détourner. Une nausée lui tordit le ventre.

— Arrête. Tu ne peux pas le tuer.

— C'est pourtant ce que je vais faire.

Ses lèvres étaient serrées, ses yeux fixes. Elle ne l'avait jamais vu ainsi. Son visage figé était celui d'un tueur.

Lyle lâcha un horrible gargouillis. Elle passa sa langue sur ses lèvres, sentit le goût du sang.

— Ecoute-moi. En le tuant, c'est ce qu'il y a de meilleur en toi que tu vas tuer.

Il l'effleura du regard.

— Quand je vois ton visage meurtri et ta main qui tremble, je trouve que c'est une peine légère.

Elle cacha sa main dans les plis de sa jupe.

— La blessure de ton âme guérira moins vite que celle de mon visage.

— Mon âme est perdue depuis longtemps.

— Une âme n'est jamais perdue, Tucker !

— On discutera religion un autre jour.

Sa voix était inflexible. Les mouvements désordonnés de Lyle perdaient de leur force.

Oh, mon Dieu, elle ne pouvait pas assister à un meurtre sans bouger ! Elle avait envie de vomir, de partir en courant, mais elle resta là.

— Il était furieux, Tucker, lui dit-elle d'une voix suppliante. Il ne se contrôlait plus. Il venait de découvrir la vérité à notre sujet.

— Mauvaise pioche si tu espérais m'attendrir. Il se trouve que je suis fou de rage, moi aussi.

Elle posa la main sur son poignet, un sanglot dans la gorge.

— Ne le tue pas. Pour moi. S'il te plaît.

Elle sentait une telle fureur en lui. C'était Tucker et ce n'était plus lui. Elle ne savait pas quoi faire. Elle se mordit la lèvre, les yeux brouillés par les larmes.

— S'il te plaît !

— Sally…

S'adoucissait-il ?

— Fais-le pour nous. Je t'en prie.

— Merde !

Et il desserra l'étreinte mortelle de son bras.

— Je sens que je vais le regretter… Eloigne-toi.

Elle obéit avec un sentiment d'émerveillement. Tucker avait cédé pour elle. Il avait choisi le camp de la vie. Il y avait encore de l'espoir. En reculant, elle posa son pied nu sur un éclat de vaisselle et poussa un cri. Tucker esquissa un mouvement vers elle, mais Lyle était plus proche, plus désespéré : il lui agrippa la cheville d'une détente et la fit tomber. Elle heurta durement le sol. Empoignant sa longue tresse, il la tira vers lui puis se redressa en l'utilisant comme un bouclier.

— Reste où tu es, Peau-Rouge ! Si tu bouges d'un millimètre, je lui brise la nuque.

— Je n'ai pas l'intention de bouger.

— Vous entendez ça, Sally Mae ? Il n'a pas été long à se démasquer. A la première occasion, il vous laisse tomber comme un lâche !

Lyle était-il aveugle ? Le visage de Tucker était celui d'un tueur. Il ne voyait donc pas la tension de ses muscles sous ses traits impassibles ?

— Non, souffla-t-elle.

Elle ne s'adressait pas à Lyle, mais il le prit pour lui.

— Qu'est-ce que vous avez cru ? Qu'un Peau-Rouge risquerait sa vie pour une pute ?

D'un geste vif, il attrapa un couteau sur le comptoir et pressa la lame sur sa gorge.

— Juste au cas où il aurait dans l'idée de me poursuivre.

Il recula d'un pas, l'entraînant avec lui, et elle réprima

un hoquet de nausée. Pas à cause du couteau, mais parce qu'elle avait envie de vomir rien qu'à l'idée de sa main sur elle.

En face d'eux, elle vit alors Tucker avancer, les bras le long du corps, les yeux rivés aux siens.

— Je ne vais pas te poursuivre, Lyle, répondit-il calmement. Je vais te tuer.

— Si tu bouges, je l'égorge !

La main de Tucker se détendit comme un ressort. Sally vit une ombre passer à la vitesse de l'éclair devant son visage. Presque à la même seconde, Lyle la lâcha et le couteau ricocha sur le sol. Elle sentit un liquide chaud couler sur sa joue.

Tucker fut subitement devant elle. Il la prit dans ses bras pendant que, derrière elle, Lyle poussait un râle d'agonie.

— Je savais que je regretterais de l'avoir lâché, murmura-t-il en la serrant contre lui.

Elle voulut se retourner mais il l'en empêcha.

— Non. Ne regarde pas.

D'un geste, elle lui désobéit. Ce qu'elle vit la pétrifia. Lyle était effondré contre le buffet, un couteau planté dans l'œil jusqu'à la garde. Du sang jaillissait de sa blessure en bouillonnant. Elle toucha sa joue humide, regarda ses doigts. Encore du sang. Un sentiment d'horreur la submergea.

Elle leva les yeux vers Tucker. Il n'y avait aucune pitié dans son regard, seulement une rage qui ne s'était pas apaisée. Il avait tué Lyle. S'il avait pu, il l'aurait tué une seconde fois.

Elle recula, trébucha et reprit son équilibre en s'agrippant à une chaise.

— Tu ne lui as laissé aucune chance.

Il se redressa de toute sa taille, menton levé, épaules droite, comme s'il se préparait à recevoir un coup.

— Aucune, non. Et si c'était à refaire, je recommencerais.

Chapitre 13

Il savait que cela finirait ainsi. Par un affrontement violent entre leurs convictions. Sally Mae le regardait comme un monstre, ses yeux gris immenses dans son visage livide. Un terrible sentiment de culpabilité le saisit à la vue de sa pommette tuméfiée.

C'était sa faute. Partout où il allait, il apportait la violence. Il était resté trop longtemps dans cette ville, au mépris de toute prudence. Il n'avait pas voulu écouter la voix de la raison et il l'avait mise en danger. Il serra les dents.

— Tu as toujours su quel genre d'homme je suis. Je ne te l'ai jamais caché, mais tu n'as pas voulu regarder la réalité en face. Tu as préféré te bercer d'illusions.

— Non.

A qui disait-elle non ? A lui ou à la réalité ? Le désespoir l'envahit. Il était en train de la perdre aussi sûrement que Lyle l'avait perdue… Comme il s'approchait pour la prendre dans ses bras, elle eut un mouvement de recul et il se figea, tandis que l'odieuse vérité éclatait dans son esprit.

Pour la première fois depuis qu'il la connaissait, elle avait peur de lui.

Cette découverte l'anéantit.

En face de lui, elle fixait le cadavre de Lyle comme s'il allait se relever d'une seconde à l'autre.

— Tu n'es pas obligée de le regarder, fit-il au bout de quelques secondes.

— Il y a un homme mort sur le sol de ma cuisine. Où veux-tu que je regarde ?

Elle avait parlé d'une voix calme, mais il entendait le tourment qui l'animait. Aussi vif que le sifflement de la bouilloire sur le fourneau. Il attrapa un torchon sur le comptoir et la retira du feu. Et au moment où il se retournait vers elle, il vit qu'elle vacillait.

Il ne lui fallut qu'une seconde pour la soutenir, et une seconde pour sentir son rejet. Elle détourna la tête, le laissant face à sa joue tuméfiée. Une joue qu'il avait caressée, embrassée après l'amour… et qui était maintenant marquée d'un bleu. Alors, ignorant ses protestations, il la souleva dans ses bras et l'emporta dans le salon.

— Tu n'y es pour rien, Sally Mae, dit-il en la déposant près du canapé.

— Si.

— Assieds-toi. Je vais chercher un verre d'eau. Tu es livide.

Elle secoua farouchement la tête, les yeux rivés sur la porte de la cuisine.

— On ne peut pas le laisser là.

— Je m'en occupe.

— Tout ce sang…

— Je m'en occupe aussi.

— Bien sûr. Tu t'occupes toujours de tout.

Elle secoua la tête et ferma les yeux en frissonnant.

— Jusqu'ici, je n'avais pas saisi…

— Ce que cela impliquait, conclut-il à sa place.

Cette fois, elle avait compris. Le temps des illusions était bel et bien terminé.

— Tu as raison. Je ne voulais pas savoir.

Elle croisa les bras sur sa poitrine. Son visage était d'une pâleur cireuse.

— Tucker ?

— Oui ?

Elle lui lança un regard où il crut voir de l'horreur. Il lui inspirait un tel dégoût ?

— Je crois que je vais m'évanouir.

Elle s'effondra d'un bloc. Il n'eut que le temps de bondir pour empêcher sa tête de heurter le sol. Il la souleva dans ses bras. Elle était si légère, si frêle. Il regarda le canapé, l'escalier, et décida de l'emporter dans sa chambre.

Le soleil entrait à flots dans la petite pièce. Il l'étendit sur le lit, lui enleva sa robe de chambre. Elle était si pâle que le fin réseau de ses veines se dessinait sous sa peau en transparence. Il toucha la fine ligne violette qui disparaissait sous le col austère de sa chemise de nuit. Tout en elle était délicat et fragile, sauf… ses sentiments pour lui. Son amour était ardent, solide comme un roc.

Se doutait-elle qu'il avait deviné ? Sally ne se serait jamais donnée à un homme qu'elle n'aimait pas, fût-ce pour une nuit. Il le savait et il en avait profité égoïstement. Il s'était raconté à lui même qu'il pourrait la protéger, aussi longtemps qu'elle voudrait de lui. Qu'il ne l'exposerait jamais à cette violence qui l'accompagnait où qu'il aille. Mais, aujourd'hui, elle était là, brisée, sans connaissance, à cause de lui et de son arrogance. Caressant sa joue meurtrie d'un geste bouleversé, il chuchota :

— Je suis désolé, Rayon de lune. Tu peux te réveiller maintenant. Tu ne risques plus rien.

Il voyait son pouls battre régulièrement à la base de son cou. Elle allait bien. La seule erreur dans sa vie, c'était lui. Il se redressa et la couvrit tendrement avec le drap.

— Je vais t'envoyer Hazel.

Si elle était souffrante, elle apprécierait d'avoir auprès d'elle une femme en qui elle avait confiance.

Hazel remonta la petite allée d'un pas décidé.

— Sally Mae ne s'est certainement pas évanouie parce qu'un homme est mort chez elle. Elle est médecin, elle a l'habitude. Il doit y avoir une raison plus grave.

Il ouvrit la porte et s'effaça pour la laisser entrer.

— C'est moi qui l'ai tué.

Elle lui lança un regard interrogateur.

— Devant elle, précisa-t-il brièvement.

— Ah…

Elle marqua un bref arrêt en découvrant le cadavre de Lyle, affaissé contre le buffet. Tucker s'attendait à un mouvement de recul, à un cri étouffé, pas à ce calme sidérant.

— Au moins maintenant il n'embêtera plus personne, déclara-t-elle simplement.

Il la dévisagea avec stupeur.

— Vous avez eu affaire à lui ?

— Il y a toujours des hommes pour s'imaginer qu'une veuve est une proie facile.

— Vous auriez dû me dire qu'il vous importunait.

— Il avait la tête dure, mais pas autant que ma poêle à frire.

La réponse sèche lui arracha un sourire. Hazel était une femme jolie et courageuse. Si elle le souhaitait, elle ne resterait pas seule longtemps.

— Je suis heureux de l'apprendre. Mais à l'avenir, si vous avez le moindre problème, n'hésitez pas à m'appeler.

— Merci, mais je ne vais pas rester très longtemps par ici. Je rentre chez moi.

Il la suivit au pied de l'escalier.

— Vous retournez dans l'Est ? Pourquoi ?

Elle gravit les marches, se retourna sur le palier. Des larmes brillaient dans ses yeux.

— Ben et moi, nous étions venus ici prendre un nouveau départ. Mais nos rêves se sont brisés.

— Il vous reste Davey.

— Justement. Je ne veux pas le perdre. Il sera plus en sécurité dans l'Est.

Un tel voyage coûtait très cher. Où allait-elle trouver l'argent ?

— Je vous paierai pour vous occuper de Sally Mae, proposa-t-il très vite.

Elle redressa le menton.

— Elle était à mes côtés pour mon Billy et mon Davey. Ne vous avisez plus de m'insulter en m'offrant de l'argent pour veiller sur elle.

Tucker se sentit rougir. A force de vivre comme un ours, il avait oublié combien il était embarrassant de se faire remettre à sa place par une femme.

— Je suis désolé…

Elle lui montra la cuisine d'un signe du menton.

— Rendez vous plutôt utile en nettoyant ce désastre. Qu'elle ne voie pas ça une nouvelle fois.

— Considérez que c'est fait.

— Assurez-vous simplement que ce soit bien fait.

Pendant longtemps, Tia — leur mère d'adoption depuis qu'ils s'étaient tous retrouvés orphelins — avait été la seule femme à oser lui donner des ordres. Aucune autre ne s'y était risquée. Elles étaient trop impressionnées par sa taille et sa réputation. Mais depuis, il y avait eu Desi, l'épouse de Caine, Isabella, l'épouse de Sam, Sally Mae et maintenant Hazel. Tracker avait raison : il était vraiment sur le déclin.

— Oui, madame.

Il finissait de nettoyer quand il entendit Hazel redescendre l'escalier. Il sut qu'elle était derrière lui quand le silence se fit.

Il s'essuya les mains sur un chiffon, se retourna et sentit son ventre se nouer en la voyant figée devant lui, bras croisés.

— Qu'est-ce qu'il y a ? Pourquoi me regardez-vous ainsi ?

— Il y a qu'elle est enceinte !

Elle le gifla. Le bruit résonna dans la pièce, dans sa tête, amplifiant le choc de la nouvelle.

Enceinte ?

Hazel le gifla de nouveau.

— Vous êtes fier de vous ? Qu'est-ce que vous allez faire maintenant ?

Il lui saisit le poignet au vol avant qu'elle puisse le gifler une troisième fois.

— Enceinte ?

Il bloquait sur ce mot. C'était inconcevable. Impossible. Hazel se dégagea d'un geste brusque.

— N'essayez surtout pas de me raconter qu'il n'est pas de vous !

Il la lâcha en secouant la tête. Non. Ce n'était pas son intention.

Lâchant le torchon, il traversa le salon et monta l'escalier quatre à quatre. Sally Mae boutonnait son chemisier, assise à sa coiffeuse. Ses cheveux humides formaient un halo autour de son visage pâle. Elle ne tressaillit même pas en le voyant apparaître derrière elle dans la glace. Son calme lui donna envie de hurler.

— Tu comptais me le dire quand ?

Elle ferma le dernier bouton, lissa la dentelle du col et prit sa brosse à cheveux sur la coiffeuse.

— Je ne sais pas.

Il s'adossa au chambranle, mâchoires serrées.

— C'était quoi, ton plan ? Essayer de faire passer un bébé indien pour un Blanc ?

Ramenant ses longs cheveux sur une épaule, elle se mit à brosser les pointes. Comment faisait-elle ? Ses mains ne tremblaient même pas alors qu'il avait l'impression de se désintégrer de l'intérieur. Toutes ses certitudes se fracassaient sous la violence de la réalité.

— Non. Ce serait malhonnête.

— Alors pourquoi m'avoir dit que tu connaissais une méthode pour ne pas tomber enceinte ?

La brosse s'immobilisa l'espace d'une seconde. Puis elle déclara d'une voix blanche :

— Parce que je le croyais. Jusqu'ici, cela avait toujours fonctionné.

Elle fixait le va-et-vient de la brosse dans le miroir comme si elle avait peur de croiser son regard. Parce qu'elle se sentait coupable ou parce qu'elle avait honte ? Sa culpabilité aurait au moins eu l'avantage d'attiser sa colère. Il aurait pu la détester de s'être jouée de lui et de le mettre devant le fait accompli. Mais il s'agissait de Sally Mae, l'honnêteté faite femme…

Il passa la main sur son front et heurta le bord de son chapeau. Merde, il ne s'était même pas découvert. Il aperçut brusquement son reflet dans la glace — glacial, mauvais. Une tête à faire peur. Otant son chapeau, il le fit claquer sur sa cuisse et s'obligea à parler calmement.

— Je pensais que la parole d'un médecin était fiable.

— Eh bien, tu vois, pas toujours.

Elle continua à se brosser les cheveux, encore et encore. Les secondes devinrent des minutes, et le malaise qui le tenaillait ne cessait de s'amplifier. Que devait-il faire ? Il n'y avait pas trente-six possibilités. Soit elle s'était servie de lui, et il était en droit d'être furieux, soit elle était aussi effrayée que lui par la nouvelle, et il n'y avait qu'une chose à faire : la prendre dans ses bras.

Il en mourait d'envie, mais il avait besoin de laisser éclater sa colère. Ça, au moins, il connaissait.

Il jeta son chapeau sur la commode, à droite de la porte, et cria presque :

— Hazel veut clouer mon scalp sur la porte de la grange !

La brosse à cheveux s'immobilisa.

— Elle t'a fait des reproches ?

Il se frotta la joue.

— On peut dire ça, oui.

— Je suis désolée.

Et il sentit toute sa fureur fondre. Comme chaque fois qu'il s'agissait de Sally Mae. Il franchit la distance qui les séparait en deux enjambées. Glissant un doigt sous son menton, il tourna son visage vers lui, mais elle se recroquevilla comme s'il allait la frapper, et ça le rendit malade.

— Arrête !

— Quoi ?

— D'avoir peur quand je te touche.

— Je suis désolée.

— Et arrête d'être désolée !

Elle posa la brosse sur ses genoux et le dévisagea avec ses grands yeux gris.

— Qu'est-ce que tu veux de moi ?

Il sut brusquement ce qu'il voulait. Il lui caressa la lèvre inférieure avec son pouce.

— Je veux que tu me dises que nous avons fait un

bébé ensemble. Je veux que tu me demandes de faire la seule chose honorable. Je veux…

— Pourquoi ?

La question tomba comme une pierre dans le vide béant qui l'habitait, les ondes s'approchant tout près de cet endroit secret qui le rendait nerveux.

— Parce qu'une femme est en droit d'avoir des attentes du père de son enfant.

— Non, tu te trompes. Ce n'est pas parce que…

Ce fut à son tour de l'interrompre.

— Je *veux* que tu aies des attentes de moi.

Elle entrouvrit les lèvres. Il bloqua d'un doigt le « pourquoi » qu'elle s'apprêtait à prononcer.

— Ne pose pas de question, fais-le, d'accord ?

Elle le dévisagea pendant une seconde, puis hocha la tête. Il prit la brosse sur ses genoux et la fit pivoter vers le miroir.

Elle s'enfonça un peu plus profondément sur sa chaise, l'observant dans la glace pendant qu'il lui brossait les cheveux.

— Je t'écoute.

Elle s'humecta les lèvres, hésita, puis couvrit sa main avec la sienne, sur son épaule. Son geste était doux, sa voix le fut plus encore. Elle chercha son regard dans le miroir.

— Je vais mettre au monde ce bébé, Tucker McCade.

Des émotions se mirent à tournoyer en lui, si rapidement qu'il ne parvenait pas à les arrêter. Terreur, refus, émerveillement. Une seule s'attarda, dominant toutes les autres, et c'était celle qui l'effrayait le plus : de la joie. Sally Mae allait mettre au monde son bébé !

Elle pressa doucement sa main.

— Tu as l'air terrifié.

Il l'était. Chaque fois qu'il avait entrevu le bonheur, on le lui avait arraché. Il s'était habitué à son absence.

— Je suis désolée.

Elle retira sa main mais il l'attrapa au vol. Il se sentait maladroit, perdu. Deux émotions qu'il n'avait pas ressenties depuis qu'il était en culottes courtes.

Sa voix fut plus dure qu'il ne l'aurait voulu.

— Un enfant doit être désiré.

Elle hocha la tête.

— Et tu ne le désires pas.

Oh, si ! Avec toutes ces choses impossibles qui allaient avec — un foyer, une femme, des rires, un avenir. Il serra la brosse plus fort dans sa main.

— Quel genre de père serais-je ?

Elle soutint son regard dans le miroir.

— Celui que tu choisiras d'être.

Le choix. Elle ne cessait de lui jeter ce mot à la face. Comme s'il avait le pouvoir de parer les mauvais coups de la vie. Mais s'il avait eu le choix, son père n'aurait pas été un salaud doublé d'un ivrogne, et sa mère aurait essayé de le protéger. Les *soldados* n'auraient pas massacré sa ville, et Desi et sa sœur n'auraient pas été vendues aux Comanches. S'il avait eu le choix, il n'aurait pas eu besoin de se cacher pour aimer Sally.

— Et toi, qu'est-ce que tu as choisis ? demanda-t-il.

Elle lui saisit la main et la posa sur son ventre.

— Je choisis d'aimer cet enfant.

— Nom de…

— Ne blasphème pas.

Comment voulait-elle qu'il se contrôle alors qu'elle le tentait en lui offrant ce qu'il désirait le plus au monde ? Il ouvrit les doigts contre son ventre plat. Son enfant. Un fils ou une fille qui aurait la couleur de peau de leur père, l'obstination de leur mère et, peut-être, avec un peu de chance, sa foi inébranlable en l'avenir.

— Nous allons nous marier, cela va de soi, murmura-t-il d'une voix rauque.

Son visage prit cette expression têtue qu'il connaissait bien.

— Non, cela ne va pas de soi.

Il s'agenouilla devant elle. Rien n'avait changé au cours de ces trois dernières heures. Elle était toujours aussi menue et fragile. Trop fragile pour porter tous ses espoirs et ses rêves. Et pourtant, c'était ce qu'elle était en train de faire.

— Tu n'as pas d'autre choix que de m'épouser, Sally Mae.

— Il y a toujours le choix.

— Par exemple ?

— Je pourrais repartir dans l'Est. Mettre mon bébé au monde dans la communauté quaker.

— *Notre bébé*. Et ce n'est pas une solution.

— Tu as peur de leur réaction à cause de la couleur de sa peau ?

— Pas toi ?

— A leurs yeux, les hommes sont tous égaux.

— Si c'était vrai, ce seraient des saints.

Elle baissa les yeux.

— Alors disons qu'ils sont plus modérés dans leur jugement.

Il la souleva dans ses bras et l'emporta vers le lit. La confiance avec laquelle elle noua ses bras autour de son cou apaisa la douleur que lui avaient infligée ses mouvements de recul.

— Pas question que tu repartes dans l'Est.

— Ce n'est pas à toi d'en décider, Tucker, murmura-t-elle d'une voix calme.

— Oh, que si ! Tu m'as donné ce droit le jour où tu m'a pris pour amant.

— Ce n'était que pour une nuit.

Il l'allongea tendrement sur le lit.

— Eh bien, maintenant c'est pour toute la vie.

— Non.

La colère le fit trembler. Elle n'allait pas le quitter comme ça.

— Si !

— Quand tu es parti, Tucker McCade, je t'ai demandé de faire un choix.

— Il me semble que je viens de le faire.

— Non. Tu ne m'as parlé que du bébé. Ce n'est pas ce que je t'ai demandé. Ce que j'attends, c'est un vrai choix.

— Mais on ne peut pas revenir en arrière, de toute façon !

— Pas plus que tu ne peux pas me forcer à faire ce que je ne veux pas.

Bordel, jamais il n'avait rencontré quelqu'un d'aussi têtu ! Sans réfléchir, il s'installa à califourchon sur elle, et plaqua ses mains sur le matelas avec les siennes.

— Tu veux te battre avec moi, Sally Mae ?

— Pas avec tes armes habituelles.

— Comment alors ?

Une fois de plus, sa réponse fusa, ferme et définitive :

— Je ne peux pas épouser un homme qui vit par la violence. Je refuse d'élever mon enfant dans un foyer où ne règne pas la paix.

— Les pires racailles de l'Ouest ont essayé de me faire plier, et elles ont échoué, siffla-t-il.

— Je ne cherche pas à te faire plier.

Elle ferma ses beaux yeux. Lui faisait-il mal ? Il desserra aussitôt l'étau de ses mains. Elle sourit et ouvrit les yeux.

— Dis-moi ce que tu as décidé pendant que tu étais au loin, occupé à chasser un espoir.

Chasser un espoir ?

— C'est une façon intéressante de décrire mon travail.

Elle haussa les épaules. L'odeur du citron qui imprégnait sa chevelure l'enveloppa comme une caresse.

— Tu pars toujours avec l'espoir d'arrêter un tueur, de ramener une jeune femme à sa famille, d'empêcher une attaque de banque. Tu es un homme très généreux, Tucker. Je voudrais simplement que tu me donnes quelque chose à moi aussi.

— Quoi ?

— Dis-moi d'abord ce que tu as décidé.

— Qu'est-ce qui te fait croire que j'ai pris une décision ?

— Tu n'es pas homme à tergiverser.

Il prit une respiration.

— J'ai décidé d'essayer.

Mais c'était avant qu'il rentre à l'improviste et qu'il trouve Lyle en train de la frapper. Il vit des larmes scintiller dans ses yeux et caressa doucement le bleu qu'elle avait à la joue.

— Je sais, je n'ai pas tenu longtemps.

Elle secoua la tête.

— Tu es toujours décidé à essayer ?

Il était fatigué mais pas stupide. Il savait très bien qu'il avait échoué au test.

— J'aurai beau faire, tu ne pourras jamais oublier comment j'ai tué Lyle.

— Mais nous avons des années devant nous pour fabriquer de nouveaux souvenirs.

— Aucun ne pourra effacer celui-là.

Elle lui prit la main et la posa sur son ventre.

— Pas même notre enfant ?

Son cœur battit plus vite. Il voulait cet enfant. Et il voulait Sally Mae. Bon sang, il voulait cet avenir qu'elle faisait miroiter devant ses yeux comme le plus irrésistible des mirages !

— Je ne peux pas te promettre de ne pas riposter si on m'attaque.

Elle couvrit sa main de la sienne, les connectant tous les trois l'espace d'un instant magique.

— Mais tu me promets de ne pas attaquer le premier ? D'essayer toutes les autres options avant de recourir à la violence ?

— Ça changera quoi ?

— Ce sera peut-être suffisant.

— Pour quoi ?

Elle porta sa main à ses lèvres et l'embrassa.

— Pour un commencement.

Il lut de la peur dans ses yeux, de l'incertitude, mais aussi l'espoir. Comment résister à cette lumière ?

— Alors je promets, murmura-t-il d'une voix rauque.

Chapitre 14

Tucker observa le ranch Montoya depuis la colline. La propriété était splendide… et étroitement surveillée. Le soleil faisait étinceler le fusil d'un vigile posté sur une corniche, à sa droite. Son attitude arrogante semblait clamer : « Viens, je t'attends ! » Tucker était presque sûr qu'il s'agissait de l'un des frères Lopez. Des hommes rudes, nés sur ces terres, et d'une loyauté sans faille à Isabella Montoya. Prêts à mourir pour elle, à tuer pour elle. L'homme avait dû identifier Tucker, sinon il l'aurait déjà stoppé — probablement d'une balle. Ils étaient tous à vif depuis que les hommes de Tejala avaient déferlé un jour sur le ranch et kidnappé Bella. Tucker leva son fusil en guise de salut avant de scruter le ranch, en contrebas.

Deux cow-boys faisaient travailler un cheval, dans un corral. L'animal semblait prometteur. Tucker fixa son regard vers l'hacienda. La *señora* Montoya était assise sur le porche, vêtue de noir, comme à son habitude. Elle tricotait quelque chose, sans doute un vêtement pour ses futurs petits-enfants. Une descendance que Sam était prêt à lui donner « le moment venu », comme il le disait, pour ne pas peiner Bella. La jeune femme désirait un enfant plus que tout au monde, mais elle ne semblait pas parvenir à être enceinte — pour l'instant.

Tucker tapota l'épaule de Fumée pour contenir son impatience. La vie était étrange. Qui eût cru que Sam MacGregor, le tombeur de la bande, rêverait de fonder une famille ? Et que lui-même deviendrait un jour un mari et un père ? Et pourtant, il était là, à plus de huit heures de cheval de Lindos, pour demander à Sam d'être témoin à son mariage…

Sally Mae y verrait sans doute le signe que les voies du Seigneur étaient impénétrables, et que tout pouvait arriver, même le plus étonnant. Il eut un petit sourire. Qu'elle pouvait faire preuve d'une candeur inquiétante, parfois, elle qui voulait à toute force qu'il y ait du bon en chaque homme ! Son sourire disparut. Elle se trompait. Le mal absolu existait, et sa foi ne lui offrirait aucune protection contre cette réalité. Heureusement, il serait à ses côtés, désormais.

Il soupira tout en descendant la colline. Cela n'avait pas été facile de la quitter. A l'instant où on apprendrait qu'elle était enceinte de lui, elle deviendrait une paria aux yeux de tous. Il lui avait laissé un colt « au cas où », mais il savait bien qu'elle ne s'en servirait pas, ou alors en priant pour qu'il tire tout seul. Et encore, même pas. Prier pour qu'une arme se mette à tirer allait probablement à l'encontre de ses convictions !

Il songea aux vieilles fenêtres de sa maison, aux serrures si faciles à crocheter. Ce serait l'enfance de l'art de parvenir jusqu'à elle. Enfin, heureusement, ce salaud de Lyle ne pourrait plus jamais lui faire du mal. Il s'était occupé de son corps. Aucune chance qu'on le retrouve jamais. Et personne en ville ne s'inquiéterait de sa disparition : il avait l'habitude de partir sans crier gare. Tout danger était écarté et, malgré cela, il était inquiet. Sally était beaucoup trop vulnérable dans cette ville, et il ne se sentirait rassuré que lorsqu'elle serait en sécurité à Hell's Eight. Mon Dieu, qu'il lui tardait de revenir auprès d'elle !

S'efforçant de chasser ces pensées, il avança vers l'hacienda, saluant d'un signe de tête les *vaqueros* qui s'activaient sur la propriété. Des hommes prêts à tout pour défendre les leurs. Ou ceux qui étaient de leur côté. Il eut un nouveau sourire désabusé. Il avait promis à Sally Mae de ne pas utiliser la violence, mais rien ne lui interdisait d'engager quelqu'un qui s'en chargerait à sa place. Il n'allait quand même pas traverser le territoire sans escorte, offrant son trésor le plus précieux au premier imbécile armé d'un fusil !

Un cri de joie jaillit soudain de la maison, puis Isabelle apparut sur le perron comme une tornade rouge. Elle agita la main en criant son prénom, adressa quelques mots à sa mère par-dessus son épaule et s'élança vers lui en relevant ses jupes. Tucker ne put s'empêcher de sourire. Personne ne pouvait résister à la fougue de Bella, et pour une raison qu'il ne s'expliquait pas, elle avait un faible pour lui.

— Je suis trop contente de vous voir !

Elle s'arrêta si brusquement devant lui qu'elle trébucha. Fumée secoua la tête en hennissant. Il l'apaisa d'une caresse.

— Vous devriez être plus prudente, Bella. Vous allez ébranler le cerveau du petit MacGregor avant même qu'il ne vienne au monde.

Elle redressa le menton, mains sur les hanches.

— Vous allez me resservir la même plaisanterie pas drôle à chaque visite ? Je vous signale que je ne suis pas enceinte !

— J'ai le droit de me préoccuper de la santé de mes futurs neveux.

— Ha ! Vous voulez seulement me voir enveloppée dans du coton, à l'écart du monde !

— Serait-ce si terrible ?

Son sourire illumina son visage.

— Oui, parce que je m'ennuierais à mourir !

Et à en croire Sam, quand Bella s'ennuyait, c'était le cataclysme assuré. Elle lui avait donné du fil à retordre depuis le jour de leur rencontre, mais elle lui avait aussi rendu son sourire — et rien que pour ça, Tucker lui vouait une reconnaissance éternelle.

— Vous êtes venu voir Sam ? demanda-t-elle en posant la main sur sa botte.

Il secoua la tête devant cette familiarité. Inutile de lui expliquer que son affection pourrait être mal interprétée. Isabella se moquait des convenances. Elle voyait le monde tel qu'il était réellement et elle ne se pliait pas à des conventions qui ne lui correspondaient pas.

Elle lui sourit, lui montrant qu'elle savait très bien ce qu'il était en train de penser.

— Vous ne me faites pas la leçon. Vous apprenez, c'est bien.

Une fois encore, il ne put s'empêcher de sourire.

— Peut-être.

— Et peut-être que vous pouvez apprendre d'autres choses, dans d'autre domaines ?

— Par exemple ?

— Sally Mae est très belle et elle est très seule.

— Cela ne vous regarde pas.

Elle haussa les épaules avec insouciance.

— Moi non, mais vous oui.

Il baissa son chapeau d'un cran.

— Et si je vous disais que cela pourrait changer très prochainement ?

Elle cilla de surprise puis son sourire s'adoucit.

— Je dirais que je suis très heureuse pour vous deux.

— Le reste du monde ne sera probablement pas de cet avis.

Elle haussa les épaules.

— Alors au diable le reste du monde ! Vous saurez où sont vos vrais amis, et vous serez ensemble.

Si seulement elle avait pu dire vrai ! Hélas, lui savait bien que ce ne serait sûrement pas aussi simple, mais il ne voulait pas détruire ses illusions.

— Sam est dans le coin ?

Elle lui montra la grange.

— Il n'est pas content des semences qu'on nous a vendues. Il en discute avec le marchand.

Quand Sam discutait, la température pouvait monter très vite. Il regarda Bella.

— Ça se passe comment ?

— Il y a des éclats de voix.

— Qui crie ? Sam ?

— Non. Mon Sam ne crie jamais. Il a d'autres moyens de faire valoir son point de vue.

Elle n'avait pas terminé sa phrase qu'un bruit de bois fracassé résonna dans la grange et un homme vêtu d'une chemise bleue et d'un pantalon noir voltigea de l'autre côté de la porte. Tucker éclata de rire.

— On dirait que Sam vient de régler le problème à sa façon.

Bella fronça les sourcils, les mains sur ses hanches.

— Oh ! Je lui avais pourtant dit de ne pas y aller trop fort !

— Et il vous a écoutée : l'homme est toujours en vie.

Il tendit la main. Elle y glissa la sienne et il la hissa derrière lui. Elle tapota ses jupes.

— Nous voulons que ce ranch soit une référence sur le territoire. Pour y parvenir, nous devons nous montrer fermes mais amicaux.

Il regarda Sam assener un grand coup de pied dans le postérieur du marchand indélicat, l'envoyant voler à quatre pattes, trois mètres plus loin.

— Pour ce qui est de la fermeté, il est le meilleur.

— On peut faire preuve d'autorité sans se montrer agressif.

Tucker sourit.

— J'ai l'impression d'entendre Sally Mae !

— C'est une femme intelligente.

Oh ! oui. Tucker fit pivoter Fumée.

— En tout cas, vous allez avoir du travail si vous voulez enseigner la modération à Sam.

— Eh bien moi, je suis sûre qu'il peut apprendre.

Le marchand se releva. Sam abaissa son chapeau sur ses yeux.

— Bon courage alors, Bella.

— Merci, je vais en avoir besoin !

Elle enroula ses bras autour de sa taille. C'était une étreinte amicale, dénuée d'ambiguïté, mais quand Sam leva les yeux vers eux, en une fraction de seconde, son sourire s'effaça.

Tucker fit avancer Fumée.

— Il est toujours aussi jaloux ?

— Il le restera jusque dans sa tombe.

— Ça ne vous ennuie pas ?

Elle secoua la tête.

— Ce ne serait pas mon Sam s'il ne m'aimait pas de tout son cœur.

Sam les rejoignit au milieu de la cour. Derrière lui, le marchand regagna son attelage en boitant.

— Salut, Tucker.

— Salut, Sam. J'ai trouvé quelque chose qui t'appartient sur la pelouse.

— Je vois ça.

Sam tendit ses bras à Bella.

— Viens là.

Elle obéit, dans un bruissement de coton et avec un soupir heureux.

— Tu as réglé le problème, avec le marchand ?

Il regarda derrière lui.

— Je crois que oui.

Elle enfouit son visage dans le torse de Sam.

— Il va falloir qu'on travaille sur tes méthodes de persuasion.

Sam rit et déposa un baiser dans ses cheveux.

— Entendu.

Il croisa le regard de Tucker, une question au fond des yeux. Tucker hocha la tête. Des années de travail en équipe rendaient les mots superflus.

— Va à la maison, *pequeña*. Je crois que Tucker veut me parler.

Elle leva son visage vers lui.

— Une conversation de garçons, c'est ça ?

Sam lui rendit son sourire.

— Oui.

— Alors, je vais aller faire ce que font les femmes pendant ce temps, je vais préparer du café.

— Ça, c'est vraiment une bonne idée.

Elle rit et secoua la tête. Sa lourde tresse noire voltigea dans son dos.

— Mais tu me seras redevable.

Sam rit, referma sa main sur sa nuque et l'embrassa durement, avant de secouer la tête.

— Fais-moi confiance, je paierai jusqu'aux intérêts.

Il la fit pivoter vers la maison et lui donna une petite claque sur les fesses.

— Va faire ton boulot. Je fais le mien.

Son rire flotta joyeusement jusqu'à eux tandis qu'elle s'éloignait. Comme si elle savait qu'il la suivait des yeux, elle ondula des hanches. Le sourire de Sam s'élargit.

— Ça a l'air d'aller, dit Tucker en descendant de cheval.

Sam se tourna vers lui et fit claquer son gant sur sa cuisse.

— Difficile de résister à Bella.

— C'est vrai qu'elle a une façon bien à elle.

— Qu'est-ce qui t'amène ici, mon frère ?

— Je cherche un témoin.

Sam se figea.

— Un témoin pour un duel ou pour un mariage ?

— Pour un mariage.

— Sally Mae ?

— Oui.

Sam lui lança un regard en coin, et Tucker eût été incapable d'interpréter ce regard.

— Eh bien, de toi à moi, je pensais que tu n'aurais jamais le cran de l'emmener devant un prêtre !

— Il y a des choses qu'on ne peut pas différer.

Sam plissa les yeux et sortit une cigarette roulée de la poche de sa chemise.

— Elle est enceinte ?

— Oui.

— Tu le prends comment ?

Il aurait dû être contrarié, horrifié. Mais le plus déstabilisant, c'était ce qu'il ressentait au fond de lui.

— Je crois que je suis heureux.

L'expression de Sam ne bougea pas.

— Bon.

Il gratta une allumette, approcha la flamme de sa cigarette. Tucker dut attendre qu'il tire une bouffée avant de connaître son point de vue.

— Tu feras un bon père.

— Bien obligé. Et j'ai intérêt à être un bon mari aussi. Ça ne va pas être facile pour Sally Mae d'être mariée avec un type comme moi.

— Tu crois qu'elle t'aurait choisi si elle aimait la facilité ?

— Elle manque de jugeote.

— Pas d'accord, dit Sam en se dirigeant vers la grange. Une femme capable de voir l'homme derrière ce masque belliqueux que tu portes à longueur de temps a de la jugeote, au contraire. Et un sacré tempérament sous ses airs de ne pas y toucher.

Il jeta sa cigarette sur le sol et l'écrasa sous son talon.

— Ne la sous-estime pas. Et ne te dévalorise pas. Tu la mérites.

La porte de la grange grinça sous sa poussée. Tucker le suivit à l'intérieur. L'odeur des chevaux et du foin l'accueillit. Familière, apaisante. Des traits de lumière filtraient à travers les cloisons en planches.

Sam se baissa et ramassa une selle posée sur le sol.

— J'aurais dû étriller ce marchand pour m'avoir fait lâcher une selle de cette qualité.

Un alezan clair passa la tête par-dessus la porte de son box et hennit doucement pour les saluer. Tucker lui tapota le cou avant de le gratter derrière les oreilles.

— Alors, le mariage est pour quand ?

— Dans trois jours.

— C'est rapide.

— Oui.

L'alezan le poussa du museau, réclamant d'autres caresses.

Sam se mit à rire tout en hissant la selle sur la porte d'un box vide.

— Si tu te laisses faire, tu y seras encore demain.

— Il sait ce qu'il veut.

— Et toi ?

— Quoi, moi ?

— Tu sais ce que tu veux ?

Tucker releva son chapeau d'un cran, et posa sur son ami un regard intrigué.

— Explique.

— Ce mariage, c'est vraiment ce que tu veux ? demanda Sam, avant de se tourner vers lui et d'ajouter : Tu sais, Isabella et moi, nous pouvons adopter l'enfant, si ça pose problème.

Tucker se figea. Personne ne mettrait en doute la paternité de l'enfant s'il grandissait aux côtés de Sam et de Bella. Elle avait la peau mate, les yeux bruns, et Sam était blond. Il passerait aisément pour leur fils et il serait choyé, cela ne faisait aucun doute.

— Tu veux en venir où, là ?

— Je dis simplement que tu n'es pas condamné à l'épouser.

— Elle est enceinte. Et cet enfant est le mien.

— Qui prétend le contraire ? Je t'offre une alternative.

— Je n'ai pas besoin d'une alternative.

— Tu en es sûr ?

— Ferme-la, Sam !

Il n'avait aucune envie de l'entendre répéter ce qu'il savait déjà. Toute son enfance, on lui avait tenu le même discours : il deviendrait comme son père, alcoolique, brutal, mauvais. Qu'est-ce qu'il s'imaginait ? Qu'il allait maltraiter son enfant ?

Sam jura tout bas.

— Avant de me flanquer ton poing dans la figure, écoute-moi jusqu'au bout.

Tucker regarda ses mains. Il avait serré les poings sans même s'en rendre compte.

— Tu as toujours vécu pour toi, sans t'embarrasser d'une compagne…

— Tu sais très bien pourquoi !

C'est nous qui avons fait ce choix.

Ses parents avaient été incapables de l'aimer. Ils l'avaient trahi, abandonné. Mais Sally Mae croyait en lui, en eux. Il n'avait besoin de rien d'autre. Et il n'était pas comme son père !

Sam retira son chapeau et passa la main dans ses cheveux d'un geste nerveux.

— Merde, Tucker, ne sois pas aussi susceptible !

— Difficile de faire autrement, quand je te vois me prendre pour le dernier des salauds.

— Mais bon sang, ce n'est pas de toi que je doute !

Tucker en resta muet. L'alezan lui donna un petit coup de museau dans l'épaule, mais il l'ignora.

— De qui, alors ?

— Eh bien, Sally Mae est dans une situation très délicate…

— Tu crois qu'elle est désespérée au point de vouloir m'épouser ?

Sam tapota sa poche, à la recherche de ses cigarettes. Un signe de nervosité inhabituel chez lui.

— Je crois que tu n'as aucune idée de l'aubaine que tu peux représenter pour une femme seule, qui n'a pas de projets d'avenir. Je ne veux pas que tu te retrouves piégé, voilà.

— Alors ça !

Tucker s'adossa à la porte du box, stupéfait. Sam cherchait simplement à le protéger, comme dans une bataille, quand il couvrait ses arrières. Pas étonnant qu'il ait besoin d'une cigarette. Ce n'était pas si souvent qu'il se mêlait de sa vie privée. C'était même la première fois.

— Sally Mae ne se sert pas de moi.

— Qu'est-ce que tu en sais ?

— Elle m'a repoussé.

Sam cilla puis se ressaisit.

— Elle ne t'a pas repoussé bien longtemps : vous vous mariez dans trois jours.

— J'ai dû faire des concessions.

Sam se raidit, comme s'il flairait un piège.

— Quel genre de concessions ?

Ce fut à son tour d'être mal à l'aise. Il s'éclaircit la gorge.

— Je n'ai pas le droit de cogner le premier.

Sam le dévisagea fixement puis sourit jusqu'aux oreilles.

— J'en connais qui vont se lever tôt pour te faire la conversation dès qu'ils apprendront la nouvelle.

Tucker lui lança un regard d'avertissement. Sam avait un sens de l'humour très spécial, parfois.

— Je n'ai pas l'intention d'ébruiter la chose.

Le sourire de Sam s'élargit.

— J'ai un service à te demander, reprit Tucker pour changer de sujet. J'emmène Sally Mae à Hell's Eight après le mariage.

— Tu suis le conseil de Shadow ?

— Oui. Elle sera plus en sécurité là-bas. Mais je vais avoir besoin d'une escorte.

— Je suis ton homme.

— Merci.

— Bon sang, Tuck !

Sam lui donna une claque sur l'épaule.

— Tu n'as pas à me remercier. Tu en ferais autant pour moi. Tu as même fait bien plus que ça !

Ils se sourirent avec embarras puis échangèrent une accolade maladroite.

— Bon. Tu n'as pas une bouteille quelque part, qu'on puisse fêter ça ?

— Et comment ! J'ai tout ce qu'il faut à la maison.

Sam poussa la porte de la grange et la lui tint ouverte.

— Alors, comme ça, tu ne peux pas cogner le premier ?

Tucker passa devant lui, un sourire figé aux lèvres.

Et merde.

Chapitre 15

Sally Mae ouvrit dès qu'il frappa à la porte, et il remarqua aussitôt sa nervosité. Le gris pâle de sa robe accentuait l'anxiété de ses yeux gris et la pâleur de son visage. Elle donnait l'impression de ne pas avoir dormi depuis des jours.

— Qu'est-ce qu'il a dit ?

Tucker ôta son chapeau, l'accrocha au portemanteau et surprit son regard inquiet. Mais qu'est-ce qu'elle s'imaginait ? Qu'il allait repartir alors qu'elle portait son enfant ?

— D'après toi ?

— Je ne sais pas. « Félicitations » ? C'est ce qu'on dit dans ce genre de situation, je crois.

Elle regarda son chapeau avec insistance.

— Qu'est-ce qu'il y a ?

— Tu restes ici ?

— Oui.

— Mais les gens vont…

— Jacasser, oui. Mais nous partons dans deux jours. Je doute qu'ils aient le temps d'organiser une révolution d'ici là, et de toute façon je ne te laisse plus seule.

Elle s'humecta les lèvres et il ressentit tout à coup le besoin dévorant de l'embrasser, de caresser sa bouche avec sa langue pour la laisser plus brillante, plus gonflée, prête pour lui.

— A propos de notre départ, je voulais te dire…

— Oui ?

Il saisit la bouilloire et regarda à l'intérieur. De l'eau. Dieu merci, le brûleur était chaud, le feu fraîchement allumé. Il avait un mal de crâne à tout casser. Au diable Sam et ses défis absurdes ! Il posa la bouilloire sur le feu, puisa deux cuillères de café moulu dans le pot. Quand il se retourna, Sally Mae attendait pour continuer, les mains serrées l'une contre l'autre.

— Je… je ne suis pas sûre que ce soit une bonne idée.

Elle avait peur mais c'était compréhensible. Elle s'apprêtait à quitter tous ses repères pour le suivre.

— Tu sais bien qu'on ne peut pas rester ici.

— Mais… faut-il vraiment aller au Hell's Eight ?

— Oui.

Elle s'humecta de nouveau les lèvres.

— Pourquoi ?

— Parce que là-bas tu seras en sécurité. Nos enfants seront en sécurité.

— Mais toi, tu seras où ?

Il la rejoignit et sentit sa tension intérieure s'apaiser dès qu'elle s'appuya contre lui. C'était bon de la tenir serrée, de savoir que toute cette perfection était à lui, pour toujours.

— Je serai tout près de toi.

— Je te pose la question parce que… tu es souvent absent et je ne connais personne là-bas.

Il leva son visage vers le sien.

— Je ne vais pas t'emmener à l'autre bout du territoire pour t'abandonner, Sally Mae.

Le temps se suspendit pendant quelques secondes d'indécision, puis elle lui enlaça la taille avec un soupir.

— Merci.

Il pressa ses lèvres sur ses cheveux.

— Ça va trop vite pour toi, n'est-ce pas ?

— Oui.

— Et tu es terrifiée.

Elle secoua la tête.

— Non. Juste… nerveuse.

Il savait reconnaître la peur quand il la voyait, mais pour ménager sa fierté il ne le lui dit pas.

— Je prendrai soin de toi, Sally Mae.

— Je sais.

Il n'en était pas sûr. Elle se détacha soudain de lui, les traits crispés.

— Qu'est-ce qu'il y a ?

Ses cernes semblaient plus creusés dans son visage livide.

— Le café.

L'arôme commençait tout juste à se répandre dans la pièce.

— Oui, il sera prêt dans quelques minutes.

Elle secoua la tête et posa la main sur son estomac.

— Cette odeur…

Il retira immédiatement la cafetière du fourneau.

Quand il se retourna, la tension était de nouveau là, entre eux, comme un mur.

— Ça m'apprendra à affronter Sam dans un de ses fichus duels au whisky, soupira-t-il.

— Vous vous êtes enivrés ?

— C'est ce que font les hommes pour fêter un heureux événement.

Manifestement, cet usage la dépassait.

— Il était content pour toi ?

— Il était content pour nous.

Comme elle semblait en douter, il ajouta :

— En vérité, Rayon de lune, il y a déjà un moment que Sam, Shadow et Tracker me poussaient à me déclarer.

Elle esquissa un pâle sourire.

— C'est vrai ?

Il la rejoignit et la tension s'envola. Elle se blottit contre lui quand il l'enlaça.

— Tu es fatiguée.

— J'étais soucieuse.

— A propos de quoi ?

Elle pressa son visage contre son torse sans répondre.

— Sally ?

— Non, c'était une bêtise.

Il lui souleva le menton.

— Dis-moi.

— Je pensais que tu pourrais ne pas revenir, avoua-t-elle tout bas.

Il se rappela la confiance aveugle que Bella avait en Sam, depuis le premier jour. Elle avait eu foi en leur amour, alors que toutes les cartes étaient contraires.

Elle avait continué à y croire quand Tejala l'avait enlevée, puis quand Sam avait basculé dans le vide. Il se remémora aussi comment Caine avait apprivoisé Desi, apaisant ses terreurs, gagnant peu à peu sa confiance en lui montrant qu'il serait à ses côtés, quoi qu'il arrive. Un couple devait croire l'un dans l'autre, au-delà de toute raison.

Il inclina son visage vers celui de Sally. Il redoutait un mouvement de recul, mais elle resta immobile, avec une sorte d'inertie désespérée. Il déposa un baiser sur ses lèvres, puis un deuxième. Au troisième, il insista, guettant le frémissement qui annonçait sa reddition. Quand il vint, il chuchota :

— Je reviendrai toujours vers toi.

Agrippant sa chemise, elle se dressa sur la pointe des pieds et l'embrassa avec une passion attisée par la peur.

— Je t'ai déjà tellement demandé.

— Il y a tant de choses que je voudrais te donner, Sally Mae !

Il l'embrassa avec force et s'arrêta en l'entendant gémir.

— Je te fais mal ?

Elle cilla, le visage tout pâle.

— J'ai la tête qui tourne.

— Je peux faire quelque chose ?

— En général, une tasse de thé me fait du bien.

Il attrapa la cafetière, ouvrit la porte du jardin et jeta le café dehors, manquant de justesse Crockett, qui sursauta.

— Désolé, mon vieux.

Le chiot remua la queue et plongea sa truffe dans le café moulu.

— Je me demande si ce chien n'est pas complètement idiot, soupira-t-il en refermant la porte.

Sally Mae vola aussitôt à son secours.

— Il est curieux de tout, ce n'est pas un défaut.

Et il avait trouvé la plus fervente des avocates. Il lui caressa la joue en souriant.

— Tu devrais aller t'asseoir dans le salon pendant que je prépare ton thé.

— Il suffit de le laisser infuser.

— D'accord. Va te reposer et je te l'apporte dès qu'il est prêt.

Comme toujours, elle semblait désemparée face à sa gentillesse. Bon sang, pour quelle espèce de brute le prenait-elle ? Il s'était toujours montré très doux avec elle. Et maintenant qu'elle était enceinte, elle le regardait comme s'il allait se transformer en monstre.

— Je crois que je vais aller m'allonger dans ma chambre.

— Parfait. Je te monterai ton thé.

— Il est dans le petit pot bleu, près du fourneau.

— Entendu.

Mais au lieu de partir, elle s'appuya au mur, et ferma les yeux.

— Sally ?

— Tout va bien. Je me repose une seconde.

Ce n'était pas une réponse, c'était une diversion pour ne pas l'inquiéter. Et il n'allait pas l'écouter davantage. Sans rien dire, il la souleva dans ses bras. Elle était légère comme une plume, mais elle protesta avec une énergie étonnante pour un aussi petit brin de femme.

— Je peux marcher toute seule !

— Je sais.

— Si tu me fais tomber, je ne te le pardonnerai jamais !

Il ne put s'empêcher de sourire. Même un ras de marée ne réussirait pas à lui faire lâcher la mère de son enfant.

— Alors cesse de te débattre, dit-il tranquillement en montrant l'escalier.

Elle enfouit son visage dans son épaule.

— Tu as toujours réponse à tout.

— Obligé. C'est nécessaire au Hell's Eight, sinon tu te fais dévorer tout cru avant le petit déjeuner.

Il franchit le seuil de sa chambre. Cet espace privé où elle cessait d'être sage et devenait une maîtresse passionnée dans ses bras…

Le lieu où ils avaient conçu leur enfant.

Il la déposa doucement sur le sol et la fit pivoter.

— Qu'est-ce que tu fais ?

— Je déboutonne ta robe. Tu seras plus à l'aise pour te reposer.

— Je peux le faire moi-même.

— C'est plus facile pour moi.

— Mais je préfère le faire moi-même.

Il la tourna vers lui avec un soupir.

— Chérie, j'ai déjà vu chaque centimètre de ton corps adorable. De quoi as-tu peur ?

— C'est indécent, murmura-t-elle en baissant la tête.

— En quoi ?

— Je ne sais pas. Je le ressens comme ça.

— Tu es bizarre par moments.

Elle resta raide devant lui, les yeux baissés.

— Juste la robe, alors. Je ferai le reste moi-même.

Il déboutonna le vêtement, attendit qu'elle fasse glisser ses bras hors des manches, puis comme elle serrait le tissu sur ses jolis seins, il s'attaqua à son corset.

— Qu'est-ce que tu fais ?

— Je délace ton corset.

— Je n'arriverai jamais à le relacer ! Il s'ouvre par devant, avec des crochets !

— Je ne veux pas que mon fils soit écrasé pendant sa croissance.

— Le port du corset n'est pas interdit pendant une grossesse.

— Eh bien moi, je ne suis pas d'accord.

Il défit le dernier lacet et glissa ses mains sous le tissu. Il sentit la douceur de sa peau sous ses paumes, imagina la courbe de son ventre, d'ici quelques mois.

Il allait être père. Ensemble, ils avaient créé un être vivant.

Il butina son oreille, mordilla doucement son lobe.

— Je prendrai soin de toi, Sally Mae. Tu n'auras plus jamais rien à craindre.

Il la ramena vers lui, détacha ses doigts crispés sur sa robe et laissa le vêtement tomber sur le sol. Elle ne portait plus que son panty et sa chemise. Il voyait la pointe pâle de ses seins à travers le tissu en coton. Le désir lui dessécha la gorge.

— Nous allons réussir ce mariage.

— Oui. Pour notre enfant.

— Foutaises !

Elle sursauta, mais peu lui importait. Il y avait peut-être beaucoup de non-dits entre eux, mais il ne laisserait pas celui-ci s'ajouter à la liste.

— Tu es peut-être prête à faire un essai uniquement pour le bébé, mais pas moi. Je veux t'épouser à cause de ce que je ressens quand nous sommes ensemble. Tu comprends ?

Elle cilla et des larmes scintillèrent dans ses yeux. Elle pressa la paume de sa main sur son cœur.

— Oui.

Il voulut la prendre dans ses bras, mais elle s'arracha à son étreinte, soulevée par une nausée.

— Va-t'en. Ne me regarde pas, balbutia-t-elle en tombant à genoux devant une bassine.

Il resta, pressant un linge humide sur son front, lui caressant la nuque. Elle était épuisée quand les spasmes s'apaisèrent enfin. Il lui lava le visage puis la souleva dans ses bras.

— Je suis désolée, bredouilla-t-elle.

Sa longue tresse se déroula, entraînant son bonnet de dentelle. Il le rattrapa au vol.

— Désolée de quoi ?

— De t'infliger ce spectacle lamentable. Tu es si fort.

— Et toi, tu ne l'es pas ?

Elle pressa son front contre son torse.

— Non. Je suis une illusion.

— Tu dis n'importe quoi.

— Non, c'est la vérité. Je n'ai jamais cessé de mentir. A mes parents, à Jonah, à moi-même. J'ai fait croire à tout le monde que j'étais forte. Mais la vérité, c'est que je vis dans la peur. Je suis habitée par le doute. Pourtant, j'ai essayé…

Il l'allongea sur le lit. Elle avait l'air si perdue, tout à coup. Presque vaincue. Il ne la reconnaissait plus. Il caressa ses cheveux d'or.

— Tu as essayé quoi ?

— De croire comme eux. Ils étaient si bons avec moi. Ils m'ont recueillie, entourée. Ils m'ont aidée à revenir peu à peu.

— Revenir d'où ?

— Du monde de la mort.

Elle le regardait fixement, une angoisse indicible au fond des yeux.

— Je ne sais pas qui je suis, Tucker.

Il posa une main apaisante sur son front.

— Si c'est une façon de me dire que tu n'es pas parfaite, ça me plaît.

Elle battit des cils.

— Cette fois, c'est toi qui dis n'importe quoi, Tucker !

— Au contraire, vu mes innombrables imperfections, à moi.

— Non ! protesta-t-elle. Toi, tu es beau.

— D'accord, dit-il avec un grand sourire. Maintenant, j'en suis sûr : tu es en train de délirer !

Il lui servit un verre d'eau, l'approcha de ses lèvres.

— Je suis bardé de cicatrices et j'ai un sale caractère.

Elle but avidement puis retomba sur l'oreiller. Un pâle sourire effleura ses lèvres.

— Je ne nie pas que tu es exaspérant par moments.

— Ah ! là, je te retrouve.

Il retira ses bottes, suspendit son ceinturon au dossier de la chaise.

— Qu'est-ce que tu fais ?

— Je viens me coucher près de toi. Fais-moi un peu de place.

— Mais… c'est le milieu de la matinée !

Il se glissa près d'elle sous les couvertures, la prit dans ses bras. Elle se lova contre lui, la joue au creux de son épaule.

— C'est décadent.

Il réprima un rire. Elle n'avait pas la moindre idée de ce que signifiait ce mot.

— Tu es bien ?

— Oui.

Il lui caressa la nuque. Elle était raide de tension.

— Raconte-moi ce qui t'est arrivé autrefois.

— Il n'y a pas grand-chose à raconter, murmura-t-elle.

— Ce n'est pas ce que j'ai cru comprendre.

Il lui souleva le menton.

— Je ne vais pas partir, Sally Mae, quoi que tu me dises.

Elle fit glisser ses doigts sur son torse, caressa du pouce son mamelon. Son corps réagit instantanément. Il lui attrapa la main.

— N'essaie pas de me distraire.

Elle baissa les yeux avec un soupir.

— Je ne me rappelle pas ce qui s'est passé avant mon arrivée chez les Griers.

— Les Griers, c'est la famille quaker qui t'a recueillie ?

Elle hocha la tête.

— Je me souviens seulement que j'avais peur d'aller me coucher le soir à cause de mes cauchemars.

— Quel âge avais-tu ?

— Environ dix ans. On m'a trouvée cachée dans un chariot, après une attaque. J'étais incapable de parler, ou même de dire mon nom. On m'a conduite dans la communauté quaker. Les Griers m'ont accueillie chez eux. Ils disaient que le jour où j'aurais besoin de me souvenir, Dieu lèverait le voile. En attendant, ils m'ont donné un nouveau prénom, une nouvelle vie, et tout l'amour qu'un enfant peut désirer. Mais la mémoire ne m'est pas revenue et je ne sais toujours pas qui je suis. Même la date de mon anniversaire n'est pas réelle.

Bon sang. Il sentit sa main se crisper sur son torse.

— Les Griers m'ont appris à chercher en moi-même la lumière de Dieu, et cela a changé ma vie. Cette lumière a chassé peu à peu les ténèbres et la terreur qui m'habitaient. J'ai compris que je n'étais plus seule face à ma peur. J'ai recommencé peu à peu à vivre, à sourire. Mais c'était si difficile…

Il comprenait ce qu'elle avait pu ressentir, peut-être même plus qu'elle ne le pensait. Il lui avait fallu des années pour comprendre qu'il n'avait pas besoin de se servir de ses poings pour prouver qui il était, que son destin n'était pas écrit à l'avance, qu'il n'était pas uniquement « le fils de son père ».

— J'avais beau m'appliquer, prier, le chemin de

Dieu était pour moi semé d'embûches. Alors qu'il était naturel pour ma famille, pour Jonah…

— Comment sais-tu que c'était facile pour eux ? Tu le leur as demandé ?

Elle secoua la tête.

— C'était une évidence.

— C'est pour cette raison que tu as épousé Jonah ? Parce que c'était facile avec lui ?

Même Jonah mort, Tucker ne pouvait pas s'empêcher de voir en lui un rival. Parce qu'il avait su gagner le respect et la confiance de Sally Mae, alors que lui devait se battre pour qu'elle l'accepte dans sa vie.

— Je ne sais pas. Peut-être…

Elle caressa doucement son torse.

— Ses parents étaient amis avec les miens. Il était toujours là quand j'avais besoin de lui. Il était naturel qu'il finisse par me demander en mariage et que je dise oui.

Comme si elle sentait la jalousie qui le rongeait, elle pressa doucement sa main sur son cœur.

— Nous n'éprouvions pas une grande passion l'un pour l'autre, mais notre mariage a été réussi.

— Le nôtre le sera aussi.

— Tu n'en sais rien.

— Si.

Il n'aurait qu'à deviner ce qu'elle désirait et le lui donner.

Elle pressa ses lèvres douces et brûlantes sur son torse.

— Il y a beaucoup de passion entre nous, Tucker. Je perds mon contrôle avec toi et cela m'effraie.

— Je ne t'ai jamais fait de mal.

— Je sais. Tu es l'homme le plus doux que je connaisse.

Il en resta éberlué. Doux ?

— Tu es sûr de ne pas te tromper de personne ?

— Oh, oui. Parfois, je me dis que ce serait plus facile si je me contentais de la surface des choses. Comme Jonah, qui se satisfaisait de me savoir à ses côtés.

Jonah le saint ! S'il l'avait eu face à lui, il lui aurait envoyé son poing dans la figure. Mais comment rivaliser avec un fantôme ?

— Je n'ai rien de commun avec Jonah, siffla-t-il, tout en tentant de contenir la colère qu'il sentait monter en lui.

En vain. Car les mots qu'elle prononça le transpercèrent :

— En effet.

Furieux, il rejeta les couvertures et se redressa.

— Tu aurais dû y penser avant de coucher avec moi !

Sa main aurait été impuissante à le retenir, mais sa réponse le cloua sur place.

— Mais je l'ai fait.

Stupéfait, il se pencha sur elle, le cœur battant, toute sa rage soudain suspendue.

— Comment ça, « tu l'as fait » ?

Il la vit prendre une longue inspiration, puis elle dit :

— Il y a une part de sauvagerie en moi, Tucker. Toute ma vie, je me suis efforcée de le cacher et j'y suis parvenue, heureusement, parce que ni ma famille ni Jonah n'auraient compris. Ils auraient été horrifiés.

Elle lui caressa la joue et suivit du bout des doigts le dessin de sa bouche, comme il aimait le faire avec elle. Cette réciprocité apaisa les émotions qui faisaient rage en lui.

— Mais à toi, je n'ai pas pu le cacher.

Il songea à la passion avec laquelle elle s'était donnée à lui, et acquiesça d'un signe de la tête, les yeux brûlants.

— Exact.

— Tu menaces tout ce que j'ai construit pendant des années mais tu es le seul à me voir telle que je suis réellement et à t'en satisfaire.

— Je n'ai pas de mérite : tu es une perfection.

— Oh, non. Mais avec toi, j'ai compris que je ne pouvais plus fuir la réalité, et que je devais trouver un pont entre ton monde et le mien.

Il ne savait pas comment répondre, alors il se pencha pour l'embrasser.

— Je vais m'y appliquer de toutes mes forces, chuchota-t-elle contre ses lèvres.

— Cela veut dire que tu vas m'épouser ?

— Oui.

— Bon. Alors il y a quelque chose qu'on doit régler tout de suite.

— Quoi donc ?

— Je ne veux pas que tu changes quoi que ce soit pour moi.

— Si. J'ai déjà commencé mais…

Elle referma sa main sur sa nuque.

— J'ai besoin que tu sois patient.

— De quoi as-tu peur ?

Elle répondit sans hésiter.

— De ne pas trouver ma place au Hell's Eight.

— Chérie, tout le monde va t'aimer.

— J'ai besoin de me sentir acceptée, Tucker. Et j'ai peur de me retrouver exclue du cercle, tu comprends ?

Oui, comme lui, avant de la rencontrer. Condamné à regarder le bonheur de loin, sans pouvoir approcher.

— Tu trouveras ta place. Tu peux me faire confiance.

— J'ai confiance.

Elle s'affaissa doucement contre ses oreillers.

— Fatiguée ?

Elle hocha la tête.

— Très. Ton fils commence déjà à se montrer exigeant.

— Merci de me conforter dans ma décision d'avoir un garçon.

— Tu avais l'air d'avoir besoin d'être rassuré, murmura-t-elle avec un sourire.

— J'avoue que l'idée d'être le papa d'une petite fille me terrorise. Laissons Caine et Desi tenter l'expérience. Il me doit un service, de toute façon.

Elle rit tout bas.

— Tu les aimes, tes amis.

— On a traversé l'enfer ensemble, et on en est revenus ensemble. Ça crée des liens.

— Vous vous connaissez depuis longtemps ?

— Quinze ans.

— Vous n'étiez que des enfants. Que s'est-il passé ?

— Un matin, l'armée mexicaine a déferlé sur notre petite ville. Ils ont massacré tout le monde. Nous sommes huit à avoir survécu.

Elle posa la main sur la sienne. Il serrait la balle qu'il portait autour du cou sans même s'en rendre compte.

— Tu as été blessé ?

— Oui.

— Cette balle, elle date de ce jour-là, n'est-ce pas ?

Il hésita. Il avait toujours du mal à en parler mais elle avait le droit de connaître la vérité.

— Oui. Il y avait une fille en ville qui me plaisait. J'étais sans illusions, je savais bien qu'elle ne me regarderait jamais, mais…

— Mais elle t'a remarqué.

Il secoua la tête.

— Cela aurait signé mon arrêt de mort. Mon père était une brute et un ivrogne, et ma mère une squaw qu'il prostituait quand il n'avait plus d'argent pour payer son whisky. On m'aurait arraché le cœur pour le jeter aux coyotes, si on m'avait surpris en train de regarder une jeune fille blanche.

— Je suis désolée.

— C'était il y a très longtemps.

— Qui était-ce ?

— La sœur de Caine, Mary.

Elle était belle à en mourir, avec de longs cheveux qui prenaient toutes les couleurs de l'automne à la lumière du soleil. Elle avait un faible pour lui, il s'en était rendu compte aux regards en coin qu'elle lui lançait quand il n'y avait personne pour la voir. Et, chaque fois, il avait l'impression que son cœur allait exploser de bonheur. Dieu, ils étaient si jeunes !

— J'ai essayé de la sauver.

— Tu étais face à des soldats armés et entraînés. Tu n'avais aucune chance de les arrêter.

— J'ai stoppé la première balle, mais pas la deuxième.

Elle jeta ses bras autour de sa taille et le serra contre elle, comme si elle cherchait à le protéger de ses souvenirs.

— Au moins, ces salauds ne l'ont pas violée, murmura-t-il tout bas.

— Et elle n'est pas morte seule.

— Non. Elle n'est pas morte seule.

Il avait réussi à se traîner jusqu'à elle. Chaque respiration était une agonie, mais il l'avait protégée de son corps pendant que la bataille faisait rage autour d'eux. Elle pleurait, il s'en souvenait comme si c'était hier. Il voyait encore ses larmes couler pendant qu'elle le regardait avec incrédulité et effroi.

— Je suis désolée, Tucker. Sincèrement désolée.

Lui aussi, mais il avait appris que cela ne changeait rien.

— Quand la fumée des incendies s'est dissipée, nous n'étions plus que huit survivants. Caine a extrait la balle de ma poitrine avec un couteau et on est partis.

Elle toucha du bout des doigts la cicatrice qui dessinait un sillon livide sur sa clavicule.

— Dire que je pestais après le chirurgien qui avait fait un si vilain travail.

— Je serais mort si Caine n'était pas intervenu.

— Je comprends.

— Mais assez parlé du passé ou tu vas faire des cauchemars.

Le silence retomba. Il sentit qu'elle s'abandonnait contre lui et remonta la couverture sur ses épaules.

— Dors, Sally Mae.

— Tucker ? chuchota-t-elle au bout d'un moment.

— Oui ?

— Il y a un prêtre au Hell's Eight ?

— Le père Gérard n'est pas très loin, pourquoi ?

— J'ai changé d'avis au sujet du mariage.

Il se figea.

— Je voudrais me marier là-bas. Pour que ta famille soit présente. Pour que ceux que tu aimes soient présents lorsque nous échangerons nos vœux.

— Pourquoi ?

Il avait besoin de l'entendre prononcer les mots.

— Parce qu'un mariage béni par l'amour est toujours béni par Dieu.

— Est-ce que tu m'aimes, Sally Mae ?

Seul le silence lui répondit. Elle s'était endormie.

Chapitre 16

Tucker insista quand même pour qu'ils se marient avant de partir. Isabella apporta la robe : bleu clair, avec des kilomètres de dentelle. Sally Mae n'avait jamais rien porté d'aussi excentrique de toute sa vie, mais Bella était si excitée qu'elle n'eut pas la force de protester.

Elle s'en félicita en découvrant son reflet dans le miroir en pied de sa chambre. Elle avait l'impression de contempler une inconnue.

— Tu es magnifique ! s'exclama Bella en joignant les mains. Elle te plaît ?

Sally toucha la dentelle délicate qui ornait le décolleté, le cœur battant. Que penserait Tucker en la voyant ainsi ?

— Je me fais l'effet d'une princesse de conte de fées.

Bella rit.

— C'est parfait pour un jour de mariage !

— Je voulais attendre d'être au Hell's Eight pour me marier.

— Rien ne t'interdit de renouveler tes vœux. L'important, c'est d'épouser le bon mari.

Et c'était ce qu'elle s'apprêtait à faire. Elle toucha la soie bleue de sa robe avec émotion.

— Où as-tu réussi à trouver cette merveille dans un laps de temps aussi court ?

— La *señora* Lopez t'adresse tous ses vœux de bonheur.

— La *señora* Lopez ?

— La mère de Zacharia.

— C'était sa robe de mariée ?

— Oui.

— Mais pourquoi me l'offre-t-elle, à moi ? Elle ne me connaît même pas !

— Tucker compte beaucoup au ranch Montoya et nous lui souhaitons tous d'être heureux.

On lui avait raconté comment Sam, Tucker, Zacharia et tous les vaqueros de Montoya s'étaient lancés à la recherche de Bella quand elle avait été enlevée par Tejala.

Bella la saisit aux épaules, le visage grave.

— Tucker est un homme loyal et bon. Beaucoup de gens l'estiment.

Sally songea à la solitude dans laquelle il s'obligeait à vivre.

— Le sait-il ?

— Il est terriblement têtu. Mais, grâce à toi, il va changer, affirma Bella en lui tournant autour pour arranger les plis de sa robe.

— Je ne veux pas le changer.

— C'est inévitable ! Et toi aussi, tu changeras pour lui. C'est ce qui se passe quand deux personnes s'aiment.

Sally Mae sentit son cœur se serrer légèrement. Elle n'avait pas changé pour Jonah. Peut-être à cause de leur différence d'âge, elle avait seulement essayé de répondre à ses attentes. Son mariage avec Tucker serait différent.

— Tu as changé pour Sam ?

Bella sourit rêveusement. Ses yeux se voilèrent.

— Oh, oui ! Pour Sam, j'ai appris à avoir confiance.

— Et Sam ?

Bella fronça les sourcils, avant de s'exclamer :

— Tu ne peux pas rester coiffée comme ça le jour de ton mariage !

— C'est ma coiffure habituelle.

— Justement, ce n'est pas un jour habituel.

Elle ôta les épingles qui retenaient ses longues tresses et les dénoua. Ses cheveux ruisselèrent sur ses épaules dans une cascade d'or pâle qui aviva les broderies argentées de la robe. Le tissu faisait ressortir l'éclat de ses yeux gris. Tout en contemplant cette femme qu'elle ne reconnaissait pas dans le miroir, elle se mordit nerveusement la lèvre. Plairait-elle à Tucker ?

Bella l'interrogea dans le miroir.

— Qu'est-ce que tu en dis ?

Elle se faisait l'effet d'un papillon sortant de sa chrysalide, et s'apprêtant à affronter pour la première fois un monde étrange et merveilleux.

— C'est magnifique !

— Sam a eu plus de difficultés que moi à s'ajuster, reprit Bella en revenant à leur sujet de conversation. Il y avait tant de méfiance en lui, tant de colère…

Malgré ses airs charmeurs, Sam n'avait jamais laissé quiconque l'approcher, avant Bella.

— Comment as-tu fait pour vaincre sa résistance ?

Bella lui décocha un sourire malicieux tout en disposant une mantille de dentelle fine sur ses cheveux.

— Je me suis jetée honteusement dans ses bras.

Sally Mae ne put s'empêcher de sourire.

— Pourquoi ai-je l'impression qu'il n'attendait que ça ?

— Son corps était consentant, mais pas sa tête.

Elle soupira.

— Je vais épouser un homme terriblement têtu.

— Alors, nous sommes deux.

Bella recula d'un pas pour juger de l'effet.

— Mais toi, en plus, tu veux l'épouser deux fois. Je crois que tu es encore plus folle que moi !

— C'est bien possible.

Sally Mae sourit à son reflet. Elle n'avait pas l'habitude de se voir ainsi, féminine, frivole. Mais elle aimait imaginer le regard de Tucker quand elle s'avancerait vers lui dans l'église.

— Je suis peut-être simplement plus déterminée.

— Non !

Sally Mae croisa les bras sur sa poitrine et refusa d'avancer tandis que la musique de l'orgue retentissait pour la troisième fois.

Sam la transperça de ses yeux bleus.

— C'est ridicule. Tucker va finir par croire que vous ne voulez plus l'épouser !

— Il n'aurait pas tort !

Ils s'affrontaient depuis près de cinq minutes, mais ni l'un ni l'autre ne voulait céder. Sam voulait en finir avec cette cérémonie et Sally Mae refusait d'être mariée par un pasteur qui avait un revolver sur la tempe.

— Ecoutez, tout est prêt pour le départ. Dès que vous aurez dit oui, on pourra mettre les voiles. Nous avons deux jours de route devant nous. Ce n'est pas le moment de faire des caprices !

Elle regarda l'autel devant lequel se tenait Tracker, son colt pointé sur le révérend Schuller. Le pasteur était tout pâle, mais son visage affichait une détermination qu'elle ne lui avait jamais vue.

— Vous ne comprenez donc pas ? C'est un homme de principes. Vous ne le ferez pas changer d'avis par la menace !

Sam esquissa un de ses sourires glacés.

— Il changera d'avis, croyez-moi.

— Parce que vous l'avez décidé ?

— Exactement. C'est la première fois que je suis témoin à un mariage et il est en train de me gâcher mon plaisir !

— Ce n'est pas lui qui gâche cette journée !

— De mon point de vue, si.

Son point de vue ! Sally Mae rassembla ses jupes et passa devant lui, menton relevé.

— Tout ceci est lamentable !

La musique retentit à l'apparition de la mariée. Les hommes du ranch Montoya avaient pris d'assaut tous les bancs de la petite église. Hazel et Davey étaient venus, ce qui lui fit chaud au cœur. Alma Hitchell était là, également. Ce soutien inattendu la réconforta un peu. Le reste de la ville avait choisi d'exprimer son mépris en boycottant la cérémonie. Malgré sa colère, elle prit le temps de s'arrêter devant la jeune femme et de lui sourire. Sa présence était d'autant plus louable que Dwight, son mari, n'était pas particulièrement tolérant. Pourvu que son initiative ne lui attire pas d'ennuis !

— Merci d'être venue, Alma, murmura-t-elle d'une voix douce. C'est très important pour nous que vous soyez là pour partager notre joie.

Alma acquiesça en rougissant.

Sally Mae continua à avancer vers l'autel, sa fureur montant de seconde en seconde. Ce mariage était un vrai cauchemar ! Tucker la regardait approcher, les yeux plissés, comme s'il cherchait à évaluer son degré de colère pour adapter sa riposte. Il portait un costume noir et il était très beau, dans un style classique, avec la chemise blanche qu'elle lui avait cousue. Elle l'aurait trouvé franchement magnifique, s'il n'avait été armé jusqu'aux dents ! Mais où se croyait-il ? Dans un stand de tir ?

— Tucker McCade, je te dois la pire humiliation de toute ma vie ! chuchota-t-elle en le rejoignant.

Il croisa les bras sur son torse massif.

— Il me semblait t'avoir entendu me dire que tu voulais ce mariage.

— Il me semble à moi que tu entends uniquement ce que tu as envie d'entendre !

— Il se peut aussi que je m'intéresse davantage

au résultat qu'aux pleurnicheries d'un croquemort à lunettes.

Elle ferma les yeux. Un croquemort à lunettes. Il venait de traiter un homme de Dieu de croquemort à lunettes ! Elle prit une grande respiration, ouvrit les yeux et lança un regard navré au révérend.

— Je suis absolument désolée de ce…

Elle engloba d'un geste de la main les hommes en armes qui avaient pris possession de ce lieu saint et le revolver de Tracker, pointé sur sa tête.

— De ce désagrément.

— Elle appelle ça un désagrément ! glousssa quelqu'un dans l'assistance.

Des rires résonnèrent d'une rangée de bancs à l'autre. Ils trouvaient ça drôle ? Elle empoigna l'arme de Tracker pour le désarmer. Le coup de feu partit tout seul. Sally recula avec un cri pendant que le révérend se palpait le torse à toute vitesse, sans doute pour vérifier que la balle ne l'avait pas touché.

Tucker la fit pivoter vers lui, tout pâle.

— Tu es blessée ? demanda-t-il anxieusement.

Tracker récupéra son revolver.

— Vous ne devriez pas jouer avec les armes à feu, doc Lady.

— Doc Lady ?

— Il faut bien qu'on vous trouve un nom, expliqua tranquillement Shadow. On ne va pas vous appeler « Rayon de lune ».

Oh ! seigneur ! Tucker leur avait dit ?… Elle sentit son visage s'enflammer et repoussa d'une tape la main qu'il faisait glisser le long de sa hanche pour s'assurer qu'elle n'était pas blessée.

— Je vais bien, lâche-moi.

Elle rajusta sa mantille qui avait sombré sur le côté.

Il la saisit par les épaules et lui donna une petite secousse qui remit sa mantille de travers.

— Si tu recommences un coup pareil, je te donne une fessée dont tu te souviendras. Tu aurais pu tuer le révérend !

— Ce n'est pas moi qui l'ai menacé d'un…

— Bon Dieu, c'était juste un peu de persuasion, argua Tracker.

— Ne blasphémez pas ! lança-t-elle sèchement.

Le révérend la regarda.

— J'allais le dire. Merci.

Elle inclina la tête.

— Je vous en prie.

Tracker marmonna une excuse.

— Bon, on y va, oui ou non ? dit Tucker.

Le « non ! » du révérend résonna en même temps que le sien.

— Quel est le problème ?

Elle vit le révérend ouvrir la bouche pour répondre et leva la main pour lui demander d'attendre.

— Le problème, c'est que tu es dans une église, Tucker McCade. Et la violence, sous quelque forme que ce soit, n'a pas sa place ici.

— Mais il ne nous mariera jamais si on ne lui met pas la pression !

— Dans ce cas, nous attendrons pour nous marier.

Il serra les mâchoires.

— Je t'ai promis un mariage aujourd'hui.

— Tu ne peux pas obliger un homme à renier ses principes pour servir les tiens.

— Ça fonctionnait bien pourtant jusqu'à ce que vous mettiez votre grain de sel, ronchonna Tracker.

— Non, ça ne « fonctionnait » pas !

— Le bruit de ses dents qui s'entrechoquaient me disait le contraire, riposta Tucker.

— Eh bien, tu t'es trompé.

Le révérend Schuller s'épongea le front. C'était un petit homme avec des lunettes. Il n'arrivait pas aux épaules de Tucker, mais il avait une volonté de fer.

— Merci, madame. Je n'aurais pas mieux parlé.

— Si vous lui êtes reconnaissant, Schuller, lança Zacharia, commencez donc à réciter les vœux.

Le révérend s'épongea la nuque.

— Comme je vous l'ai dit, je ne peux, en conscience, marier cette femme à cet homme sans m'être entretenu au préalable avec elle.

Sally Mae se tourna vers Tucker.

— Tout ça parce que le révérend voulait me parler ?

— Non. Tout ça parce que je n'ai pas apprécié qu'il laisse entendre que je te traînais de force devant l'autel.

Elle leva les yeux au ciel.

— Tu ne pouvais pas simplement le laisser poser ses questions ?

Tucker prit cette expression butée qu'elle connaissait bien.

— Il aurait dû me croire sur parole.

— Quand vous aurez fini votre conversation, on

pourra peut-être commencer ? tempêta Sam. On a de la route à faire.

Elle lui lança un regard noir.

— Oh ! vous, fermez-la !

C'était la première fois de sa vie qu'elle s'exprimait aussi grossièrement. Elle s'attendait à des réactions scandalisées. Il n'y eut que des rires. Elle remit sa mantille droite et fit face au révérend.

— Vous voulez me parler, mon père ?

— En privé.

Tucker le regarda comme s'il allait le mordre.

— Alors là, vous pouvez aller vous faire…

Elle se tourna vers lui, rouge de colère.

— Je ne suis pas encore mariée avec toi, Tucker, ne me fais pas changer d'avis !

Elle adressa son plus doux sourire au révérend.

— De quoi souhaitiez-vous me parler ?

— Je… je voulais vous exhorter à ne pas vous laisser intimider par cet individu.

— Comme vous pouvez le constater, il ne m'intimide pas.

— Hélas, grommela Tucker.

Elle le fusilla du regard.

— Il plaisante. Il serait horrifié si j'avais peur de lui.

— Ne t'avance pas trop, Rayon de lune.

Le révérend remit son mouchoir dans sa poche.

— Vous voulez vraiment épouser cet homme ?

— Oui.

— Pourquoi ?

Elle le toisa sans répondre. Elle réservait sa déclaration d'amour à son époux et à lui seul. Elle reprit place aux côtés de Tucker et rajusta sa mantille une fois encore avant de baisser son voile.

— Je t'avais dit que nous aurions mieux fait d'attendre d'être au Hell's Eight, déclara-t-elle tranquillement.

Tucker l'observa attentivement.

— C'est vrai, tu l'avais dit.

— Attendez.

Bella accourut. Avec des gestes adroits, elle remit en place le voile et la dentelle, pour qu'ils forment des plis harmonieux.

— Voilà. Tu es magnifique.

Elle lança à Tucker un regard sévère.

— Ne vous avisez pas de chambouler sa robe une nouvelle fois !

— Du moins, pas avant cette nuit, glousa quelqu'un dans l'assistance.

Bella rougit. Sally Mae aussi. Seigneur, son mariage tournait à la farce !

— Je crois que vous feriez bien d'en finir, révérend, suggéra Tucker. L'assistance s'impatiente.

Le pasteur regarda son église remplie d'hommes aux yeux sombres, la poitrine bardée de ceintures de munitions. Il déglutit, remonta ses lunettes sur son nez et ouvrit sa bible. A peine le temps d'une respiration et il arriva à l'échange des consentements.

— Je le veux, prononça Tucker avec force.

Il plongea son regard au fond du sien pendant qu'elle prononçait à son tour les trois mots qui le liaient à lui.

Le révérend les déclara mari et femme, referma sa bible et fila sans demander son reste. Sally battit des cils quand Tucker souleva son voile.

— Bon sang, embrasse-la ! lança Zacharia. Tu l'as fait attendre assez longtemps !

Une émotion indéfinissable assombrit ses yeux tandis qu'il inclinait son visage vers le sien.

— Tu te souviens qu'un jour tu m'as demandé pourquoi je restais à Lindos ?

— Oui.

— C'était pour toi.

Et il l'embrassa.

Cinq heures plus tard, Sally Mae n'avait plus rien d'une princesse de conte de fées. Le chariot dans lequel Tucker avait voulu à toute force les faire monter, Bella et elle, les secouait comme des dés dans un cornet. Elles étaient en nage, rompues, à bout de nerfs. Et ils n'étaient qu'à mi-chemin du lieu où ils avaient prévu de faire halte pour la nuit ! Une des roues heurta une pierre. Le chariot se souleva et retomba lourdement. Bella s'agrippa aux montants de bois avec un gémissement.

— Grâce à Dieu, les nuages filtrent le soleil, soupira-t-elle en lâchant d'une main pour empêcher son chapeau de tomber.

Sally Mae pesta tout bas quand le chariot tangua sur la droite, la projetant contre la capote en toile.

— Il faudra m'expliquer en quoi c'est plus confortable pour le bébé que de voyager à cheval.

Bella hocha la tête.

— Je suppose qu'il s'agit encore d'une légende colportée par les hommes.

Zacharia rit et fit claquer les rênes. Les deux

chevaux accélérèrent l'allure. Elles échangèrent un regard atterré. Plus la vitesse était grande, plus les secousses étaient violentes.

— Avoue que tu regrettes d'avoir insisté pour nous accompagner.

— Peut-être un peu, reconnut Bella en foudroyant du regard leur cocher. Surtout quand Zacharia fait exprès de passer sur les plus grosses pierres !

— Vous auriez dû rester au ranch, cria-t-il.

Bella lança à Sally Mae un regard entendu.

— Si j'écoutais Zacharia, je passerais mes journées à la maison, dans du coton, et sous bonne garde.

— Il veut te protéger.

— Ils veulent tous me protéger ! Ils ne savent même pas de quoi !

Zacharia rétorqua sèchement quelque chose en espagnol. Bella lui répondit dans la même langue et sur le même ton. Il ne fallut pas trente secondes pour que Sam s'approche à cheval.

— Un problème ?

— Tu aurais dû laisser Zach à la maison, répondit-elle d'un ton ironique. C'est dangereux pour lui d'être là.

Zach ne tourna même pas la tête. Il fit simplement claquer ses rênes. C'était un homme de haute taille, mince comme fouet, avec un regard qui vous transperçait jusqu'à l'âme. Il avait la même assurance paisible et exaspérante que Sam et Tucker. Et il était probablement aussi dangereux.

— La *patrona* devrait être au *rancho* où elle est en sécurité.

— La *patrona* est à sa place, riposta Bella. Aux côtés de son Sam !

— C'est moi qui l'ai autorisée à venir, Zach, indiqua Sam.

— Tu as eu tort.

— De toute façon, si vous ne m'aviez pas emmenée, je vous aurais suivis !

— Bella, ça suffit.

— Ce n'est pas à lui de me dire ce que je dois…

Sam lui coupa la parole.

— Si on rencontre un problème, il fera partie de ceux qui risqueront leur vie pour te protéger. Ça lui donne le droit d'exprimer son opinion.

Bella s'enfonça dans son siège avec un soupir.

— Ça m'énerve que tu aies si souvent raison, Sam.

Il toucha le bord de son chapeau et sourit.

— Je te revaudrai ça plus tard, quand nous serons arrivés au Hell's Eight.

— Je ne vois pas comment tu pourras te faire pardonner pour l'enfer que nous subissons dans ce chariot, maugréa-t-elle.

— Même si je te dis qu'il y a un étang près de la maison, où l'eau est toujours fraîche ?

Sally Mae essuya son front ruisselant avec un mouchoir.

— Y a-t-il une chance pour que Tucker sache lui aussi où se trouve cet étang ?

Le rire grave de Tucker flotta jusqu'à elle.

Sam appuya son avant-bras sur le pommeau de sa selle.

— Apparemment, la réponse est oui.

Elle ferma les yeux et essaya d'imaginer la scène ; l'eau fraîche se refermant sur son corps brûlant et Tucker debout sur la rive, l'observant avec ses yeux incroyables. Elle souleva les paupières. Il la regardait et elle devina qu'il imaginait la scène, lui aussi. Elle rougit violemment et Tucker se mit à rire. Bella et Sam aussi. Zacharia, en revanche, ne partagea pas leur gaieté. Il arrêta le chariot, attrapa un fusil sous son siège et le posa sur ses genoux.

— Je n'aime pas ce canyon, devant nous.

— Tracker est parti en éclaireur s'assurer qu'il n'y a pas de danger.

Zach hocha la tête.

— *Bueno.*

Crockett gémit en bas du chariot. Le pauvre ! Il faisait terriblement chaud et il avait la langue pendante. Sally tapota le banc à côté d'elle. Il prit son élan, manqua son saut et couina en retombant dans la poussière. Sam se pencha sur sa selle, l'attrapa par la peau du cou et le hissa dans le chariot.

— Tu n'as pas inventé la poudre, mon pauvre vieux.

Le chiot marcha sur Bella, lui donna un petit coup de langue au passage et continua à progresser vers Sally Mae. Il s'effondra sur ses genoux, les pattes pendantes. Mais il était trop grand maintenant pour être confortablement installé sur elle. Il regarda avec envie la place à côté de Zacharia.

— N'y songe même pas, *perro*, lâcha-t-il sèchement.

Crockett se le tint pour dit, et plongea son museau dans le panier de victuailles que Sally Mae venait d'ouvrir.

*
* *

L'attaque les prit tous par surprise. Des petits éclats de bois jaillirent tout près des pieds de Sally Mae, suivis par l'écho des coups de feu.

— Couchez-vous ! hurlèrent Sam et Tucker d'une même voix.

Zach la poussa sans ménagement sur le sol pendant que les chevaux se cabraient.

Isabella cria. Sally Mae aussi. Des coups de feu claquaient dans tous les directions, des ordres fusaient. A l'arrière, Crockett aboyait comme un fou. Sally l'avait attaché un peu plus tôt pour qu'il ne fasse pas de bêtises, et, à présent, elle le regrettait amèrement. Libre, il aurait pu s'enfuir, ou essayer de les aider…

Sam fit tournoyer son cheval et tira vers le haut du canyon. Dressé sur ses étriers, Tucker scrutait les alentours, son fusil dans une main. Une balle siffla aux oreilles de Sally Mae.

— Saute !

Bella l'agrippa et la tira vers l'arrière du chariot, jurant en espagnol quand la jupe de Sally Mae resta accrochée au siège de bois. Elle tomba la tête la première. Sonnée, elle cligna des yeux dans le soleil. Bella la secoua par le bras.

— Bon sang, Bella, descends de ce foutu chariot ! aboya Sam.

— Si tu ne m'obligeais pas à porter ces jupes, ce serait déjà fait ! riposta Bella.

Sally Mae essaya de se relever. Des kilomètres de tissu rouge vif lui bloquaient la vue. La robe de Bella. La jeune femme était coincée, comme elle. Le plus vite qu'elle put, Sally dégagea le tissu accroché à la tige en métal du siège, et il y eut un craquement d'étoffe et un bruit sourd quand Bella dégringola dans le fond du chariot. Zacharia précipita l'attelage derrière une saillie rocheuse.

Les balles claquaient comme des grains de maïs dans un feu, faisant éclater les montants de bois du chariot, ricochant sur les rochers.

La voix de Tucker domina le tumulte.

— Ils tirent sur les femmes !

Le chariot s'arrêta si brutalement que Sally Mae roula sur elle-même. Sa jupe coincée se libéra d'un coup. Elle tentait de se relever quand une main l'attrapa par le bras avec une force qui la fit grimacer, la souleva et la propulsa à l'extérieur. Elle heurta le sol avec ses genoux et ses mains. Elle entendit un cheval hennir, Crockett aboyer, puis il y eut un grondement de sabots, comme le tonnerre.

— Ils la prennent pour Ari ! cria Sam.

— Nom de Dieu !

Le cœur de Sally s'arrêta de battre pendant une seconde. Elle ne savait pas grand-chose de la sœur de Desi, sauf que des gens souhaitaient la voir morte. Si on la prenait pour elle, cela signifiait qu'ils tiraient pour tuer.

Un corps souple et doux atterrit contre le sien. Bella.

— Va-t'en, Bella, ne reste pas près de moi ! cria-t-elle à voix basse.

— Jamais de la vie ! Ils veulent te tuer !

— Raison de plus pour ne pas rester près de moi.

Bella l'agrippa plus fort.

— Ne dis pas de bêtises !

— *Patrona*, venez ici. Tout de suite !

Bella marmonna quelque chose, mais son corps s'envola, tiré en arrière par une main de fer.

Sally se redressa légèrement, et, au même moment, une balle se ficha dans le sol, à quelques centimètres de ses mains, projetant une giclée de terre dans ses yeux. A travers un brouillard de larmes, elle vit Zacharia soulever le chariot pour le renverser. Mais, tout seul, il n'y arriverait pas. C'était trop lourd.

Croisant son regard, il siffla :

— *Ahora. Ayuda me.*

Pas besoin d'un traducteur pour savoir qu'il avait besoin d'aide. Le cœur battant à tout rompre, elle courut vers lui, ignorant les balles qui ricochaient tout autour d'elle. Mais des tirs en rafale l'obligèrent à stopper à mi-chemin.

— Bon sang, Sally Mae, je t'ai dit de rester couchée à terre ! cria Tucker.

Oui, il le lui avait dit, mais il n'y avait aucun endroit où se cacher. Tucker et Sam tirèrent pour la couvrir pendant qu'elle rampait vers Zach. Bella la rejoignit.

— A mon commandement, poussez.

Le chariot se souleva en grinçant. Elle agrippa de toutes ses forces le montant de bois et joignit ses forces à celles de Zach et de Bella. Le chariot bascula lentement et atterrit sur le flanc dans un fracas de métal. Au même instant, une brûlure lui transperça la cuisse quand elle recula. Elle poussa un cri étouffé et pressa sa main sur sa cuisse, mais elle ne put voir ce qui avait provoqué cette atroce douleur. Déjà, Zach la plaquait au sol, si brutalement que des cailloux lui râpèrent la joue.

— Ne bougez pas.

Elle aperçut le visage de Tucker tandis qu'il pointait son revolver vers la colline. Il tira une seule fois. Un cri retentit. Des éclats de bois voltigèrent dans tous les sens, à quelques centimètres de sa tête. Elle se boucha les oreilles, recroquevillée sur le sol.

D'autres coups de feu claquèrent, toujours plus forts, se rapprochant peu à peu, se mêlant au tumulte qui éclatait dans sa tête. Et soudain, ainsi prise sous le feu croisé des balles, Sally fut envahie par des images du passé qui jaillissaient de sa mémoire. Des silhouettes qui couraient, des hurlements, des cadavres jonchant le sol. Les cris sauvages des Indiens, des chevaux passant dans un tourbillon. Les toiles blanches des chariots virant au rouge dans la lumière du couchant. Encore des cris, des coups de feu, des corps qui tombaient. Deux bras qui la serraient très fort.

Maman. Elle poussa un gémissement pendant que la mémoire lui revenait par flashes. Sa mère la faisait descendre dans le compartiment secret sous le chariot, ses yeux bleus écarquillés par l'épouvante.

— Surtout, ne bouge pas.

La trappe qui se refermait. L'obscurité.

Oh, mon Dieu ! Elle se souvenait. Sa mère lui avait dit de rester cachée, quoi qu'il arrive. Et elle avait obéi, serrant dans ses petites mains le revolver que son père lui avait donné. Il était si lourd qu'elle parvenait à peine à le soulever. Elle ne savait même pas ce qu'elle devait faire avec, mais elle l'avait tenu de toutes ses forces et elle avait attendu, recroquevillée dans son trou, pendant que les Indiens assassinaient les membres de sa famille, un par un. Elle tremblait de tous ses membres, elle pleurait sans bruit tandis qu'un cri tournait dans sa tête : « Maman ! Maman ! »

— Sally Mae ! Sally Mae !

Elle ouvrit les yeux. Bella la secouait par l'épaule, affolée.

— Est-ce que ça va ?

Elle posa sur elle un regard hagard.

— Je... je crois.

— Tu m'as fait une de ces peurs ! J'avais beau te parler, tu ne me répondais pas !

— Je suis désolée.

Autour d'elle, la bataille faisait rage. En tournant la tête sur sa gauche, elle vit le cheval de Tucker couché à terre. Il s'en servait comme d'un bouclier pour tirer sans relâche sur leurs assaillants.

— Tu en comptes combien, Sam ? cria-t-il.

La réponse de Sam se perdit dans une volée de tirs. Sally regarda autour d'elle. Deux vaqueros gisaient au sol, face contre terre. Il en restait huit. Six, si elle comptait les absents : Shadow et Tracker. Six colts contre... Oh ! mon Dieu, elle ne pouvait même pas les compter. Ils étaient trop nombreux.

— Combien sont-ils ? demanda-t-elle à Zacharia comme il rechargeait son arme.

Il secoua la tête sans répondre. Ce n'était pas bon signe.

— Qu'est-ce que nous allons faire ?

Bella leva les yeux de la boîte de bois dans laquelle

elle était en train de fouiller, à l'arrière du chariot. Elle en sortit deux pistolets. Elle en glissa un dans les mains de Sally Mae.

— On va se battre.

Sally Mae regarda les parois du canyon. Partout où se posaient ses yeux, elle voyait des petits nuages de fumée indiquant l'emplacement d'un tireur.

— Nous n'avons aucune chance.

— Alors, on fera le plus de dégâts possible avant de mourir.

Bella semblait incroyablement à l'aise avec ce colt dans sa petite main élégante. Belle, assurée. Mortelle. Capable de tout. Même de commettre un meurtre. Sally Mae regarda l'arme qui tremblait dans sa main. Elle se revit, enfant, enfermée dans le noir pendant que sa famille se faisait massacrer. Le cri de sa mère, le sang sur sa robe. Un sanglot lui remonta dans la gorge.

— Non…

— Ce n'est pas le moment d'avoir des états d'âme ! Ton mari est en train de se faire tirer dessus pour te protéger !

Elle regarda Tucker. Il s'était placé de telle sorte qu'il faudrait lui passer sur le corps pour parvenir jusqu'à elle.

— Je sais.

— Il est prêt à mourir pour toi ! Ne me dis pas que ce n'est pas réciproque ?

Elle n'hésiterait pas à mourir pour Tucker. Mais tuer ? Le son d'une corne l'empêcha de répondre. Crockett aboya comme un fou, tirant sur la corde qui l'attachait au chariot. Oh, mon Dieu ! Une horde de bandits dévalait la pente. Mais combien étaient-ils ? Elle s'arrêta de compter à vingt. Vingt hommes armés jusqu'aux dents. Des tueurs. Ils surgissaient de partout, comme des cavaliers de l'enfer, leur revolver pointé sur eux.

— Nous voulons la femme, lança l'un d'eux.

Ils pensaient qu'elle était Ari.

C'était après Ari qu'ils en avaient. C'était elle, la raison de cet assaut. Mais pourquoi essayaient-ils de la tuer ? Cela n'avait pas de sens.

Le bruit d'un revolver qu'on arme résonna derrière eux. Elle se retourna et se figea, le cœur au milieu de la gorge. Deux hommes étaient là, à moitié abrités par un rocher. Pas besoin d'être experte pour comprendre que, avec leurs colts pointés sur eux, leurs chances avoisinaient zéro. Terrifiée, elle donna un petit coup de coude à Zach, qui tourna la tête et jura aussitôt. Mais les deux hommes lui firent signe de poser son revolver, et, à contrecœur, il obéit. Sally regarda par-dessus son épaule. Elle aperçut la silhouette de leur chef de l'autre côté du chariot renversé. Il regardait dans sa direction. Elle devait réfléchir, vite. Il n'y avait qu'une seule issue.

— Je sors si vous laissez mes compagnons partir ! cria-t-elle.

— Tu ne vas rien faire du tout, Sally Mae, trancha Tucker, de l'autre côté du chariot.

Elle ignora son intervention.

— Je veux votre parole que vous les laisserez partir !

L'homme, un blond avec une grosse moustache

tombante et un chapeau rabattu sur ses yeux, esquissa un sourire qui dévoila une rangée de dents gâtées.

— Je vous donne ma parole d'honneur.

Bella lui donna un coup de coude.

— Ne l'écoute pas. Ces types-là n'ont pas d'honneur.

Comme si elle ne le savait pas.

— Dans ce cas, il nous faut espérer que la diversion vous donnera le temps de filer.

— Je ne peux pas vous laisser faire ça, madame, gronda Zach.

— Vous ne pouvez pas m'en empêcher.

Il lui agrippa le bras, le visage tendu.

— Ah, non ?

— Vous avez la responsabilité de veiller sur Bella.

— Et moi, je lui dis de t'empêcher de faire cette folie, rétorqua Bella. Et c'est un ordre.

Elle secoua la tête et dégagea son bras.

— Il n'a aucun droit sur moi et c'est votre seule chance de vous en sortir.

— Ils te tueront à la seconde où tu seras à découvert !

— Non. S'ils avaient voulu me tuer, je serais déjà morte.

— Ce sont peut-être des tireurs maladroits ?

Vingt maladroits ?

— Vous trouvez cela plausible ? demanda-t-elle à Zach.

Il secoua la tête.

— Non.

— Alors, je vais prendre le risque de penser qu'ils me veulent vivante.

Levant les mains, elle cria :

— Ne tirez pas, je viens !

— Je t'interdis de bouger ! siffla Tucker.

— Vous vous trompez de personne ! cria Sam. Elle n'est pas Ari !

— Aucune importance, riposta l'autre avec un sourire mauvais. Si ce que vous dites est vrai, je la vendrai. Elle est un peu maigre, mais ses cheveux blonds me rapporteront un bon prix.

La vendre ? Oh, mon Dieu !

— Tu ne vas rien faire du tout, affirma Tucker avec un calme déconcertant.

Il avait l'air tranquille. Terriblement froid. Dans l'attente.

— On parie ? Et je crois que je vais prendre aussi la petite brunette.

— Même pas en rêve !

— Qui m'en empêchera ?

Sally Mae arracha le revolver des mains de Bella et appuya le canon sous son propre menton.

— Moi.

— *Madre de Dios !*

— Non !

Le cri venait du chef des hors-la-loi. Une réaction instinctive qui la conforta dans son idée. Ce n'était pas un hasard si elle était encore en vie.

— Vous avez besoin de moi vivante, je crois ?

— Tu n'oseras jamais tirer, ma jolie !

Elle sentait le froid du métal contre sa peau, comme un rappel glacial de ce qui était en train de se jouer. Un duel implacable, où elle allait devoir mobiliser toutes ses forces. Tout son courage.

— Je préfère mille fois la mort plutôt que de vous voir m'utiliser pour leur faire du mal, répliqua-t-elle alors d'une voix dont le calme la surprit elle-même.

— Ne fais pas ça, Sally Mae, supplia Bella.

— Ne t'inquiète pas, tout ira bien.

Elle fit un pas en avant. Zach lui agrippa le bras pour la retenir, mais elle secoua la tête.

— Si je pars avec eux, murmura-t-elle, je compte sur vous pour venir me délivrer. Dites à Tucker que je l'attendrai.

— *Señora*, il me tuera de ses mains si je vous laisse faire ça.

Il y eut le bruit d'un fusil qu'on arme. Nul doute qu'il était pointé sur Zach et Bella. Le chariot ne leur offrait plus aucune protection.

Elle s'humecta les lèvres. Elles étaient aussi sèches que du parchemin.

— Ça va aller.

— *Estas loca.*

Folle ? Non. Seulement désespérée.

Isabella fit mine de l'étreindre et glissa discrètement quelque chose dans la poche de sa jupe. Un objet lourd qu'elle identifia sans peine : un autre revolver. Elle qui avait toujours refusé de posséder une arme, elle en avait deux.

— Je dirai à Tucker que tu l'attends, murmura Bella.

Elle hocha la tête.

— Merci.

Derrière elle, Crockett aboya furieusement. Elle contourna le chariot et pour la première fois, elle eut une vision claire de la scène.

Tucker était debout, son colt braqué sur le chef des hors-la-loi, les doigts sur la gâchette, blancs de tension. Derrière lui, des bandits l'avaient aussi en ligne de mire.

Elle lui adressa un sourire tremblant. Il lui lança un regard sinistre.

— Quand ce sera terminé, tu vas recevoir une fessée mémorable.

— Je te fais confiance.

Elle prenait un risque terrible, mais quelle autre solution avait-elle ? Tucker, Sam et tous les hommes du ranch Montoya étaient en suspens, prêts à ouvrir le feu. Tout ce dont ils avaient besoin, c'était d'une petite diversion. Comment la leur offrir ?

— Tu as épousé la petite maigrichonne ? demanda le chef à Tucker.

Il le regarda droit dans les yeux.

— Ce matin.

L'homme s'esclaffa.

— Pas de chance : c'est moi qui vais profiter de la nuit de noces !

Un sourire qui ressemblait à un rictus glacial effleura les lèvres de Tucker.

— Tu es un homme mort.

Le bandit éclata de rire.

— Je vais surtout devenir un homme très riche.

Il fit signe à Sally Mae.

— Viens là.

Elle obéit, le canon du colt toujours pressé sous son menton. Quel autre choix avait-elle ? Sa menace de se tuer ne la mènerait pas très loin.

Un pas, un deuxième. Au troisième, elle sentit le sol tournoyer devant ses yeux. Elle s'arrêta en vacillant. Tucker ébaucha un geste vers elle, mais le bandit qui se trouvait derrière lui lui enfonça son fusil dans le dos, et il tomba à genoux. Elle voulut se précipiter vers lui, mais une balle tirée entre ses pieds l'arrêta net.

— Continue à avancer gentiment, beauté.

Elle prit une profonde inspiration et obéit. Le visage de son ravisseur se précisait à chaque pas, en même temps que la tentation d'appuyer sur la détente pour en finir avec ce chantage immonde.

— Ne fais pas ça.

La voix de Bella lui parvint, douce mais déterminée.

— Ce n'est pas la solution.

Elle avait raison. Mais il devait y avoir un moyen de faire pencher la balance de leur côté. Si seulement elle avait pu savoir où se trouvaient Tracker et Shadow ! Etaient-ils morts ? Sinon, pourquoi n'étaient-ils pas intervenus ?

Elle s'arrêta devant le chef de la bande. Il lui saisit aussitôt le poignet et lui arracha le revolver avant de la plaquer contre lui.

— J'ai un vieux compte à régler avec ton mari. Grâce à toi, il va payer toutes ses dettes d'un coup.

— Vous aviez promis de le laisser tranquille !

— J'ai menti. Si tu es très gentille avec moi, je tiendrai ma parole pour les autres. Mais, pour lui, c'est terminé. Dis-lui adieu.

Elle tourna la tête.

— Tucker…

— Je t'avais dit de ne pas bouger, Sally Mae.

Oui, il l'avait dit. Mais, en restant cachée, elle n'avait aucun moyen de pression. Elle glissa la main dans sa poche, sentit la crosse du revolver sous sa paume.

— Je suis désolée.

— Ne sois pas désolée, Ari. On va tellement bien s'occuper de toi que tu n'auras pas une minute pour regretter ton Peau-Rouge.

Elle respira plus vite. Du coin de l'œil, elle vit le doigt du hors-la-loi se crisper sur la gâchette de l'arme pointée dans le dos de Tucker. Oh, pourquoi ne bougeait-il pas ? Pourquoi restait-il là, à défier ce bandit de lui tirer dessus ?

Mon Dieu, donnez-moi la force.

— Ne m'obligez pas à faire ça, chuchota-t-elle.

Le chef des hors-la-loi se mit à rire.

— Tu vas adorer ça, tu vas voir. Finissons-en.

— Oui.

Elle tira à travers sa jupe.

Le bandit trébucha en arrière, les mains crispées sur son ventre, les yeux rivés sur elle avec incrédulité. Le sang jaillit entre ses doigts, inondant sa chemise. Au même instant, des coups de feu claquèrent. Plusieurs hommes s'écroulèrent, fauchés par des tireurs, postés sur la hauteur.

— Enfin ! s'écria Sam. Tracker et Shadow ont mis un sacré bout de temps à prendre position !

La bataille reprit de plus belle, mais cette fois la chance avait changé de côté. Les balles sifflaient, les chevaux ruaient, des corps tombaient. Sally Mae n'entendait rien, ne voyait rien. Elle était transformée en statue, les yeux rivés sur l'homme qu'elle venait d'abattre à bout portant.

— Tu as tiré, haleta ce dernier d'une voix incrédule.

Elle hocha la tête, livide.

— J'ai cru que tu bluffais, grogna-t-il en s'effondrant.

Elle le rattrapa et le soutint dans sa chute.

— Ecarte-toi de lui, Sally Mae ! cria Tucker.

Elle s'agenouilla près du mourant, prit sa main dans la sienne. Il plissa les yeux et du sang bouillonna sur ses lèvres.

— Je ne m'étais encore… jamais trompé sur… quelqu'un. C'est la… première fois.

Et la dernière. A cause d'elle.

— Vous devriez faire la paix avec Dieu.

— Trop… tard.

Il toussa, s'étouffa. Le sang rougit ses dents, coula au coin de ses lèvres.

— Il n'est jamais trop tard. Dieu est toujours à l'écoute.

Un hoquet, et la vie quitta ses yeux. Elle s'inclina vers lui, ferma ses paupières. Autour d'elle, les balles sifflaient, les hommes criaient. Mais ce n'était rien à côté du tumulte qui faisait vaciller son esprit. Le passé et le présent se confondaient. Les cris de sa mère se mêlaient aux appels de Tucker. Du sang. Toujours du sang. Elle avait de nouveau dix ans et elle était perdue, enfermée dans le noir, un gros pistolet dans les mains. Un sanglot s'étrangla dans ses lèvres et l'obscurité l'engloutit.

*
* *

Tucker abattit deux hommes, roula sur le sol, et planta son couteau dans la gorge d'un troisième avant de se précipiter vers Sally Mae.

— Bon sang, ne me fais plus jamais un truc pareil ! Tu te rends compte de ce qui aurait pu…

Il s'arrêta en constatant qu'elle était inerte sur le sol, aussi pâle qu'une morte. Une peur horrible lui noua le ventre. Elle avait été touchée pendant la fusillade !

— Sally Mae !

Impossible de savoir si elle était blessée : sa robe était maculée du sang de sa victime.

— Rayon de lune, réponds-moi, je t'en supplie !

Elle était glacée mais elle respirait. Il pressa son doigt à la base de son cou. Dieu soit loué, son pouls battait régulièrement. Elle était seulement en état de choc.

Tracker dévala le canyon au grand galop, son fusil à bout de bras.

— Il y a des Comanches à trois kilomètres.

Il ne manquait plus que ça !

Shadow surgit d'un rocher.

— Il faut évacuer les femmes en vitesse.

Crockett, qui avait finalement réussi à se détacher du chariot, se précipita vers Sally Mae et lui débarbouilla le visage à grands coups de langue. Il gémit en voyant qu'elle ne réagissait pas et se tourna vers le hors-la-loi mort en grognant.

Un grincement de ferraille et de bois éclaté retentit derrière eux : Zach et ses hommes remettaient le chariot sur ses roues.

— Un essieu est cassé, annonça Zach.

— On l'abandonne, de toute façon il était trop lent, décréta Sam.

— Tout le monde en selle. On va prendre les femmes en croupe avec nous, enjoignit Tucker.

Zacharia s'avança, ses éperons cliquetant à chaque pas.

— Partez. Mes hommes et moi, on va les attendre. On les retiendra le plus longtemps possible.

C'était une proposition généreuse, mais terriblement risquée pour eux.

— Quatre *vaqueros* contre…

Tucker interrogea Tracker du regard.

— Combien sont-ils ?

— Dix. Le combat ne sera pas égal.

Zach sourit.

— En effet. Les Comanches ont du souci à se faire.

Tucker observa le visage blême de Sally Mae. C'était une offre qu'il ne pouvait pas refuser.

— Merci, *amigo.*

— *De nada.*

Non, ce n'était pas rien. Ces hommes allaient donner leur vie pour eux.

Bella les rejoignit et, à la grande horreur de Zach, elle jeta ses bras autour de sa taille et l'étreignit, les larmes aux yeux.

— *Hasta la vista, mi amigo !*

— Je te préviens, je suis jaloux, lança Sam depuis l'endroit où il rassemblait les armes des morts.

Zach prit les mains de Bella et les détacha de sa taille.

— Obéissez au patron. Ne faites pas de bêtises et chevauchez comme je vous l'ai appris.

Elle se mordit la lèvre et hocha la tête, bouleversée.

— Mais on se reverra, n'est-ce pas ? chuchota-t-elle avec force.

Zach ne répondit pas.

Il était temps de partir. Tucker souleva Sally Mae dans ses bras. Sa tête bascula contre son épaule. Son front était brûlant. Bon sang, s'il lui arrivait quelque chose… Il se tourna vers ses compagnons.

— On laisse les chevaux et les armes.

— Excellente idée, renchérit Tracker. Dispersez les munitions et les chevaux. Ils perdront un peu de temps à récupérer le butin.

Si les Comanches se lançaient à leurs trousses, ils n'auraient aucune chance. Ils chevauchaient à la vitesse du vent.

— Partez, on va s'en charger, dit Zach en s'avançant avec ses hommes.

Deux d'entre eux saignaient et ils étaient tous les quatre couverts de poussière. Mais armés jusqu'aux dents. Il se pouvait qu'ils ne les revoient jamais.

— Mettez les femmes à l'abri.

Tucker alla chercher Fumée et se retourna pour serrer la main de Zach.

— Au nom du Hell's Eight, merci.

Zach le regarda droit dans les yeux. Sa main ne tremblait pas et il n'y avait pas de peur dans son regard. Seulement la détermination d'un homme qui sait ce qu'il a à faire. Il lança un regard en coin à Bella, que Sam hissait sur sa selle, devant lui.

— Au nom du *rancho* Montoya, merci.

Tucker hocha la tête. C'était un lien forgé dans la bataille, scellé avec du sang. Si l'un et l'autre survivaient, ils seraient alliés pour la vie. Zach toucha le bord de son chapeau avant de rejoindre ses hommes, déjà occupés à disperser les armes et les chevaux.

— En route.

Tucker monta en selle. Tracker déposa Sally dans ses bras. Elle gémit et balbutia des mots sans suite.

— Tiens bon, mon amour.

Et il poussa Fumée au galop.

Chapitre 17

Un cri de détresse arracha Sally Mae aux ténèbres qui l'aspiraient. Elle ouvrit les yeux, posa autour d'elle un regard égaré. Elle était couchée dans un lieu inconnu. Le soleil entrait par la fenêtre, éclairant le mobilier succinct d'une chambre à coucher.

Le cri s'éleva de nouveau, long et épuisé. Elle le reconnut : c'était celui d'une femme en proie aux douleurs de l'accouchement. Elle voulut se lever, mais la pièce tournoya dès qu'elle posa le pied par terre. Elle s'agrippa au montant du lit et le malaise reflua, en même temps que les voix qui hurlaient dans sa tête. Une assiette était posée sur la table de nuit. Elle souleva la serviette qui couvrait un bol de soupe et un morceau de pain. Elle le toucha — il était aussi dur que de la pierre. Depuis combien de temps était-elle ici, sans connaissance ?

Fermant les yeux, elle essaya de se rappeler ce qui s'était passé. Des images saccadées défilèrent dans son esprit. L'attaque dans le canyon, les coups de feu. Elle se remémorait le revolver dans sa main, le bruit de la détonation. Mais rien d'autre. Elle n'avait aucun souvenir de ce qui s'était passé ensuite. Seulement un trou noir et la voix de Tucker qui l'appelait anxieusement.

Sa robe était posée sur le dossier d'une chaise, fraîchement repassée. Elle l'enfila, natta rapidement ses cheveux et sursauta en entendant un homme crier :

— Bon Dieu, ne la laisse pas comme ça, fais quelque chose !

Sans même lacer ses bottines, elle sortit dans le couloir et suivit un murmure de voix jusqu'à une porte. Dans la chambre, elle pouvait voir un homme immense, le visage taillé à coups de serpe, qui serrait la main d'une jeune femme blonde en grande souffrance, allongée sur le lit. Caine Allen, à n'en pas douter. Bella était là, aux côtés d'une femme plus âgée, d'origine mexicaine.

— Je ne peux rien faire, expliquait cette dernière d'une voix atone.

Bella lui agrippa le bras.

— Mais il y a forcément une solution !

— Vous ne devriez pas être là, bougonna la femme. Une jeune fiancée ne devrait pas assister à un accouchement.

— Laisse-la tranquille, Tia !

Ainsi donc, songea Sally, c'était là la fameuse Tia. La femme qui avait recueilli huit adolescents désespérés et que Tucker vénérait. Sally avança timidement dans la pièce.

— Je peux peut-être vous aider ?

Son arrivée fit sensation. Elle lut la stupeur sur les visages, et même quelque chose qui ressemblait à de l'horreur dans le regard de Caine. S'efforçant de ne pas se laisser troubler, elle afficha son sourire le plus compétent.

— J'ai assisté mon mari médecin pendant sept ans. Et nous avons pratiqué une centaine d'accouchements.

— Tucker ! tonna Caine sans la quitter des yeux.

— Quoi ? fit une voix étouffée, de l'autre côté de la fenêtre ouverte.

— Amène tes fesses ici, tout de suite !

— Hors de question.

— Ta femme est réveillée !

Il y eut un juron, puis un pas gravit l'escalier quatre à quatre, et Tucker fit irruption dans la pièce. Elle vit dans son regard une émotion qu'elle ne lui avait encore jamais vue.

— Content de te revoir parmi nous, Sally Mae.

Elle n'eut pas le temps de répondre. Sur le lit, Desi se mit à gémir sous l'effet d'une nouvelle contraction.

— Fais sortir ta femme d'ici, gronda Caine, livide. La situation est suffisamment dramatique, on n'a vraiment pas besoin d'une demi-folle.

— Pardon ? lâcha Sally Mae en sursautant.

Bella lui adressa un sourire apaisant.

— Tu as beaucoup déliré et crié, *amiga*. On n'arrivait pas à te calmer.

Sally Mae rougit. Tous ces cris, dans sa tête, c'étaient les siens ? Elle comprenait qu'ils l'aient prise pour une folle. Elle qui voulait tellement faire bonne impression auprès de la famille de Tucker, c'était gagné.

— Je suis restée inconsciente combien de temps ? demanda-t-elle, en regardant avec inquiétude les serviettes trempées de sang sur le sol, le ventre énorme de Desi, sa pâleur, ses lèvres exsangues.

— Trois jours.

De nouveau, des images l'aspirèrent dans un tourbillon. Des Indiens tournant autour du chariot en poussant des cris de guerre, une femme blonde la cachant dans une trappe, ses pleurs d'enfant, un homme avec une moustache blonde tombante, un coup de feu… du sang.

Elle passa une main hagarde sur son front.

— Trois jours ?

— Tu m'as fait peur, reconnut doucement Tucker. J'avais beau t'appeler, tu ne revenais pas.

Parce qu'elle ne savait pas quoi dire, elle murmura :

— Mais, maintenant, je suis là.

Desi poussa un cri d'agonie, le visage blême. Son instinct de médecin prit immédiatement le dessus.

— Tucker, va chercher ma sacoche. Il me faut aussi de l'eau bouillie et des linges propres.

— Tucker, emmène cette folle ! gronda Caine.

Sally Mae se figea.

— Mais je peux vous aider.

— Si vous approchez de ma femme, je vous balance par la fenêtre !

— Caine ! protesta Tia.

— Essaie pour voir, gronda Tucker en avançant.

— Ça suffit ! trancha Sally Mae avec un calme qui ramena instantanément le silence. Je peux aider votre femme, je suis médecin. Et si j'en crois la quantité de sang qu'elle a perdue, je suis même votre dernière chance !

Caine pâlit.

— Tu peux lui faire confiance, Caine, assura Tucker. C'est le meilleur médecin que j'aie jamais vu. Si quelqu'un peut sauver Desi, c'est elle.

Sally Mae le regarda, surprise.

— Merci.

Desi cria, le visage tendu de douleur. Ils n'avaient plus le temps de tergiverser. Elle se dirigea vers le lit, repoussa les couvertures.

Caine lui agrippa le bras.

— Je vous interdis de la toucher !

Il y eut le bruit d'un revolver qu'on arme.

— Lâchez-la, dit Bella.

Caine la toisa.

— Vous ne tirerez pas.

Elle sourit, incroyablement belle avec son colt dans la main.

— Vous pariez ?

Lâchant le bras de Sally Mae, Caine cria en direction de la fenêtre :

— Sam ! Viens récupérer ta femme !

— Qu'est-ce que tu as encore inventé, Bella ? lança Sam depuis l'extérieur.

Bella ne se laissa pas démonter.

— Quand il sera là, mon Sam vous dira quel âne vous êtes de ne pas faire confiance à la seule personne qui peut aider Desi !

— Pas besoin d'attendre qu'il soit là, riposta Tucker. Cesse de te comporter comme un crétin, mon vieux. Je sais que tu es fou d'inquiétude, mais tu peux te fier à Sally Mae comme à moi-même.

— Merde.

Caine passa la main dans ses cheveux, bouleversé.

— Je ne sais plus où j'en suis.

Desi toucha son bras et balbutia.

— Je t'en prie, chéri. Laisse-la essayer.

— Tu es sûre ?

— Je n'en peux plus.

Caine céda et esquissa un signe d'acquiescement, les mâchoires serrées. Bella baissa son revolver. Tia se rapprocha de Sally Mae.

— Je crois que le bébé est coincé, souffla-t-elle.

Oh, mon Dieu…

— Il se présente par le siège ?

Tia hocha la tête.

— Et de côté.

— Tucker, va chercher ma sacoche.

— Je l'ai, lança Sam en entrant dans la chambre. Il me semblait bien que Bella ne pouvait pas provoquer un tel remue-ménage à elle toute seule.

Bella fit mine d'être vexée.

— Tu me sous-estimes en permanence.

Sa plaisanterie ne réussit pas à détendre l'atmosphère. Sam regarda le lit, les serviettes ensanglantées et adressa un sourire très doux à Desi.

— On dirait que Sally Mae est revenue à elle au bon moment.

— Je peux lui faire confiance ? demanda Caine d'une voix sourde.

— Sans hésiter.

— Alors, allons-y, haleta Desi. Sortez tous !

Sally Mae se lava les mains et hocha la tête en

croisant le regard de Tucker. Elle ignorait ce qui lui était arrivé pendant ces trois derniers jours, mais elle était de nouveau sur son terrain. Elle pouvait mettre cet enfant au monde. Tout le monde sortit, à l'exception de Tia et de Caine.

— Vous voulez que votre mari reste là ?

Desi se mordit la lèvre, hésitante.

— Si sa présence vous aide, il n'y a pas de problème. Mais ce qui va se passer est très intime et si vous pensez plus à le protéger qu'à m'aider, il vaut mieux qu'il sorte. Même momentanément.

Caine lui lança un regard buté.

— Je reste.

— Il est toujours aussi têtu ? demanda-t-elle avec un sourire.

Desi esquissa un pâle sourire.

— Et encore, il est dans un de ses bons jours.

Sally Mae rit pour détendre l'atmosphère.

— Dans ce cas, il vaut mieux qu'il reste. Ce sera plus simple que de le traîner dehors.

Elle sourit au futur père.

— Si vous devez vous évanouir, ayez l'obligeance de tomber en arrière et non sur votre femme.

— Pourquoi ? Qu'est-ce que vous avez l'intention de faire ?

— Je vais essayer de tourner le bébé.

Il blêmit sous son hâle. Tia lui saisit le bras.

— Tu devrais peut-être attendre dehors, *mi hijo.*

— Non.

Sally Mae souleva le drap et le posa sur les genoux de Desi pour lui offrir un peu d'intimité. Dans un moment, cela n'aurait plus d'importance, mais pour l'instant, elle avait besoin de calme.

— Essayez de ne pas oublier de respirer et de vous détendre.

Mon Dieu, S'il Vous plaît, Faites que le bébé ne soit pas coincé. Faites qu'il ne soit pas trop tard. Faites que Desi ait suffisamment de forces si je dois tenter l'impensable.

Mon Dieu, s'il Vous plaît, donnez-moi la force.

— Qu'est-ce que vous attendez ? demanda Caine. Elle voyait le désespoir avec lequel il suivait tous ses gestes, sa foi dans la confiance que lui témoignait Desi. Elle leur sourit calmement à tous les deux.

— La réponse à une prière.

Hélas, sa prière ne fut pas exaucée. Non seulement le bébé se présentait par le siège, mais il était coincé. Desi continuait à perdre beaucoup de sang et ils n'avaient pas beaucoup de temps devant eux. Elle se lava les mains dans la cuvette que Tia était allée chercher. L'eau vira au rouge vif. Elle s'efforça de ne pas penser à ce que cela signifiait. Elle avait besoin de toute sa concentration.

— Ça se présente comment ? demanda Desi d'une voix faible.

Sally s'essuya les mains pour gagner du temps. Elle n'était pas certaine de devoir lui dire la vérité. Aurait-elle la force de l'entendre ?

— Dites-lui, ordonna Caine, le visage dur.

— Pas très bien, admit-elle enfin.

— Le bébé ? demanda Desi, à bout de souffle.

Caine secoua la tête, transperçant Sally Mae de ses yeux verts aussi tranchants que la lame d'un couteau.

— C'est Desi que vous devez sauver.

Desi secoua la tête.

— Non !

Tia se mit à prier tout bas. Sally Mae n'avait pas d'autre choix que de leur dire la vérité.

— Vous êtes très étroite et le bébé est coincé. Plus vous poussez, plus vous vous déchirez à l'intérieur. C'est pour cela que vous êtes si faible. Vous perdez beaucoup de sang.

— Le bébé ? répéta Desi.

— Il est faible, lui aussi.

Caine porta la main de Desi à ses lèvres et y pressa ses lèvres avec désespoir.

— Qu'est-ce que vous pouvez faire ?

« Rien », fut le premier mot qui lui vint à l'esprit. Mais ce n'était pas vrai. Il y avait quelque chose à tenter.

— Je peux utiliser des forceps.

La peur la saisit à cette seule pensée. Et si elle commettait une erreur qui serait fatale à l'enfant ? Ou à sa mère ?

— Faites-le.

Elle secoua la tête.

— Ce n'est pas si simple.

Desi gémit, le souffle coupé par l'arrivée d'une nouvelle contraction.

— Surtout, ne poussez pas ! l'avertit Sally Mae.

— Facile à dire, gémit-elle.

Non, ce n'était pas facile. Rien de ce qui se passait

n'était facile. En levant les yeux, elle vit que Tucker l'observait depuis le seuil. Elle s'humecta les lèvres. Ces gens étaient sa famille, son univers. Elle n'avait pas le droit de le décevoir.

— L'opération est dangereuse, expliqua-t-elle d'une voix douce. Le bébé ou la mère peuvent souffrir si elle n'est pas effectuée correctement.

— Qu'entendez-vous par dangereuse ? demanda Caine d'une voix blanche.

Tucker la rejoignit. Elle ne pouvait atténuer le coup. Ils n'avaient pas le temps.

— Il y a un risque important que la mère et l'enfant perdent la vie. Mais les chances de survie du bébé sont meilleures.

La réponse de Caine fut immédiate.

— Alors, ne faites rien.

Desi se redressa sur les coudes, ses yeux bleus assombris par la souffrance et… le besoin de vérité.

— Que se passera-t-il si vous ne faites rien ?

Elle s'humecta les lèvres. Tucker posa la main sur son épaule. Elle s'appuya contre lui, puisant du courage dans sa présence à ses côtés.

— Vous mourrez tous les deux.

Caine jura, livide.

— C'est une décision très difficile. Je vais vous laisser seuls un moment. Vous avez besoin d'en discuter.

Desi saisit la main de Caine dans la sienne. C'était elle qui risquait de mourir, et, pourtant, c'était elle qui le réconfortait. L'amour qui les unissait était si fort qu'il en était presque palpable. Sally Mae refoula ses larmes. Elle avait encore une mauvaise nouvelle à leur annoncer.

— Vous n'avez pas beaucoup de temps pour prendre une décision. Les chances s'amenuisent à chaque minute qui passe.

Elle ferma doucement la porte derrière elle et étouffa un sanglot. Tucker la prit aussitôt dans ses bras.

— Tu m'as manqué, chuchota-t-il contre ses cheveux. J'avais beau t'appeler, tu ne me répondais pas.

Elle l'étreignit avec force. Elle avait tellement besoin de lui ! Elle ne voulait plus jamais replonger dans les ténèbres dans lesquelles elle s'était débattue.

— Je suis désolée.

Il l'embrassa, tendrement d'abord, puis plus passionnément tandis que la peur et le désir de ces jours d'angoisse cherchaient une issue et la trouvaient dans la passion. Il fut le premier à interrompre leur étreinte et parsema sa joue, ses paupières, le coin de sa bouche, de baisers tout en murmurant :

— Ne te mets plus jamais en danger pour moi. Ne me chasse plus jamais de ta vie, ne me fais plus jamais peur de cette façon.

— Non.

Elle lui prit le visage en coupe dans ses paumes tandis qu'il butinait sa nuque, sa gorge, puis dévorait de nouveau son visage de baisers.

— Je ne le ferai plus.

Ses yeux la brûlèrent.

— Je ne plaisante pas, Rayon de lune. Je te jure que si tu recommences, j'entrerai dans ton cauchemar et je t'arracherai par la peau du cou, que tu sois prête à me suivre ou non.

Elle se dressa sur la pointe des pieds et l'embrassa sur les lèvres.

— Je ne le ferai plus.

Un murmure de voix leur parvint derrière la porte. Celle de Desi, ferme et résolue. Celle de Caine, rauque de peur.

— Tu n'es pas obligée de faire ça, murmura Tucker.

Non, sans doute. Personne ne la blâmerait si elle renonçait. Elle n'était qu'une femme et elle avait ses limites, comme tout le monde.

— Mais je pense que tu devrais essayer, poursuivit-il.

Elle cilla et leva les yeux vers lui. Comme toujours, il la voyait telle qu'elle était. A la fois forte et fragile. Humaine.

— Je t'ai vue à l'œuvre, Sally Mae. Je t'ai vue sauver des patients alors que d'autres auraient baissé les bras.

Il porta sa main gauche à ses lèvres.

— Il y a de la magie, ici.

Il déposa un baiser au creux de sa paume, puis répéta le geste avec l'autre main.

— Et ici.

Elle sentit ses yeux se remplir de larmes. Il ne pouvait pas imaginer à quel point elle se sentait humble devant la foi qu'il avait en elle. Elle ne la méritait pas. Elle tremblait à l'idée de le décevoir.

— Je ne suis pas…

— Je te connais. Je sais que tu es terrifiée, mais

je sais aussi que tu es la personne au monde en qui j'ai le plus confiance.

Il retira la balle qu'il portait autour du cou comme un talisman.

— Je t'aime, Sally Mae. Tu es ma femme, la mère de mon enfant.

Il passa le collier autour de son cou.

— Mais tu es aussi un excellent médecin. Que tu remportes ou non cette bataille, je serai l'homme le plus fier du monde.

Oh, Dieu ! Elle serra le porte-bonheur dans sa main. Il avait conservé la chaleur de son corps.

La porte s'ouvrit. Caine apparut, le regard fixe, les épaules droites, comme s'il espérait contrôler le destin par la seule force de sa volonté.

— Nous avons décidé de tenter l'opération.

Ce n'était pas vraiment une surprise. Ils n'avaient pas d'autre choix. Elle hocha la tête, entra dans la chambre. Il l'arrêta d'un geste.

— Je l'aime, souffla-t-il d'une voix rauque.

C'était une déclaration. Une supplication, peut-être même une prière. Elle lui serra brièvement la main.

— Je sais.

Tucker l'observait depuis le couloir, les bras croisés sur son large torse.

Elle prit une respiration.

— Viens.

— Pourquoi ?

Il n'était pas censé demander pourquoi. Il était censé dire oui ou non. Il ne lui laissait pas d'autre choix que de répondre, mais ce fut plus facile qu'elle ne l'avait pensé.

— Parce que j'ai besoin de toi.

Il relâcha son souffle.

— Je commençais à croire que tu ne le dirais jamais.

Chapitre 18

Quatre heures plus tard, il la conduisit à l'étang.

Ils s'assirent sur la berge pendant que le soleil se couchait, emportant avec lui la chaleur étouffante de la journée. Le décor était merveilleusement romantique : les arbres formaient un écrin de verdure autour de l'étang, et la surface lisse de l'eau reflétait les montagnes rugueuses, en arrière-plan. Oui, le décor était romantique à souhait, sauf que Tucker avait volontairement mis un bon mètre entre eux.

— Tu m'as impressionné, tu sais ?

Il ramassa une pierre à ses pieds, la lança dans l'eau. Les ronds troublèrent la surface limpide et s'élargirent, distordant le reflet des montagnes.

— Je n'en menais pas large quand tu as saisi les forceps. Pour un peu, je sautais par la fenêtre.

Mais il était resté près d'elle, solide comme un roc. Des mois durant, elle avait demandé à Dieu de lui donner de la force… Et Il avait fait mieux : Il lui avait donné Tucker.

— Je suis contente que tu sois resté.

— Et moi donc !

Il rit et lança une deuxième pierre dans l'eau. Sally Mae sentit un petit frisson d'inquiétude la parcourir. Il évitait de la regarder.

— Caine m'aurait ressorti cette histoire jusqu'à la fin de mes jours.

— Je suis sûre qu'il se serait montré indulgent. Et il est très heureux, maintenant.

— Grâce à toi.

Elle secoua la tête.

— Parce que l'opération s'est bien passée.

— Ne minimise pas ton rôle. C'est grâce à toi si sa femme et son fils sont en vie.

— En tout cas, c'est très délicat de leur part d'avoir voulu rendre hommage à Jonah, dit-elle pour changer de sujet.

— Ils ne pouvaient décemment pas appeler leur fils Sally. Jonah était un bon compromis.

Elle sourit, chercha son regard, mais ne le trouva pas et laissa échapper un soupir.

— Je peux te poser une question ?

— Je t'écoute.

Elle était trop fatiguée pour tourner autour du pot.

— Cette distance entre nous, c'est volontaire ?

Elle espérait un démenti, mais il ne vint pas. Ce fut même pire : il prit une longue respiration avant d'acquiescer.

— Oui.

Elle eut l'impression que son cœur se brisait.

— Pourquoi ?

— Tu m'as dit un jour que tu avais peur de ne pas trouver ta place si je t'emmenais ici. Et en te voyant accomplir un miracle tout à l'heure, j'ai compris que tu avais raison.

Il serra les mâchoires, les yeux rivés sur la surface lisse de l'étang.

— Tu mérites mieux que de t'enterrer ici avec moi. Ce serait du gâchis. J'ai donc…

— La ferme, Tucker !

Sa réponse cinglante le fit sursauter. Il la regarda — enfin.

— J'en ai plus qu'assez qu'on décide de ma vie à ma place ! cria-t-elle. Tu veux savoir à quoi je pensais pendant que j'accomplissais « un miracle », comme tu dis ?

— Aux étincelles que lancent tes yeux, je ne suis pas sûr, essaya-t-il de plaisanter.

— Je pensais à ma chance ! Pendant des années, j'ai prié pour que Dieu me donne du courage, et Il m'a donné quelque chose de mille fois plus précieux : un homme qui saurait partager sa force avec moi. Je cherchais ma place, je l'ai trouvée près de toi. Aujourd'hui, je suis heureuse, et c'est grâce à toi.

Il lui tendit la main et elle courut se blottir contre lui, le cœur battant.

— Tu t'es dit tout ça pendant que tu mettais un bébé au monde dans des conditions épouvantables ? chuchota-t-il avec émotion contre ses cheveux.

Elle hocha la tête, et les larmes qu'elle tentait de retenir mouillèrent ses joues.

— Oui. Alors, si… si tu trouves que je ne suis pas assez féminine pour toi parce que j'exerce un métier d'homme, dis-le-moi simplement. Mais ne me mens pas et n'invente pas de faux prétextes pour me chasser de ta vie.

Il la prit aux épaules et la regarda avec stupéfaction.

— Pas assez féminine, toi ? Où es-tu allée chercher une idée aussi idiote ?

— Je ne veux pas seulement être un médecin, Tucker. Je veux être une épouse, une mère. Je veux prendre soin de toi et de nos enfants, t'entourer d'amour et de tendresse… Tu as tellement besoin d'être aimé !

Il lui renversa la tête en arrière et l'embrassa avec douceur, comme chaque fois qu'il était bouleversé.

— Pour une femme intelligente, tu as de drôles d'idées, parfois. Tu ne sais donc pas qui je suis ? Je suis l'homme qui est resté à Lindos contre toute sagesse uniquement pour être près de toi. L'homme qui a vu s'ouvrir les portes du paradis quand il a appris que tu étais enceinte parce que tu lui offrais ce qu'il désirait le plus au monde. L'homme qui veut voir ton visage adoré tous les matins quand il se réveille et tous les soirs quand il se couche.

Elle ne put s'empêcher de rire à travers ses larmes.

— Je crois que tu as oublié de me dire tout ça.

— J'ai dû faire un peu trop confiance à ton intuition féminine.

Il la prit sur ses genoux.

— Installe-toi à califourchon pour que je puisse faire ma déclaration dans les règles.

— Il faut que je sois à califourchon pour que ça marche ? demanda-t-elle avec amusement.

Son sourire plein d'assurance et de sensualité fit

battre son cœur plus vite. Il contempla sa poitrine, à la hauteur de ses lèvres.

— C'est pour gagner du temps, après.

La pointe de ses seins durcit d'excitation et elle ne put réprimer un frisson tandis qu'elle obéissait. Il dégrafa le corsage de sa robe, chaque effleurement de ses doigts constituant un prélude érotique.

— Je t'aime, Sally Mae. Je suis tombé amoureux de toi à la seconde où tu es entrée dans ce saloon, si délicieusement collet monté, pour faire la morale à la grosse brute que j'étais, sans te soucier de ta propre sécurité. A partir de ce jour, je n'ai plus jamais regardé une autre femme que toi.

Il l'aimait ! Une onde de joie l'envahit, chaude, vibrante, exaltante. Elle dut prendre sur elle pour empêcher sa voix de trembler.

— Tu es tombé amoureux de moi parce que j'étais collet monté ?

Il ouvrit sa robe, délaça sa chemise et tira sur le tissu juste assez pour faire jaillir ses seins.

— J'ai senti la flamme sous cette froideur apparente. Le feu sous la glace. C'est cette dualité qui m'a séduit.

Elle sourit d'un air taquin et frotta ses mamelons durcis contre sa bouche. Il happa aussitôt une pointe rose entre ses lèvres et la suça longuement, éveillant dans tout son corps un tourbillon de sensations exquises.

Enfouissant ses doigts dans ses cheveux, elle gémit de plaisir.

— Je te fais mal ?

— Au contraire. C'est trop bon.

Peut-être même meilleur qu'avant.

— A en croire Caine, une femme enceinte est plus sensible. Tu veux qu'on vérifie ?

Il sourit et pressa sa langue sur son mamelon gonflé. Elle se rapprocha, l'encourageant à aller encore plus loin, gémissant de bonheur quand il obéit, alternant caresses et mordillements.

— Je commence à croire qu'il a raison, murmura-t-il sans cesser de tourmenter un téton durci puis l'autre.

Elle aussi. Elle cria de volupté quand il fit glisser sa main entre ses cuisses tout en continuant à exciter ses seins avec sa langue.

— C'est bien, Rayon de lune. Montre-moi que tu aimes ça.

Elle aurait voulu prolonger le moment à l'infini, mais il la connaissait trop bien. Il l'amena au plaisir en quelques minutes, et elle cria son prénom tandis que tout son corps se cambrait de bonheur.

Il la soutint pendant que les derniers spasmes la faisaient frissonner contre lui. Puis il fit glisser sa robe le long de ses épaules et de ses hanches, et l'allongea, nue, sur le sol tapissé de mousse. Il se déshabilla à son tour et se dressa devant elle, beau comme une idole païenne, les yeux brûlants de désir. Elle s'humecta les lèvres et ouvrit les cuisses.

Son sourire étincela dans la pénombre.

— Ma femme sauvage.

Elle tendit les bras vers lui.

— Mon homme sauvage.

Il s'allongea sur elle, saisit son poignet et le porta à ses lèvres.

— Quand tu voudras, Rayon de lune. Mais pas ce soir.

— Pourquoi ?

— Parce que, ce soir, je veux être le plus doux et le plus tendre des amants…

Il butina sa joue, le coin de ses lèvres, tandis qu'il entrait en elle d'un long coup de reins, forçant le barrage serré de ses muscles.

— Ce soir, je veux t'aimer comme j'en ai envie. Avec mon cœur, mon âme.

Il lui saisit le lobe de l'oreille entre ses dents et le mordit délicatement. Elle cria de volupté et se cambra pour lui permettre d'entrer plus profondément en elle.

— Tu es si étroite, si chaude.

Glissant une main sous sa cuisse, il lui souleva la jambe pour la draper sur son épaule. Il embrassa l'intérieur de son genou et fit glisser sa main le long de sa cuisse, jusqu'à son triangle de boucles dorées, écartant ses replis humides pour presser son clitoris gonflé. Elle trembla de la tête aux pieds.

— J'aime te voir ainsi, ouverte, consentante. Prête à satisfaire mes moindres désirs, murmura-t-il.

Il fit rouler sous son pouce le bouton durci de son clitoris. Elle se mordit la lèvre en gémissant. Son sexe palpita.

— Et quels sont tes désirs ? demanda-t-elle d'une voix haletante.

Il sourit tout en guettant ses moindres réactions.

— Je te l'ai déjà dit : t'aimer.

Il s'inclina sur elle, entrant plus profondément encore en elle.

— Regarde-nous, Sally Mae.

— Je ne peux pas.

Elle avait trop peur que le plaisir s'évanouisse si elle bougeait.

— Mais si, tu peux.

Il dessina du pouce des petits cercles sur son clitoris, stimulant son désir et la certitude que rien n'était impossible entre eux.

— Regarde comme tu es belle.

Il se retira d'elle avec une lenteur torturante, merveilleuse. Ce n'était pas elle qui était belle, c'était leurs deux corps soudés. Son sexe, dur et sombre, magnifique, plongeant entre ses cuisses pâles, puis se retirant, encore et encore.

— Tucker, haleta-t-elle comme il exigeait qu'elle s'ouvre davantage.

— Ne détourne pas les yeux. Regarde : nous avons été créés l'un pour l'autre.

Elle obéit, contemplant la beauté de leurs deux corps qui n'en faisaient plus qu'un. La spirale du plaisir monta encore tandis qu'il allait et venait en elle, toujours plus profondément. Un frisson la parcourut. Elle était tout près du plaisir suprême. Tout près…

— Tucker !

— Oui, bébé ?

Il poussa encore plus loin, effleurant un point dont elle ignorait jusqu'à l'existence, lui tirant un cri.

— Dis-moi, Sally Mae.

Une onde de chaleur traversa son ventre et tout son corps se contracta dans une agonie de plaisir. Rejetant la tête en arrière, elle cria et se laissa emporter par la déferlante.

— Oh, Tucker, je t'aime !

— Enfin !

Il s'abandonna à son tour et elle sentit son grand corps vibrer contre le sien tandis qu'il enfouissait son visage dans son cou en chuchotant son prénom.

Elle l'étreignit de toutes ses forces, répétant comme une litanie :

— Je t'aime, je t'aime, je t'aime.

Il parsema son visage de baisers et elle sentit des larmes de bonheur lui brûler les yeux. Elle l'aimait tellement !

— Je commençais à croire que tu ne le dirais jamais.

Elle cilla.

— Je ne te l'ai pas dit ?

— Si tu l'avais fait, crois-moi, je m'en souviendrais.

Elle lui prit le visage dans ses mains. Elle voulait voir son expression. Il était sérieux.

— Tucker, murmura-t-elle, je n'ai pas cessé de te le dire, d'une centaine de façons différentes, chaque jour. Tu devais forcément le savoir.

Il lui toucha le nez du bout du doigt d'un geste taquin.

— Un homme aime entendre sa femme prononcer les mots.

Oui. Un homme comme Tucker.

— Je t'aime pour toujours, Tucker.

— Bien.

Elle le pinça pour l'arrogance de ce « bien ».

— Hé, je croyais que tu étais adepte de la non-violence ?

— Avant de sombrer dans ce trou noir, j'ai retrouvé des morceaux de mon passé. Et je crois que, avec le temps, je pourrais apprendre à découvrir qui je suis vraiment.

Il lui repoussa tendrement les cheveux en arrière.

— Tu sais, j'espère, que je serai toujours à tes côtés, quoi qu'il arrive ?

— Oui. Et je t'en remercie.

Il sourit et se leva.

— Mais avant il y a une chose que je dois faire absolument.

— Et c'est ?

— Piquer une tête dans l'étang.

Il lui tendit la main pour l'aider à se lever.

— Tout à l'heure.

— Flémarde !

Il éclata de rire et plongea dans l'eau. Elle regarda sa silhouette dans la lumière du couchant, magnifique. Il rejeta ses longs cheveux en arrière, souple comme un félin.

— Tu viens ?

— Dans un moment.

Elle n'était pas pressée. Elle était encore toute chaude et alanguie par l'amour, et l'eau de l'étang était probablement très froide. Quelque chose crissa sous son pied, près du tas de vêtements de Tucker. Une lettre. Elle la ramassa, la déplia.

5 avril 1858.

Ari chérie,...

Le papier trembla dans ses mains. Ari était la jeune

femme disparue que les bandits avaient prise pour elle. Desi lui avait écrit cette lettre pleine d'espoir et en avait confié un exemplaire aux membres du Hell's Eight, sans savoir si sa sœur la lirait un jour. Il y avait tant d'amour dans ces lignes, qu'elle en eut les larmes aux yeux.

Je ne sais comment commencer cette lettre, si ce n'est en m'écriant : « Dieu merci, tu es vivante ! »

Il s'est passé tant de choses au cours de cette année. Des choses effroyables que les mots sont impuissants à décrire. Nous avons vécu le pire, mais parfois le pire peut côtoyer le meilleur et j'en suis la preuve : je me suis mariée. Avec un homme que papa n'aurait jamais voulu pour gendre ! Il n'a pas de fortune, pas de statut social, mais il est l'homme dont je rêvais autrefois quand nous faisions le portrait de notre prince charmant, assises toutes les deux sous le pommier du parc. Il est droit, généreux, il ne transige pas, et je suis si riche de son amour que je ne serai jamais pauvre. Il fait partie du Hell's Eight. Si tu te trouves au Texas, tu dois savoir ce que cela signifie. Sinon, sache que les hommes du Hell's Eight sont une race à part. Ils sont de cette étoffe dont on tisse les légendes.

Mon mari s'appelle Caine Allen, et c'est lui qui a insisté pour que je t'écrive cette lettre. Il croit au lien intangible qui nous unit, et même si tout le monde pense que tu es morte, il m'a promis de te retrouver et te ramener ici, en sécurité. Il peut parfois se montrer incroyablement têtu, mais sa parole vaut de l'or.

Je regrette de ne pouvoir te présenter le porteur de

cette lettre : j'en ai fait sept copies que j'ai confiées à sept hommes différents. Ils s'appellent Tucker, Sam, Tracker, Shadow, Luke, Caden et Ace. Tout comme mon mari, moi-même et l'enfant que je porte, ils appartiennent au Hell's Eight, et je te demande instamment de remettre ta vie entre leurs mains parce qu'ils m'ont fait une promesse.

Ils m'ont juré de te ramener, Ari. Ici, à Hell's Eight, où le passé et la violence n'existent pas — seulement la paix et l'oubli. Après ce que nous avons traversé, toi et moi, je sais que cela peut paraître illusoire, mais je te l'assure : l'enfer a une sortie et si tu ne l'as pas déjà trouvée, je te guiderai vers sa lumière.

Surtout, ne fais confiance qu'à eux car c'est l'avocat de père, Harold Amboy, qui a organisé notre enlèvement, et il est prêt à tout pour nous récupérer, toi ou moi, afin de s'approprier la fortune de papa. Mais tu peux te fier les yeux fermés à l'homme qui sera porteur de cette lettre. Ecoute-le comme si c'était moi.

Je pleure en écrivant ces lignes. Je ne peux oublier la façon tragique dont nous avons été séparées, et chaque fois que je lève les yeux vers le ciel nocturne, je me demande si tu regardes les mêmes étoiles, si tu es en bonne santé, si tu gardes espoir.

Te souviens-tu quand nous étions enfants et que nous avions du chagrin ? On cherchait une touffe de pâquerettes, on se tenait les mains et on tournoyait jusqu'à ce que nos têtes chavirent et qu'on tombe dans l'herbe en riant. Je veux de nouveau serrer tes mains dans les miennes, Ari, et tournoyer avec toi jusqu'à ce que le malheur s'envole ! Je ne sais combien de temps ces hommes mettront à te retrouver — des jours, des mois, des années — mais il fallait que je te dise tout cela.

Reviens vite, Ari. J'ai planté une touffe de pâquerettes et elles t'attendent.

— Une chance que tu l'aies ramassée. J'aurais été bien ennuyé de la perdre.

Elle leva les yeux vers Tucker, bouleversée. Desi avait mis tout son cœur dans cette lettre.

— Oh, Tucker, il faut la retrouver !

Il enroula un bras autour de sa taille et l'attira à lui.

— On la retrouvera, ne t'inquiète pas.

Elle sentit la balle qu'elle portait autour du cou s'incruster dans sa peau et esquissa le geste de l'enlever. Tucker l'arrêta.

— Non, garde-la.

— Mais c'est ton porte-bonheur !

Il secoua la tête.

— Je n'en ai plus besoin.

— Mais…

Il posa son doigt sur ses lèvres, stoppant ses protestations.

— J'ai trouvé ce que je cherchais.

Elle vit l'amour rayonner dans son regard et comprit. Tant qu'ils seraient ensemble, il ne pourrait rien leur arriver.

Elle se dressa sur la pointe des pieds et l'embrassa sur les lèvres, frissonnant quand il plaqua son corps glacé contre le sien.

— Tu avais raison, Rayon de lune, quand tu m'as dit que j'avais le choix.

Ses yeux magnifiques étaient remplis d'amour pour elle. Il l'embrassa et elle sentit ses jambes flageoler. Il la soutint, comme chaque fois qu'elle avait besoin de lui. La joie courut dans ses veines comme du feu.

— Et qu'est-ce que tu as choisi ?

Il plongea au fond du sien son regard brûlant de promesses.

— Toi. C'est toi que je choisis. A jamais.

Vous avez envie de connaître l'histoire de la mystérieuse Ari ? Alors nous vous donnons rendez-vous l'année prochaine pour découvrir le 4e tome de la série des Hell's Eight, de Sarah McCarty !

Également ce mois-ci

Spicy
romans érotiques

Un sulfureux secret

de Megan Hart

Prévenue contre Alex Kennedy par son meilleur ami, qui n'a cessé de lui répéter que cet homme incroyablement sexy était dangereux et qu'elle devait se tenir loin de lui, Olivia a d'abord pensé que son ami était juste un peu jaloux. Mais après quelques semaines de relation avec Alex, elle n'en est plus tout à fait aussi sûre. Certes, en plus d'être attentionné, drôle et charmant, il est le meilleur amant qu'elle ait jamais eu, capable de la propulser vers des hauteurs insoupçonnées – et le désir qui les a poussés dans les bras l'un de l'autre ne semble pas faiblir, bien au contraire. Pourtant, elle devine confusément que cette façade parfaite dissimule des zones d'ombre. Or, à chaque fois qu'elle essaye d'en savoir un peu plus sur Alex, et sur son passé, il se ferme sur lui-même et s'arrange pour ne pas répondre. Au point qu'elle doit bien se résoudre à l'évidence : à part pour le sexe, elle ne peut être sûre de rien en ce qui concerne Alex Kennedy…

Dès le 1er octobre
8,70 €

Un conseil, une commande : 01 45 82 47 47

www.harlequin.fr

Composé et édité par les

éditions HARLEQUIN

Achevé d'imprimer en France (Malesherbes)
par Maury-Imprimeur
en septembre 2012

Dépôt légal en octobre 2012
N° d'imprimeur : 175307